Zehn der schönsten Erzählungen aus dem Märchenschatz der *1001 Nacht* wählte Günter Eich für eine Reihe von Hör-Adaptionen aus, die in diesem Buch zum ersten Mal gedruckt erscheinen.

Erzählt werden die Geschichte des namenlosen alten Fischers, der einen Dämonen aus seiner Flasche befreite, in die Salomon ihn tausendachthundert Jahre zuvor hatte sperren lassen; sodann die Verwandlung des Abu Mohammed, der zu faul war, von der Sonne in den Schatten zu gehen; die Romanze von Alischar und Zumurrud; die Abenteuer von Chalifa, der unverhofft zu Reichtum gelangte, ohne damit glücklich zu werden; die Erlebnisse des Mannes, der nicht mehr lachen konnte; die Träume von Maruf, dem Schuster, und dessen Frau Fatima, genannt Scheusal; die Erzählungen von den fünf Räubern, von Hasan dem Seiler, von Dschaudar – und von Sindbad, dem Seefahrer, den man eigentlich Sindbad, den Lügner, nannte ...

Zehn Geschichten, die – gelesen oder vorgelesen – ihren unerschöpflichen Bilderreichtum entfalten, sobald die Imaginationen der Phantasie die Begrenzungen der Realität überwinden.

insel taschenbuch 1740
Günter Eich
Die schönsten Märchen
aus 1001 Nacht

Günter Eich
Die schönsten Märchen aus 1001 Nacht

Herausgegeben von Karl Karst

Insel Verlag

Umschlagabbildung:
Roland und Sabrina Michaud/Magnum/Focus

insel taschenbuch 1740
Erste Auflage 1996
Erstausgabe
© Insel Verlag Frankfurt am Main und Leipzig 1996
Alle Rechte vorbehalten
durch den Suhrkamp Verlag Frankfurt am Main
Vertrieb durch den Suhrkamp Taschenbuch Verlag
Umschlag nach Entwürfen von Willy Fleckhaus
Satz: MZ-Verlagsdruckerei GmbH, Memmingen
Druck: Nomos Verlagsgesellschaft, Baden-Baden
Printed in Germany

1 2 3 4 5 6 – 01 00 99 98 97 96

Inhalt

Karl Karst:
Alf Laila Wa-Laila
Günter Eichs Schönste Märchen
aus 1001 Nacht

> »Die Forderungen der Logik
> durch Träume erfüllen.«
> Günter Eich (1957)

Da saßen sie also und hörten zu: Die Mutter las, während die Kinder alle Augen voll zu tun hatten, sich die funkelnden Edelsteine Shehrezáds und die Züge ihres Gatten, des grausamen Königs Schehrijar, auszumalen, der sie nur am Leben erhielt, um allabendlich die Fortsetzung ihrer Erzählung zu hören: *Alf Laila Wa-Laila, Tausendundeine Nacht*, dreihundert Märchen und Geschichten, Anekdoten und Parabeln, verziert mit mehr als tausend Gedichten, zusammengetragen aus zehn Jahrhunderten der indischen und der persischen, schließlich der arabischen und der ägyptischen Kultur. Ein tiefgründiges Reservoir orientalischer Träume, ein unerschöpflicher Schatz der menschlichen Phantasie – »das reichste Bilderbuch der Welt«, so nannte es Hermann Hesse.

Ein Bilderbuch der Imagination, keines der Augen-Sicht: Wie ernüchternd wirken die Illustrationen vermeintlich kindgerechter Märchenbücher verglichen mit den Bildern der Phantasie? Mag die illusionistische Zauberwelt der visuellen Medien auch noch so groß sein: In keiner Kunstform dieser Zeit findet die innere Wirklichkeit des Menschen angemesseneren Ausdruck als in jener, in der Bilder nicht vorgeführt, sondern imaginiert werden. Kein Requisit begrenzt die Vorstellung, kein Bühnenraum hindert die Bewegung, kein Blick verengt die Perspektive.

Es ist ein Gemeinplatz und dennoch zu benennen: Die mentale Erinnerung vormals mündlich tradierter Märchen ist mit der Verbreitung des Mediums Buch stetig zurückgegangen. Die Möglichkeit, sich durch Zugriff auf ein Schriftstück »erinnern« zu können, verringerte die Notwendigkeit, Erinnerung zu erhalten und mündlich für ihren Fortbestand zu sorgen. Mit dem Buch endet die Notwendigkeit des Weiter-Erzählens – und es beginnt die Möglichkeit der Dokumentation: Aus dem Erinnerungsschatz wird ein Leseschatz, aus dem Fortspinnen der Geschichten das Wiederholen einer festgeschriebenen Form.

In ihrer Breitenwirkung mit der Erfindung des Buchdrucks vergleichbar ist die Einführung des Rundfunks zu Beginn des zwanzigsten Jahrhunderts. Hier hatte Schriftgewordenes die Möglichkeit (und hätte sie noch heute), zu einer neuen Form der gesprochenen Sprache zu finden und Radio zu einem eigenwertigen Erzähl-Instrument geraten zu lassen.

Günter Eich, der siebzehn Jahre alt war und in Leipzig lebte, als das Radio zu leben begann, ist in mehrfachem Sinne mit diesem Medium verbunden: Er hat, als einer der wenigen Dichter des zwanzigsten Jahrhunderts, die Entwicklung des Rundfunks und seiner künstlerischen Formen von ihren Anfängen an erlebt und über seine gesamte Schaffenszeit hin geprägt. 1954 war es, als er den Versuch unternahm, die zehn seiner Meinung nach schönsten *Märchen aus 1001 Nacht* in Hörgeschichten zurückzuverwandeln. Ziel seines Versuchs war jener neugewachsene bundesrepublikanische Rundfunk, der (für heutige Hörer unvorstellbar) als Haupt-Kulturträger der Zeit die rapide Entwicklung der deutschen Wirtschaftswundergesellschaft begleitete.

Am Abend des 19. April 1951, als ein Großteil der deutschen Rundfunkhörer »nach des Tages Last und Hetze« eine geistig anregende, körperlich aber entspannende »Erhebung« erhoffte (die er üblicherweise auch erhielt), hatte Günter Eichs Hörspiel *Träume*, urgesendet durch den Norddeutschen Rundfunk, eine Publikumsreaktion hervorgerufen, die in der Rückschau als die belebendste und heftigste der deutschen Rundfunkgeschichte erscheint: Schon während der Ausstrahlung meldeten sich aufgebrachte Hörer telefonisch zu Wort. Sie forderten den sofortigen Abbruch der Sendung und verlangten nach polizeilichen Maßnahmen gegen den Verfasser: »Kann man den Mann nicht einsperren?«

Günter Eich blieb auf freiem Fuß (wenngleich ihm der erste *Hörspielpreis der Kriegsblinden* wegen dieses Affronts ausdrücklich nicht zuerkannt wurde) und regte in den folgenden Jahren eine ganze Generation deutscher Nachkriegsautoren dazu an, sich dem Medium der Radiokunst zu widmen. Für kurze Zeit allerdings nur – bis das Fernsehen auch sie (wie die vormaligen Hörfunkteilnehmer) mit größerer Verführung davonlockte ...

Märchen sind Zuhör-Geschichten, sie sind Vorlese-Geschichten par excellence. Ihre Bilder resultieren aus der Wahrnehmung hörbarer (äußerer) oder unhörbarer (innerer) Lese-Stimmen. Für ihre Umsetzung benötigen sie Räume der Imagination – Hör-Räume, unbegrenzt von Maßen der äußeren Erscheinung.

Günter Eich, der in vielen seiner Werke den Wahrheitsanspruch der Phantasie dem Wirklichkeitsanspruch der vermeintlichen Realität und ihrer vorgeblichen »Sachzwänge« überordnet, steht der Welt aus *1001 Nacht* besonders nah. *Geh nicht nach El Kuwehd!*, sein erstproduziertes Hörspiel der Nachkriegszeit, spielt in morgenländischer Landschaft und handelt – nur oberflächlich märchenhaft – vom fatalistischen Glauben an den einmal, und sei es nur im Traum, beschrittenen Weg.

In einem ungesendeten Vorwort zu seinem Hörspiel *Sabeth*, das 1951 entstand, behauptete Günter Eich, er wisse ebensowenig wie seine Hörer (und Leser), ob man Sabeth – ein Wesen, nicht ganz Rabe, nicht ganz Mensch – symbolisch nehmen solle oder nicht. Es käme, folgerte er, in Wahrheit auf eine Erklärung nicht sehr an, denn auch die Phantasie habe ihre Wahrheit, »eine Wahrheit, die möglicherweise mehr von der Welt begreift und nicht weniger Wirklichkeitsgehalt hat als das, was mit den fünf Sinnen aufgenommen wird«.

Günter Eich hat *Die schönsten Märchen aus 1001 Nacht* in einer Weise für den Rundfunk bearbeitet, die nicht modisch, nicht aktualisierend, nicht selbstherrlich verfährt gegenüber der Vorlage. Manche Figur wurde neu geboren, andere, die zuvor nur indirekt vorhanden war, zur Sprache gebracht. Shehrezád, die Liebende, ist vollends verschwunden. Andere Frauen und Männer sind an ihre Stelle getreten als Erzählerinnen, als Erzähler. Sie sind nun Handelnde und Behandelte zugleich.

Bei aller funkensprühenden Magie, bei allem fliegenden Wechsel von Raum und Zeit: Diese Märchen, Parabeln und Geschichten erzählen von irdischen Wesen, von durchaus menschlichen Wandlungen – ganz ähnlich jener großen, übergeordneten, langdauernden Ver-Wandlung des bedauernswerten Königs Schehrijar, der tausendundeine Nacht lang der Stimme Shehrezáds lauschen mußte, um endlich zu hören, was er lange, lange nicht hatte hören können: sein eigenes Herz, seine eigene Stimme, den inneren Gesang verliebter Moleküle.

Der Fischer, der Dämon und
der versteinerte Prinz

Es war einmal ein Fischer, der war hochbetagt und hatte ein Weib und fünf Kinder und lebte in großer Armut. Eines Tages ging er um die Mittagszeit aus und kam zur Meeresküste, wo er seinen Korb hinlegte; und indem er sein Hemd aufschürzte, ging er ins Wasser, warf sein Netz aus und wartete, bis es zum Grunde sank. Dann faßte er die Stricke zusammen und zog, aber er fand das Netz sehr schwer; und so sehr er auch daran zerrte, er konnte es nicht heraufziehn. Da trug er die Enden ans Land und trieb einen Pfahl in den Boden und band das Netz daran. Dann entkleidete er sich und tauchte ins Wasser, rings um das Netz, und hörte nicht auf, daran zu zerren, bis er es heraufgebracht hatte. Erfreut stieg er wieder ans Land, zog seine Kleider an und öffnete das Netz. Er fand darin eine langhalsige Flasche aus Messing, die mit etwas angefüllt war; die Öffnung war mit einem Bleiverschluß versiegelt, und dieser trug das Siegel unseres Herrn Salomo, des Sohnes Davids. Als der Fischer das sah, freute er sich und sagte: »Die will ich auf dem Kupfermarkt verkaufen, denn sie ist zehn Golddinare wert.« Dann schüttelte er sie; er fand sie schwer und fest verschlossen, und so fuhr er fort: »Weiß der Himmel, was mag wohl in dieser Flasche sein! Ich will sie öffnen und sehen, was darin ist, und dann will ich sie verkaufen.« Darauf zog er sein Messer und schnitt an dem Blei, bis er es von der Flasche gelockert hatte. Dann legte er sie seitwärts auf die Erde und schüttelte sie, damit ihr Inhalt herausflösse. Aber es kam nichts heraus; da verwunderte er sich höchlichst. Plötzlich jedoch drang ein Rauch aus der Flasche hervor, der bis hoch zum Himmel aufstieg und dahinkroch über die Oberfläche der Erde; als der Rauch seine volle Höhe erreicht hatte, zog er sich zusammen und verdichtete sich und geriet in Bewegung und ward zu einem Dämon, dessen Scheitel die Wolken berührte, während die Füße auf dem Boden standen. Sein Kopf aber war wie eine Kuppel, seine Hände wie Worfschaufeln, seine Beine so lang wie Masten und sein Mund weit wie eine Höhle; seine Zähne glichen großen Steinen, seine Nasenflügel Karaffen, seine Augen zwei Lampen, und sein Blick war wild und finster. Als nun der Fischer den Dämon sah, zitterten seine Muskeln, seine Zähne klapperten, sein Speichel trocknete ein, und er wußte nicht mehr, was er beginnen sollte. Der Dämon aber sah ihn an und öffnete seinen furchtbaren Mund und rief:

Dämon: Es gibt keinen Gott außer Allah, und Salomo ist der Prophet Allahs. O Prophet Allahs, töte mich nicht; siehe, nie wieder will ich dir im Wort widersprechen noch mich empören wider dich durch die Tat.

Fischer: O Dämon, nennst du Salomo den Propheten Allahs? Salomo ist doch tot seit tausendundachthundert Jahren, und wir leben jetzt am Ende der Zeiten. Wer bist du und wie kamst du in diese Flasche?

Dämon: Es gibt keinen Gott außer Allah. Frohe Botschaft, o Fischer!

Fischer: Was für eine frohe Botschaft bringst du mir?

Dämon: Daß ich dich noch in dieser Stunde eines schlimmen Todes sterben lasse.

Fischer: Du verdienst für diese Botschaft, daß dir der Himmel seinen Schutz entzieht, du Verruchter! Weswegen verdiene ich den Tod, ich, der ich dich aus der Flasche befreit und dich aus der Tiefe des Meeres gerettet habe?

Dämon: Hör zu, Fischer! Ich bin einer von den ketzerischen Dämonen, und ich empörte mich wider Salomo, den Sohn Davids, – über beiden sei Heil! Und man schleppte mich in Fesseln vor Salomo und er hieß mich den wahren Glauben annehmen und seinen Befehlen gehorchen; ich aber weigerte mich, und da verlangte er nach dieser Flasche, schloß mich darin ein und versiegelte sie mit Blei, in das er den höchsten Namen preßte, und gab den Dämonen Befehl, mich fortzutragen und mich mitten ins Meer zu werfen. Dort lag ich hundert Jahre, während ich in meinem Herzen sagte: »Wer immer mich befreit, den will ich auf ewig reich machen.« Aber das ganze Jahrhundert verstrich, ohne daß mich einer befreite. Und als das zweite Jahrhundert begann, sagte ich: »Wer immer mich erlöst, dem will ich die Schätze der Erde öffnen.« Aber wieder befreite mich niemand, und so verstrichen vierhundert Jahre. Da sprach ich: »Wer immer mich erlöst, dem will ich drei Wünsche erfüllen.« Aber niemand befreite mich. Da geriet ich in große Wut und sprach zu mir selber: »Wer mich hinfort noch erlöst, den will ich töten, und will ihm die Wahl geben, welchen Tod er sterben will.« Du, Fischer, hast mich erlöst, und also gebe ich dir die Wahl, welchen Tod du sterben willst.

Fischer: O Wunder Gottes, daß ich gerade jetzt zu deiner Befreiung kommen mußte! Schone mein Leben, so wird Allah dein Leben schonen!

Dämon: Es hilft nichts. Sterben mußt du. So erwähle dir als eine Gnade von mir die Todesart!

Fischer: Schone mich, zum Lohn dafür, daß ich dich befreit habe.

Dämon: Ich will dich doch grade nur deshalb töten, weil du mich befreit hast.

Fischer: Ich tue dir Gutes, und du vergiltst mir mit Bösem!

Dämon: Säume nicht so lange, denn du mußt sterben.

Fischer: Bist du wirklich entschlossen, mich zu töten?

Dämon: Gewißlich.

Fischer: Im allerhöchsten Namen denn, eingegraben in den Siegelring Salomos, des Sohnes Davids – über beiden sei Heil! – Wenn ich dich über etwas befrage, willst du mir eine wahrhaftige Antwort geben?

Dämon: Frag und sei kurz!

Fischer: Du willst in dieser Flasche gewesen sein, die doch nicht groß genug ist für deine Hand noch für deinen Fuß; wie konnte sie groß genug sein dich ganz zu bergen?

Dämon: Du glaubst also nicht, daß ich darin war?

Fischer: Nie werde ich es dir glauben, bis ich dich nicht mit eigenen Augen darin sehe.

Erzähler: Da schüttelte sich der Dämon und wurde ein Rauch über dem Meere, der sich verdichtete und langsam, langsam in die Flasche zog, bis er ganz darin war. Der Fischer aber ergriff in großer Hast die Bleikapsel, die das Siegel trug, und verstopfte damit den Hals der Flasche, und dem Dämon, der in der Flasche war, rief er zu:

Fischer: Wähle dir als eine Gnade von mir die Todesart, auf die du sterben willst!

Dämon: Was willst du, Fischer?

Fischer: Bei Allah, ich will dich ins Meer hinauswerfen, und hier will ich mir eine Hütte bauen, und wer immer hierher kommt, den will ich warnen, daß er nicht fische, und will ihm sagen: hier liegt ein Dämon im Meer, der jeden, der ihn heraufholt, vor die Wahl stellt, wie er sterben und zu Tode gebracht werden will.

Dämon: Fischer, laß mich frei, ich scherzte nur mit dir.

Fischer: Du lügst, o du schändlicher, gemeinster, elendester aller Dämonen!

Dämon: Nein, nein!

Fischer: Doch, doch!

Dämon: Was willst du mit mir tun, Fischer?

Fischer: Ich will dich wieder ins Meer werfen. Wenn du eintausendundachthundert Jahre darin zugebracht hast, so will ich dich jetzt darin bleiben lassen bis zum Tage des Gerichts.

Dämon: Öffne mir, Fischer, daß ich dir Gutes tue!

Fischer: Du lügst, Verfluchter! Habe ich dir nicht gesagt: Verschone mich, so wird Allah dich verschonen! Jetzt aber bist du in meiner Hand.

Dämon: Ich beschwöre dich bei Allah, wirf mich nicht ins Meer, Fischer! Vergib mir, was ich getan habe; und wenn ich Böses getan habe, so tue du Gutes! Setz mich in Freiheit! Dies ist eine Gelegenheit zum Edelmut, und ich schwöre dir, daß ich dir niemals etwas Schlechtes antun werde; ja, ich will dir helfen, daß du von der Not befreit wirst!

Erzähler: Da nahm der Fischer dem Dämon einen feierlichen Eid ab im Namen Gottes des Allmächtigen, und dann öffnete er ihm die Flasche. Die Rauchsäule stieg empor, bis sie ganz in der Luft stand und sie wurde nochmals zu einem Dämon von scheußlichem Anblick. Und der Dämon gab alsbald der Flasche einen Fußtritt, sodaß sie weit ins Meer flog. Als der Fischer die Flasche verschwinden sah, glaubte er sicher an seinen Tod; sein Wasser träufelte in sein Kleid und er sprach bei sich selbst: »Das ist kein gutes Zeichen.« Der Dämon aber trat vor den Fischer und sprach zu ihm: »Folge mir!« Und der Fischer schritt hinter ihm her, aber er war noch immer seines Entkommens nicht sicher. So schritt er, bis sie außerhalb der Stadt anlangten. Dann stieg er auf einen Berg und wieder hinab in eine weite Steppe, und siehe, da standen sie vor einem See. Der Dämon watete hinein und rief dem Fischer zu: »Folge mir!«; der folgte ihm bis in die Mitte des Sees. Dort blieb der Dämon stehen und hieß den Fischer das Netz auswerfen und Fische fangen. Der Fischer nun blickte in den See und sah vielfarbige Fische darin, weiße und rote, blaue und gelbe, und er wunderte sich darüber. Dann nahm er das Netz, warf es aus und holte es ein und fand in ihm vier Fische, einen von jeder Farbe. Als der Fischer die sah, freute er sich; der Dämon aber sprach zu ihm: »Bringe die dem Sultan und setze sie ihm vor; er wird dir genug geben, um dich zum reichen Manne zu machen.« Dann stampfte er mit einem Fuß auf den Boden, und die Erde spaltete sich und verschlang ihn. Noch ganz verwirrt von allem, was ihm begegnet war, nahm der Fischer die Fische und machte sich auf den Weg zur Stadt und trat in den Palast des Königs, wie ihm

der Dämon geheißen hatte. Als er nun zum König eingetreten war, geriet dieser in höchstes Erstaunen über den
Anblick der Fische; nie in seinem Leben hatte er noch Fische gesehen wie diese in Art und Gestalt. Deswegen befahl er dem Wesir, dem Fischer vierhundert Dinare zu geben. Der Wesir gab sie ihm, und der Fischer nahm sie und
ging eilends nach Hause; dabei fiel er hin, stand wieder
auf und stolperte wieder, so sehr war er in Verwirrung,
denn er hielt das Ganze für einen Traum. Inzwischen
aber hatte eine Sklavin in der Küche des Sultans die Fische gesäubert, stellte die Pfanne aufs Feuer und ließ die
Fische braten, bis die eine Seite gar war; dann wandte sie
sie um auf die andere Seite. Und siehe, die Küchenwand
spaltete sich, und heraus trat ein Mädchen, schön von
Gestalt, mit runden Wangen, von vollendeter Anmut,
mit tiefschwarz gefärbten Augenlidern. Sie trug ein sei-
denes Kopftuch mit blauen Fransen; an ihren Ohren hin-
gen Ringe; die Handgelenke umschloß ein Paar Spangen,
und Ringe mit unschätzbaren Edelsteinen waren auf ihren Fingern; in der Hand aber hielt sie eine Rute aus
Bambusrohr. Sie stieß mit der Rute in die Pfanne und
sagte:

Mädchen: Ihr Fische, seid ihr getreu dem Vertrag?

Erzähler: Als die Köchin das sah und hörte, fiel sie in
Ohnmacht. Das Mädchen aber wiederholte ihre Worte
ein zweites und ein drittes Mal, und schließlich hoben die
Fische die Köpfe aus der Pfanne und sprachen:

Fische: Kehrst du um, so kehren wir um; und bist du treu, so sind wir treu. Sagst du aber dich los, so sind wir wie du des Versprechens frei.

Erzähler: Da stieß das Mädchen die Pfanne um und ging an der Stelle hinaus, wo sie hereingekommen war, und die Wand schloß sich hinter ihr. Als dann aber die Köchin aus ihrer Ohnmacht erwachte, sah sie die vier Fische schwarzgebrannt wie Holzkohle und fiel ungesäumt wieder in Ohnmacht. Während sie so dalag, kam der Wesir; und als er sie, die schwarze Perle, daliegen sah, die nicht imstande war, den Sabbat vom Donnerstag zu unterscheiden, stieß er sie mit dem Fuße an. Da wachte sie auf und weinte und erzählte ihm alles, wie es geschehen war. Und der Wesir lief zum König, und der König erstaunte gewaltig, als er das hörte, und befahl, den Fischer herbeizuholen. Als der gekommen war, fragte er ihn:

König: Du da, sag, woher kommen diese Fische?

Fischer: Von einem See, großmächtiger Herr, zwischen vier Höhen, unterhalb dieses Gebirges, das vor deiner Stadt liegt.

König: Wieviel Tage ist er entfernt?

Fischer: O unser Herr Sultan, er ist nur eine halbe Stunde weit entfernt.

König: Ein See, der nur eine halbe Stunde weit entfernt ist? Einen solchen See gibt es nicht.

Fischer: Gnade, großmächtiger Herr, es gibt ihn.

König: Du wirst uns hinführen, und wenn du gelogen hast, lasse ich dir den Kopf abschlagen.

Erzähler: Und der König befahl seinem Fußvolk zu marschieren und seinen Reitern aufzusitzen; und er zog hin mit dem Fischer, der ihn führte und den Dämon verwünschte, bis sie das Gebirge erklommen hatten und niederstiegen in eine große Wüste, die der Sultan und alle die Soldaten zeit ihres Lebens noch nicht gesehen hatten; und sie staunten sehr, als sie jene Wüste erblickten und den See in ihrer Mitte zwischen den vier Höhen, und die Fische darinnen in vier Farben, in Rot und Weiß und Gelb und Blau. Da schwur der König, nicht eher in die Hauptstadt zurückzukehren als bis er erfahren habe, welche Bewandtnis es mit dem See und den Fischen habe. Er befahl seinen Leuten, sich rings um die Höhen zu lagern; dann ließ er seinen Wesir kommen.

König: Wesir, ich wünsche etwas zu tun, wovon ich dich unterrichten will; es ist mir in den Sinn gekommen, heute nacht allein auszuziehen und das Geheimnis dieses Sees und dieser Fische aufzuspüren. Nimm du den Platz an meiner Zelttür ein und sage den Emiren, den Kammerherrn und Statthaltern und allen, die dich nach mir fragen: Der Sultan fühlt sich nicht wohl und kann niemanden sprechen. Aber verrate niemand meinen Plan!

Erzähler: Darauf verkleidete sich der König, gürtete sich mit seinem Schwerte und stieg auf eine der Höhen; und er zog den übrigen Teil der Nacht dahin bis zum Morgen. Dann wanderte er weiter den ganzen Tag hindurch, obwohl die Hitze schwer auf ihm lastete, da er doch Tag und Nacht wanderte. Und weiter zog er die zweite Nacht hindurch bis zum Morgen; da tauchte plötzlich in weiter Ferne ein schwarzer Punkt vor ihm auf. Der wurde größer im Näherkommen und der König erkannte, daß es ein Palast war. Als er ihn erreicht hatte, fand er ihn aus schwarzen Steinen gebaut und belegt mit Eisenplatten. Einer der Torflügel stand weit offen, während der andere geschlossen war. Der König trat an das Tor und klopfte, aber es kam keine Antwort. Da pochte er lauter, aber auch dann antwortete ihm niemand. Er faßte sich ein Herz und schritt durch das Tor des Palastes in die große Vorhalle und durch die Vorhalle bis mitten in den Palast und fand keinen Menschen darin. Und doch war er ausgestattet mit Seidenteppichen und goldgestickten Stoffen; und die Vorhänge waren niedergelassen. In der Mitte des Schlosses aber war ein geräumiger Hof, auf den sich vier Hallen öffneten, mit einer erhöhten Estrade, eine der andern gegenüber; in der Mitte des Hofes war ein Bassin mit einem Springbrunnen; auf diesem standen vier Löwen aus rotem Golde, die aus ihren Mäulern Wasser spien, klar wie Perlen und Edelgestein. Rings im Palast aber flatterten Vögel, und darüber war ein Netz aus goldenem Draht gespannt, das sie hinderte hinauszufliegen; aber er sah keinen einzigen Menschen. Der König setzte sich nachdenklich nieder zwischen den Türen und überlegte, wohin er sich wenden sollte. Da hörte er plötzlich eine traurige Stimme singen und er sprang auf und folgte dem Klang, bis er einen Vorhang fand, der vor einer Zimmertür niedergelassen war. Er hob den Vorhang auf und sah dahinter einen jungen Mann auf einem Sessel sitzen, der sich etwa eine Elle hoch über dem Boden erhob; der Jüngling war gekleidet in einen Kaftan aus Seidenstoff, bestickt mit ägyptischem Golde, und mit einer Krone auf dem Haupte, die mit kostbaren Edelsteinen besetzt war. Doch in seinem Gesicht waren die Spuren des Grams. Der König trat zu ihm und verneigte sich.

König: Ich grüße dich, Jüngling.

Prinz: Ich grüße dich, o mein Herr! Deine Würde verlangt, daß ich aufstehe vor dir, doch ich bitte dich, mich zu entschuldigen.

König: Du bist entschuldigt, o Jüngling; ich bin dein Gast, der in einer wichtigen Sache zu dir kam. Ich möchte, du tätest mir kund, was es mit jenem See und jenen Fischen und mit diesem Palast auf sich hat, und warum du so allein in ihm sitzest.

Prinz (seufzend): O König!

König: Was macht dich seufzen, o Jüngling?

Prinz: Wie soll ich nicht seufzen, da es so mit mir steht!

Erzähler: Und der Jüngling streckte die Hand nach dem Saum seines Gewandes und hob ihn auf, und siehe, der untere Teil seines Leibes war bis zu den Füßen hinab aus Stein, vom Nabel aber bis zum Haar seines Hauptes war er aus Fleisch.

König: O Jüngling, du häufest Gram auf meinen Gram. Ich war auf der Suche nach den Fischen und ihrer Geschichte. Jetzt aber muß ich nach ihrer Geschichte und nach der deinen fragen.

Prinz: Fürwahr, diese Fische und ich haben eine wunderbare Geschichte; und würde sie mit Sticheln in die Augenwinkel gekerbt, sie wäre eine Warnung für jeden, der sich warnen ließe.

König: Und wie ist sie?

Prinz: Mein Vater war der König dieser Stadt. Er herrschte siebzig Jahre, und als er dann zu Allahs Gnade einging, wurde ich Sultan an seiner Statt. Ich vermählte mich mit meiner Base, und sie liebte mich so sehr, daß sie nicht aß, wenn ich ihr fern war, und nicht trank, bis sie mich wieder bei sich sah. Fünf Jahre lang lebten wir in dieser innigen Gemeinschaft. Da, eines Tages, ging sie zum Badehaus; und ich hieß den Koch sich daran machen, für uns das Nachtmahl zu bereiten. Dann legte ich mich nieder, indem ich zwei Mädchen befahl, mich zu fächeln; die eine hieß ich mir zu Häupten, die andere mir zu Füßen sitzen. Aber ich war besorgt wegen der Abwesenheit meines Weibes, und der Schlaf kam nicht zu mir; zwar waren meine Augen geschlossen, aber mein Geist war wach. Da hörte ich, wie die beiden Sklavinnen miteinander sprachen.

Sklavin: Es ist ein Jammer um unsern Herrn und ein Jammer um seine Jugend! Wie traurig ergeht es ihm mit unserer elenden Herrin, der Metze!

Zweite: Allah verfluche alle treulosen und ehebrecherischen Weiber! Ein Mann wie unser Herr ist wirklich zu schade für diese Metze, die jede Nacht draußen schläft!

Erste: Unser Herr ist stumm, wie einer, dem man einen Zaubertrank eingegeben hat, daß er sie nicht zur Rede stellt.

Zweite: Weiß unser Herr etwas davon oder verläßt sie ihn mit seinem Willen? Mischt sie ihm nicht jeden Abend einen Trank, den sie ihm vor dem Schlafengehen zu trinken gibt, und tut das einschläfernde Bilsenkraut hinein?

So schläft er ein und weiß nicht, was geschieht, noch erfährt er, wohin sie geht.

Erste: Und sie legt kostbare Gewänder an und besprengt sich mit Wohlgerüchen und verläßt ihn und bleibt bis zum Anbruch des Tages fort.

Zweite: Und brennt unter seiner Nase ein Räucherwerk ab, wenn sie zurückkommt und er erwacht aus seinem Schlafe und ahnt von nichts.

Prinz: Als ich das Gespräch der Mädchen gehört hatte, wurde das Licht vor meinen Augen zur Finsternis. Sobald meine Base zurückkam aus dem Badehause, breiteten wir das Tischtuch aus und aßen; darauf saßen wir noch eine Weile beisammen und unterhielten uns, so wie wir es gewohnt waren. Dann rief sie nach dem Wein, den ich vor dem Schlafengehen zu trinken pflegte, und reichte mir den Becher; ich leerte ihn und tat, als tränke ich ihn wie gewöhnlich, aber ich goß ihn aus in die Tasche auf meiner Brust. Im selben Augenblick legte ich mich nieder und stellte mich, als ob ich schliefe. Aber ich hörte wohl, was sie rief.

Base: Schlaf, Widerwärtiger, schlaf die ganze Nacht hindurch und noch länger und steh nie wieder auf! Bei Allah, ich verabscheue dich, und ich verabscheue deine Gestalt, und meine Seele ist der Gemeinschaft mit dir überdrüssig; ich kann den Augenblick nicht mehr erwarten, da Allah dein Leben hinwegrafft.

Prinz: Dann ging sie hin und legte ihre schönsten Kleider an, beräucherte sich mit Wohlgerüchen, nahm mein Schwert und gürtete sich damit; und sie öffnete die Tore des Palastes und ging hinaus. Ich aber stand auf und folgte ihr, wie sie den Palast verließ und durch die Straßen der Stadt zog, bis sie beim Stadttor anlangte. Dort sprach sie Worte, die ich nicht verstand, die Riegel fielen nieder und das Tor tat sich auf. Sie ging hinaus, während ich ihr folgte, ohne daß sie es merkte, bis sie schließlich bei den Schutthügeln anlangte und zu einem Rohrzaun kam, worin sich eine runde Hütte befand, aus Lehmziegeln gebaut und mit einer kleinen Tür versehen. Sie trat ein, ich aber stieg auf das Dach der Hütte und schaute ins Innere. Und siehe, meine Base war zu einem schwarzen Sklaven getreten, dessen eine Lippe wie ein Topfdeckel und dessen andere Lippe wie eine Schuhsohle war; ja, seine Lippen waren so lang, daß er mit ihnen den Sand vom Kiesflur der Hütte hätte auflesen können. Er war aussätzig und lag auf einer Streu vom Abfall des Zuckerrohrs, gehüllt in ein altes Laken und in Lumpen und Fetzen. Sie küßte den Boden vor ihm; da wandte der Schwarze seinen Kopf zu ihr und schrie sie an:

Neger: He du! Warum bist du bis jetzt ausgeblieben? Ein paar meiner schwarzen Vettern waren bei mir und haben ihren Wein getrunken und jeder hatte seine Geliebte da; ich aber hatte deinetwegen keine Lust zu trinken.

Base: Mein Herr und Geliebter, du Freude meiner Augen, weißt du nicht, daß ich meinem Vetter vermählt bin, den ich verabscheue und dessen Gesellschaft ich hasse? Und fürchtete ich nicht um deinetwillen, ich ließe die Sonne nicht wieder aufgehen, bevor ich nicht diese Stadt in einen Trümmerhaufen verwandelt hätte, darinnen Eule und Rabe schreien und Füchse und Schakale hausen.

Neger: Du lügst, Verfluchte! Ich aber schwöre einen Eid bei der Ehre der Mohren, wenn du noch einmal so lange ausbleibst, so will ich nicht mehr mit dir Gesellschaft pflegen, noch will ich meinen Leib an deinen kleben, du Verfluchte! Du spielst mit mir Scherbenwerfen; bin ich nur für deine Laune da? O du stinkende Hündin! Du Gemeinste der Weißen!

Base (weinend): O mein Geliebter, Frucht meines Herzens, wenn du mir zürnst, wer wird mich dann zu sich nehmen? Und wenn du mich verstößt, wer wird mir dann eine Zuflucht gewähren, o mein Geliebter, o du Licht meiner Augen!

Neger: Wenn du nur aufhören wolltest zu heulen!

Base: Ja, mein Gebieter.

Neger: Leg deine Kleider ab!

Base: O mein Herr, hast du nicht etwas für deine Sklavin zu essen?

Neger: Nimm den Deckel vom Becken, drin sind die Knochen von gekochten Mäusen, die iß! Und dann geh zu dem Tonkrug da, drin ist ein Bierrest, den kannst du trinken.

Prinz: Sie aß und trank, wusch sich dann die Hände und den Mund und ging und legte sich neben den Sklaven auf die Streu aus Zuckerrohr; und sie entblößte sich ganz und kroch zu ihm hinein in das schmutzige Laken und unter die Lumpen. Als ich aber mein Weib, meine Base, also tun sah, da verlor ich fast die Besinnung; ich stieg hinab vom Dach der Hütte, ging hinein und nahm das Schwert, das meine Base mitgebracht hatte, zückte es und wollte sie beide erschlagen. Zuerst führte ich einen Hieb nach dem Nacken des Sklaven und glaubte, daß es um ihn geschehen sei. Ich hatte ihm aber nicht die beiden Schlagadern durchschnitten, sondern nur die Luftröhre und die Haut und das Fleisch. Ich vermeinte aber, ich hätte ihn getötet, und er röchelte schwer. Da regte sich meine Base; ich trat zurück, stieß das Schwert wieder in die Scheide und ging zurück in die Stadt und in den Palast. Am Morgen kam mein Weib und weckte mich; und siehe, sie hatte sich das Haar abgeschnitten und Trauerkleidung angelegt.

Base: O mein Gemahl, tadle mich nicht um das, was ich tue! Mir ist soeben berichtet worden, daß meine Mutter entschlafen ist, daß mein Vater im heiligen Kriege gefallen, und einer meiner Brüder an einem Schlangenbiß gestorben ist, der andere aber sein Leben durch einen Sturz vom Pferde verloren hat. Darum geziemt es sich für mich, daß ich weine und traure.

Prinz: Tu wie du willst. Ich werde dich nicht hindern.

Base: Ich möchte mir in deinem Palast ein Grab bauen, mit einer Kuppel. Das will ich allein für die Trauer bestimmen, und will es das Haus der Klagen nennen.

Prinz: Tu wie du willst!

Prinz: Und sie baute sich ein Haus für die Trauer; über die Mitte setzte sie eine Kuppel, und darunter im Erdboden ließ sie eine Grabkammer herrichten. Dann ließ sie den Sklaven herbeischaffen und dort wohnen; aber er war nicht mehr imstande, ihr zu Willen zu sein; er trank nur noch Wein, und sprach seit dem Tage, wo ich ihn verwundet hatte, kein Wort mehr und lebte doch weiter, weil seine bestimmte Stunde noch nicht gekommen war. Tag für Tag ging mein Weib am Morgen und am Abend zu dem Mausoleum, weinte und klagte über ihn, und gab ihm Wein und Brühen, morgens und abends, und ließ davon zwei Jahre hindurch nicht ab; ich aber ertrug das voll Langmut und achtete ihrer nicht. Nach Ablauf des dritten Jahres aber, eines Tages, als ich gerade über irgendeine andere Sache ärgerlich war, und mir dies heulende Elend überhaupt schon zu lange gedauert hatte, trat ich in die Grabkammer ein und hörte, wie sie zu ihrem Neger sagte:

Base: O mein Herr! Ich höre nie ein einziges Wort von dir! Weshalb gibst du mir keine Antwort, o mein Gebieter?

Prinz: Base, wie lang soll diese Trauer noch dauern?

Base: Immer, mein Gemahl, immer!

Prinz: Dieses Grab ist etwas Seltsames. Es ist doch weder eine Grube noch ein Kessel, nicht wahr?

Base: Was sagst du da?

Prinz: Wie kommt es also, daß sich in diesem Grab der Ruß mit dem Schlamm vereint.

Base: O jetzt verstehe ich alles!

Prinz: Was verstehst du?

Base: Du bist es gewesen! Wehe über dich, du Hund, der mir dies alles angetan hat! Du hast den Geliebten meines Herzens verwundet und du hast seine Jugend vernichtet, so daß er seit drei Jahren weder tot noch lebendig ist!

Prinz: O du allergemeinste Dirne, du allerschmutzigste Buhlerin, Geliebte eines Negersklaven, die du dich weggeworfen hast! Jawohl, ich habe es getan!

Base: Jetzt hat Allah den in meine Hand gegeben, der

mir das alles antat: eine Tat, die mir das Herz mit einem Feuer brannte, das nicht erlosch, und mit einer Flamme, die sich nicht ersticken ließ. Zurück, du Hund, der du bist! Steck dein Schwert ein, es kommt zu spät! Werde du halb zu Stein!

Prinz: Und sie murmelte ein paar Worte, die ich nicht verstand, und darauf wurde ich so wie du mich siehst, außerstande, aufzustehen und zu sitzen, weder tot noch lebend. Dann verzauberte sie die Stadt mit all ihren Straßen und Gärten in einen See. Nun waren in unserer Stadt Leute verschiedenen Glaubens: Muslime, Christen, Juden und Feueranbeter; die verzauberte sie in Fische, und die weißen sind die Muslime, die roten die Feueranbeter, die blauen die Christen und die gelben die Juden. Seitdem kommt sie jeden Tag und geißelt mich mit hundert Hieben, sodaß mein Blut fließt und meine Schultern Striemen haben. Danach wirft sie mir ein härenes Hemd über die Schultern und darüber diese prächtigen Kleider.

König: O Jüngling, du hast mir Kummer auf Kummer gehäuft, aber jetzt, o Prinz, wo ist sie? Und wo ist das Mausoleum, darin der verwundete Sklave liegt?

Prinz: Der Sklave liegt unter jener Kuppel in seiner Grabkammer und sie sitzt in jenem Zimmer gegenüber. Jeden Morgen kommt sie mit Sonnenaufgang zuerst zu mir und ich weine und schreie, aber ich habe keine Kraft, um ihre Schläge abzuwehren. Dann, nachdem sie meine Folter beendet hat, bringt sie dem Sklaven Wein und Brühe hinunter. Auch morgen früh wird sie hier sein.

Erzähler: Der König blieb bei dem Jüngling und unterhielt sich mit ihm bis zum Einbruch der Nacht, und dann schliefen beide. Als aber das Morgengrauen sich zeigte, stand der König auf, zog sein Schwert und eilte an den Ort, wo der Sklave lag. Da wurde er brennende Kerzen und Lampen gewahr, und den Duft von Weihrauch und Salben; und er ging geradewegs auf den Sklaven zu und hieb ihn mit einem Schlage nieder, der ihn tötete. Die Leiche aber hob er auf seinen Rücken und warf sie in einen Brunnen des Schloßhofes. Sofort jedoch kehrte er zurück, zog sich die Kleider des Sklaven an und legte sich in der Grabkammer nieder, das gezückte Schwert neben sich. Und nach einer Weile kam die verfluchte Hexe; zuerst ging sie zu ihrem Gatten, zog ihm die Kleider ab, nahm eine Geißel und peitschte ihn bis sie müde war und das Blut von seinen Seiten floß. Dann zog sie ihm ein härenes Hemd an und darüber das Linnengewand. Darauf ging sie mit einem Becher Weins und einer Schale voll Brühe in der Hand hinab zu dem Sklaven in das Mausoleum. Und sie weinte und klagte:

Base: O mein Gebieter, sprich zu mir! Rede mit mir, o mein Herr!

König: (mit verstellter Stimme) Ach – ach –

Base: Du sprichst? Ist es wahr? Du sprichst?

König: Es gibt keine Majestät und es gibt keine Macht außer bei Allah, dem Erhabenen, Allmächtigen!

Base: Du sprichst, mein Gebieter, du sprichst mit mir!

König: O du Satansgeburt, verdienst du, daß jemand mit dir redet und zu dir spricht?

Base: Weshalb das?

König: Weil du den lieben langen Tag deinen Mann folterst, und er schreit immer um Hilfe, sodaß er mir vom Abend bis zum Morgen den Schlaf geraubt hat, und er fleht und verwünscht mich und dich und macht mich unruhig und schadet meinem Gemüt. Wenn das nicht gewesen wäre, wäre ich längst gesund. Darum konnte ich dir nicht antworten. Befreie ihn von dem Zauber und schaff uns ein wenig Ruhe!

Base: Ich höre und gehorche.

Erzähler: Sie erhob sich und ging hinaus aus dem Mausoleum in den Palast. Dort nahm sie eine Schale, füllte sie mit Wasser und sprach gewisse Worte darüber, sodaß die Schale aufkochte und sprudelte, wie ein Kessel über dem Feuer kocht. Und damit besprengte sie ihren Mann und siehe da, der Jüngling schüttelte sich, sprang auf und freute sich seiner Befreiung und dankte Allah dafür.

Prinz: Ich bezeuge, daß es keinen Gott gibt außer Allah, und ich bezeuge, daß Muhammed sein Gesandter ist – Allah segne ihn und gebe ihm Heil!

Base: Mir solltest du danken! Aber es fällt mir schwer dich zu sehen, ohne dich zu töten. Deshalb geh fort und kehre nie wieder hierher zurück. Und alle deine Wege mögen voll Unglück sein!

Prinz: Auch mir ist es lieb, nicht in deiner Nähe zu bleiben. Beruhige dich also, ich gehe.

Base: Du aber, mein schwarzer Gebieter, komm doch heraus zu mir, daß ich mich an der Schönheit deiner Gestalt erfreue.

König: Was hast du getan?

Base: Was du mir befahlst. Ich habe meinen Gatten, das Scheusal, von dem Zauber befreit, den er wohl verdient hatte. Ach, viel lieber hätte ich ihm das Leben genommen.

König: Nichts hast du getan. Du hast mich von dem Ast befreit und willst mich nicht von der Wurzel befreien?

Base: O mein Geliebter, mein Negerchen, welches ist denn die Wurzel?

König: Weh dir, du Satansbrut! Die Bewohner dieser Stadt und der vier Inseln sind es. Jede Nacht, um Mitternacht, heben die Fische ihre Köpfe empor und flehen um Hilfe und verwünschen mich und dich. Das ist der Grund, weshalb ich nicht schlafen kann und weshalb meinem Leib die Heilung versagt bleibt. Geh hin und setze sie schleunigst in Freiheit! Dann komm zurück und nimm meine Hand und richte mich auf, denn ein wenig von meiner Kraft ist schon zurückgekehrt.

Base: O mein Gebieter, wie gern! Ich höre und gehorche.

Erzähler: Dann sprang sie auf und voller Freude lief sie fort und hinaus zu dem See. Dort nahm sie ein wenig von seinem Wasser, und sprach Worte darüber, die man nicht verstehen konnte. Da sprangen die Fische auf und hoben ihre Köpfe empor und standen im Nu als Menschen da. Und wo der See gewesen war, war wieder die Stadt, mit ihren Häusern und ihren Gassen, und die Menschen gingen darin umher und setzten ihr Leben da fort, wo sie es verlassen hatten, als sie verzaubert wurden. Die Bäcker buken, die Köche kochten, die Wirte panschten den

Wein, und die Kaufleute betrogen die Käufer. So war alles wieder wie vorher. Inzwischen wartete im Mausoleum der König auf die Rückkehr der Zauberin, und er lag noch immer auf dem Lager des Negers, in seine Decken gehüllt, und das Gesicht verborgen, daß sie ihn nicht erkenne.

Base: Hier, mein Geliebter, bin ich.

König: Hast du getan, was ich dir aufgetragen habe?

Base: Alles. Die Stadt ist wieder da und die Fische sind wieder zu Menschen geworden. Jetzt reich mir deine herrliche schwarze Hand und steh auf!

König: Komm näher zu mir!

Base: Ich eile, mein Geliebter.

Erzähler: Als sie so nahe herantrat, daß sie ihn berührte, da nahm der König sein Schwert in die Hand und stieß es ihr durch die Brust, sodaß ihr die Spitze blitzend zum Rücken herausdrang und sie tot zu Boden fiel. Der König aber ging hinaus und fand den einst verzauberten Jüngling, der seiner harrte. Und der König beglückwünschte ihn zu seiner Errettung, und der Prinz küßte ihm die Hand und dankte ihm.

König: Willst du nun hierbleiben in deiner Stadt oder mit mir in meine Stadt ziehen?

Prinz: O größter König unserer Zeit, weißt du welche Entfernung zwischen dir und deiner Stadt liegt!

König: Zwei Tagemärsche und ein halber.

Prinz: O König, wenn du schläfst, so erwache! Zwischen dir und deiner Stadt liegt die Reise eines vollen Jahres für einen rüstigen Wanderer, und du wärest nicht in zweieinhalb Tagen hergekommen, wäre die Stadt nicht verzaubert gewesen. Ich aber will mit dir kommen, o König, und will mich nie mehr von dir trennen.

König: Dank sei Allah, der mir dich geschenkt hat! Von jetzt an bist du mein Sohn, denn mein Leben lang ward ich mit Nachkommen nicht gesegnet.

Erzähler: Darauf umarmten sie sich und freuten sich inniglich. Gemeinsam bereiteten sie nun die Reise vor und brachen auf mit einem Geleit von fünfzig Mameluken und mit kostbaren Geschenken. Ohne Aufenthalt reisten sie, Tag und Nacht, ein volles Jahr lang, und Allah gewährte ihnen, daß sie unversehrt bis zur Hauptstadt des Königs kamen. Dort sprach der König zu seinem Wesir: »Hole mir den Fischer, der uns damals die Fische gebracht hat.« Und weil der Fischer die erste Ursache der Befreiung der Stadt und ihrer Einwohner gewesen war, verlieh ihm der Sultan ein Ehrenkleid und reiche Geschenke und fragte ihn nach seinem Wohlbefinden und ob er Kinder habe. Jener tat ihm kund, daß er zwei Töchter habe und drei Söhne. Da nahm der König die eine der Töchter zur Gemahlin und die andere vermählte er dem jungen Fürsten und die drei Söhne machte er zu Statthaltern. So kamen der Fischer und die Seinen zu den höchsten Ehren und zu großem Reichtum. Sie lebten ein langes Leben lang in Glück, bis Der zu ihnen kam, der die Freuden schweigen heißt und der die Freundesbande zerreißt. Preis aber sei Ihm, dem Lebendigen, der nicht stirbt, und der zur sichtbaren und unsichtbaren Welt die Schlüssel in Seinen Händen hält!

Abu Mohammed der Faulpelz

Erzähler: In der Stadt Basra lebte einmal ein Mann, der hieß Abu Mohammed, und die Leute nannten ihn den Faulpelz. Wenn er an heißen Tagen schlief und die Sonne über ihn kam, war er zu faul aufzustehen und von der Sonne in den Schatten zu gehen. Als er fünfzehn Jahre alt war, starb sein Vater, der war Schröpfer in einem Badehause gewesen und hinterließ ihm nichts. Doch Abu Mohammed blieb so faul, wie er gewesen war. Seine Mutter diente bei Leuten und so konnte sie ihm zu essen und zu trinken geben, während er auf der Seite lag. Eines Tages nun begab es sich, daß seine Mutter in seine Kammer trat und also zu ihm sprach:

Mutter: Lieber Sohn, es ist mir berichtet worden, daß der Scheich Abu el-Muzaffar beschlossen hat, eine Reise nach China zu machen, und du weißt, er liebt die Armen und ist ein wohltätiger Mann.

Mohammed: (gähnt)

Mutter: Also mein Sohn, nimm diese fünf Dirhems und laß uns zu ihm gehen –

Mohammed: (gequält und abwehrend): Oh – ah – oh –

Mutter: Und ihn bitten, daß er dir dafür im Lande China etwas kauft; vielleicht wird dir daraus durch die Güte Allahs des Erhabenen Gewinn erwachsen.

Mohammed: Zu ihm gehen? Mutter, dann müßte ich ja aufstehen!

Mutter: Ich schwöre dir, Sohn, bei Allah, wenn du

nicht aufstehst und mit mir gehst, so werde ich dir nie mehr etwas zu essen oder zu trinken geben.

Mohammed: Treibe mich nicht zur Verzweiflung, Mutter!

Mutter: Ich werde nie mehr deine Kammer betreten und werde dich vor Hunger und Durst sterben lassen. Wahrhaftig, das schwöre ich dir.

Mohammed: Das ist furchtbar, Mutter. Richte mich auf!

Mutter: Eine Schande ist es.

Mohammed: Aber du weißt doch, daß ich faul bin. Bring mir die Schuhe!

Mutter: Hier!

Mohammed: Zieh sie mir an!

Mutter: (während Mohammed ächzt): Stell dir vor, es könnten ja aus den fünf Dirhems fünfzig werden.

Mohammed: Was hab ich davon, mir das vorzustellen! Heb mich auf!

(Er kommt ächzend in die Höhe.)

Mohammed: Und jetzt stütze mich, damit ich gehen kann!

(Er geht ächzend und unsicheren Schrittes mit ihr davon.)

Erzähler: An diesem Tage sahen viele Leute Abu Mohammed zum ersten Mal aus dem Hause gehen. Seine Mutter stützte ihn, während er über die Säume seines Gewandes stolperte. Es dauerte lange, bis sie zum Ufer des Stromes gelangten. Dort begrüßten sie den Scheich, und Abu Mohammed sprach:

Mohammed: Oheim Abu el-Muzaffar, ich bitte dich, nimm diese Dirhems und kaufe mir etwas dafür im Lande China. Vielleicht wird Allah mir daraus Gewinn erwachsen lassen.

Scheich: Im Namen Allahs, her mit den Dirhems, mein Sohn!

Erzähler: Abu Mohammed kehrte mit seiner Mutter nach Hause zurück, während der Scheich Abu el-Muzaffar sich auf die Reise begab, zusammen mit einer Schar von Kaufleuten. Eines Tages, am Ende der Reise, legten sie bei einer Insel an, und die Kaufleute gingen an Land, um dort Einkäufe an Edelmetallen, Juwelen, Perlen und anderen Dingen zu machen. Nun sah Abu el-Muzaffar da einen Mann sitzen, der eine große Anzahl von Affen bei sich hatte; unter diesen war auch ein Affe, dem die Haare ausgerupft waren. Und jedesmal, wenn der Besitzer der Affen nicht achtgab, fielen die anderen über den gerupften Affen her, prügelten ihn und jagten ihn auf ihren Herrn zu. Der aber erhob sich, schlug sie und band sie fest und bestrafte sie so dafür. Nun wurden die Affen alle zornig auf den einen und prügelten ihn wieder. Als der Scheich Abu el-Muzaffar jenen Affen sah, hatte er Mitleid mit ihm und er fragte seinen Besitzer:

Scheich: Willst du mir diesen Affen verkaufen?
  Händler: Was bietest du?
  Scheich: Ich habe fünf Dirhems bei mir, die einem armen Knaben gehören. Willst du mir den Affen dafür verkaufen?

Händler: Gut, der Verkauf ist abgeschlossen, und Allah segne ihn dir!

Erzähler: Die Diener des Scheichs nahmen den Affen mit und banden ihn auf dem Schiffe fest. Darauf spannten sie die Segel und fuhren zu einer anderen Insel, bei der sie wiederum anlegten. Dort kamen die Taucher an Bord, die nach Edelmetallen, Perlen, Juwelen und ähnlichen Dingen tauchten. Die Kaufleute gaben ihnen Geld zum Lohne dafür, daß sie tauchen sollten. Sie taten es, doch als der Affe sie bei diesem Tun sah, machte er sich von den Fesseln frei, sprang über Bord und tauchte unter. Abu el-Muzaffar und seine Leute gaben den Affen verloren; aber da plötzlich, als die Schar der Taucher wieder hochkam, erschien auch der Affe mit ihnen auf der Oberfläche. Er hatte die Hände voll von den kostbarsten Juwelen, und die warf er vor Abu el-Muzaffar nieder. Da staunten alle und vermeinten, daß in dem Affen ein Geheimnis verborgen sei. Nachdem sie die Segel wieder gespannt hatten, fuhren sie weiter, bis sie zu einer Insel gelangten, deren Name »Insel der Neger« ist. Dort wohnen Schwarze, die das Fleisch der Menschen fressen. Als die Schwarzen sie sahen, fuhren sie in Booten herbei, fielen über sie her und holten alle vom Schiff herunter; dann fesselten sie ihnen die Hände auf den Rücken und schleppten sie vor den König. Der befahl ihnen, eine Anzahl von den Kaufleuten zu schlachten, und nachdem sie das getan hatten, fraßen sie ihr Fleisch auf. Die übrigen Kaufleute verbrachten die Nacht gefesselt und in Todesangst. Als es Mitternacht geworden war, kam aber der Affe zu Abu el-Muzaffar und befreite ihn von seinen Fesseln.

Scheich: Allah sei gelobt!

Kaufmann: Hilf auch uns, Abu el-Muzaffar!

Scheich: Mich hat niemand anderer als dieser Affe befreit und ich zahle ihm dafür tausend Dinare.

Kaufmann: Ebenso zahlt ihm ein jeder von uns tausend Dinare, wenn er uns befreit.

Erzähler: Da trat der Affe zu ihnen und löste einem nach dem andern die Fesseln, bis er sie alle davon befreit hatte. Die Kaufleute eilten zu dem Schiff, stiegen hinauf und fanden, daß es unversehrt war und nichts auf ihm fehlte. Dann setzten sie Segel und stachen in See. Jeder von ihnen aber händigte Abu el-Muzaffar tausend Dinare aus und dieser selbst tat auch tausend Dinare dazu. So kam für den Affen eine große Summe Geldes zusammen. Sie fuhren weiter dahin, bis sie die Stadt Basra erreichten.

Mutter: Mein Sohn, steh auf! Scheich Abu el-Muzaffar ist heimgekehrt! Geh zu ihm und frag ihn, was er dir gebracht hat! Vielleicht hat Allah der Erhabene dir irgendein Tor des Glücks geöffnet.

Mohammed: Du verlangst Unmenschliches von mir, Mutter! Heb mich vom Boden auf!

Mutter: Eile, mein Sohn, daß wir bald erfahren, was aus den fünf Dirhems geworden ist!

Mohammed: Stütze mich, Mutter!

Erzähler: Und Abu Mohammed ging zum Strom hinunter und stolperte dabei über den Saum seiner Kleider. Als er aber zu seiner Mutter zurückkehrte, hielt er einen kahlköpfigen Affen an der Hand und sprach:

Mohammed: Immer wenn ich schlafen will, sagst du mir, ich solle aufstehen und Handel treiben. Nun sieh dir selber an, was ich um fünf Dirhems für eine Ware erworben habe.

Mutter: Ein Affe.

Mohammed: Das muß eine besonders wertvolle Ware sein.

Mutter: Aber schau, mein Sohn, da kommt Abu el-Muzaffar selbst.

Mohammed: Kommt er zu uns?

Mutter: Und seine Sklaven schleppen Kisten herbei.

Mohammed: Zu uns?

Scheich: Mein Sohn, Allah hat dir diesen Reichtum beschert als Gewinn aus den fünf Dirhems.

Mohammed: Meinst du den Affen, o Scheich?

Scheich: Ich meine die Kisten. Sie sind voller Geld.

Mutter: Für uns?

Scheich: Für euch. Hier sind die Schlüssel zu den Kisten, und alles, was darin ist, ist euer.

Mutter: Hörst du das, Sohn?

Mohammed: Mir schwindelt. Stütze mich!

Mutter: Allah hat dich gesegnet. Drum laß ab von deiner Faulheit. Und geh zum Basar, wie ichs dir immer gesagt habe, und treibe Handel!

Erzähler: Und wirklich, Abu Mohammed schüttelte seine Trägheit ab und eröffnete einen Laden im Basar. Der Affe aber saß immer neben ihm auf seinem Diwan. Wenn er aß, so aß er mit ihm, wenn er trank, so trank er mit ihm. Doch jeden Tag pflegte er vom Morgengrauen bis zur Mittagszeit zu verschwinden; dann kam er wieder und trug einen Beutel von tausend Dinaren in der Hand und wenn er den neben Abu Mohammed hingelegt hatte, setzte er sich. Das tat er eine ganze Zeit hindurch, bis sich großer Reichtum bei Abu Mohammed angehäuft hatte. Darauf erwarb er Häuser und Ländereien, pflanzte Gärten und kaufte Mamluken, Sklaven und Sklavinnen. Nun begab es sich eines Tages, als er mit dem Affen neben sich auf dem Diwan saß, daß dieser sich plötzlich nach rechts und nach links wandte und auf einmal begann er zu sprechen und rief:

Affe: O Abu Mohammed! Erschrick nicht! Ich will dir von mir erzählen. Ich bin ein Marid vom Geschlechte der Geister, aber ich bin zu dir gekommen, weil du in solcher Not warst, du, der du heute nicht mehr die Fülle deines Reichtums ermessen kannst. Nun habe ich ein Anliegen an dich, und daraus soll dir Gutes kommen.

Mohammed: Was für ein Anliegen?

Affe: Ich möchte dich mit einem Mädchen vermählen, das so schön wie der Vollmond ist.

Mohammed: Sprich weiter! Was müßte ich dazu tun?

Affe: Lege morgen früh prächtige Gewänder an, besteige dein Maultier mit dem goldenen Sattel und begib dich zum Basar der Futterhändler. Dort frage nach dem Laden des Scherifen, setz dich zu dem Kaufherrn hin und sprich zu ihm.

Mohammed: Ich grüße dich, Scherif!

Scherif: Bist du nicht Abu Mohammed, der Faulpelz genannt?

Mohammed: Der bin ich.

Scherif: Hast du ein Anliegen an mich?

Mohammed: Ja, Scherif.

Scherif: So sprich!

Mohammed: Ich komme zu dir als Freier, der um deine Tochter wirbt.

Scherif: Du kommst zu mir als Freier? Wie kannst du das? Du hast weder Abkunft noch Adel.

Mohammed: Sieh her, Scherif, in diesem Beutel sind tausend Dinare in rotem Gold. Das ist meine Abkunft und mein Adel.

Scherif: Wir rühmen uns, vom König Salomo selbst abzustammen.

Mohammed: Der beste Adel, Scherif, ist der Reichtum. Denke daran, was der Dichter sagt!

Scherif: Was der Dichter sagt, sollst du uns nicht verschweigen!

Mohammed: Kann jemand auch zwei Dirhems nur
    sein eigen nennen,
so werden seine Lippen manche Rede kennen.
Dann kommen die Genossen, lauschen seinen Worten;
du siehst ihn bei dem Volk sich blähen allerorten.
Und hätte er das Geld, mit dem er großtut, nicht,
du fändest bei den Menschen ihn als kleinsten Wicht.
Und wenn der Reiche auch in seinen Worten irrt,
so heißt es: Du sprichst wahr, du redest nicht verwirrt.
Doch spricht der Arme wahr, so ruft die Welt betört:
Du lügst! Und was er sagt, verhallet ungehört.
Ja, Dirhems geben hier auf Erden weit und breit
den Männern Würde und das Kleid der Lieblichkeit.
Sie sind die Zunge dem, der feine Rede liebt;
sie sind die Waffe dem, der sich zum Kampf begibt.

Scherif: Abu Mohammed, den feinen wohlgesetzten Dichterworten kann ich nicht widerstehen.

Mohammed: So willst du meinen Antrag annehmen?

Scherif: Wenn es denn sein muß –

Mohammed: Ich danke dir, Scherif!

Scherif: Einen Augenblick! Wenn es denn sein muß, wollte ich sagen, verlange ich von dir noch dreitausend Dinare!

Mohammed: Ich höre und gehorche, Scherif!

Erzähler: Abu Mohammed schickte einen seiner Mamluken nach Hause, der alsbald mit dem verlangten Geld wiederkam. Als der Scherif das Geld kommen sah, verließ er den Laden und befahl seinen Dienern, ihn zu schließen. Dann lud er seine Freunde vom Basar in sein Haus; dort setzte er den Ehevertrag zwischen Abu Mohammed und seiner Tochter auf. Der Hochzeitstag sollte zehn Tage später sein. Abu Mohammed aber ging nach Hause und erzählte dem Affen alles, was geschehen war. Als nun der zehnte Tag herannahte, sagte der Affe:

Affe: Ich habe ein Anliegen an dich, Abu Mohammed!

Mohammed: Was hast du für ein Anliegen?

Affe: Wenn du es mir erfüllst, wirst du alles von mir erhalten, was du dir wünschen kannst.

Mohammed: So sprich!

Affe: An der Rückwand der Halle, in der du zu der Tochter des Scherifen eingehen wirst, befindet sich eine Kammer; an der Kammertür ist ein Ring aus Kupfer, und die Schlüssel hängen darunter. Nimm die Schlüssel und öffne die Tür; dann wirst du drinnen eine eherne Truhe finden mit vier Talismanen in Gestalt von Fähnlein an den Ecken. Mitten in der Truhe ist ein Becken voll von Gold, und auf ihrer einen Seite sind elf Schlangen, auf der anderen liegt ein Messer; in dem Becken aber ist ein weißer Hahn mit gespaltenem Kamm festgebunden. Nimm das Messer und schlachte damit den Hahn; schneide die Fähnlein ab und wirf die Truhe um. Darauf geh zu deiner jungen Gemahlin und nimm ihr das Mädchentum. Wirst du die Kammer öffnen und alles tun, wie ich dir gesagt habe?

Mohammed: Ich will alles tun, wie du mir gesagt hast.

Erzähler: Am zehnten Tag ging Abu Mohammed in das Haus des Scherifen, trat in die Halle ein und schaute nach der Kammer, die ihm der Affe beschrieben hatte. Als er dann mit seiner jungen Frau allein war, erstaunte er ob ihrer Schönheit und Lieblichkeit und ihres Wuchses Ebenmaß. Ihre Anmut war so groß, daß keine menschliche Zunge sie zu schildern vermag. So hatte er denn hohe Freude an ihr. Um die Mitternacht aber, als seine junge Frau schlief, erhob er sich, nahm die Schlüssel und öffnete die Kammer.

(Er öffnet die Kammertür.)

Mohammed: In der Kammer, sagte er, wirst du eine eherne Truhe finden. Das also ist sie, und die vier Talismane in Gestalt von Fähnlein an den Ecken. Das Becken voll von Gold! Die elf Schlangen auf der einen Seite, auf der andern das Messer. Der Hahn mit gespaltenem Kamm –

(Der Schrei des Hahns, mittendrin abbrechend)
Schlachte den Hahn, schneide die Fähnlein ab und wirf die Truhe um!
(Er wirft die Truhe um.)
Erzähler: Als Abu Mohammed die Truhe umgestürzt hatte, da erwachte die Jungfrau, und als sie die Kammer geöffnet und den Hahn geschlachtet sah, rief sie

Jungfrau: O Abu Mohammed, was hast du getan! Jetzt holt mich der Dämon!
(Wind, Donner)

Erzähler: Und ehe Abu Mohammed sich von seinem Schrecken erholen konnte, war der Dämon ins Haus gedrungen und hatte die junge Frau geraubt. Und die Bewohner des Hauses kamen zusammen, und der Scherif schlug sich weinend die Hände vors Gesicht.

Scherif: Was hast du getan, Abu Mohammed! Ist das dein Dank?
Mohammed: O Scherif, ich wußte nicht, daß ich etwas zu unserm Schaden tat!
Scherif: Ich hatte doch den Talisman dort in der Kammer bereitet, weil ich um meine Tochter wegen dieses Verfluchten besorgt war; denn er hat sie schon seit sechs Jahren holen wollen, aber er hat es nie tun können.
Mohammed: O Scherif, ich habe es nicht gewußt.
Scherif: Jetzt ist deines Bleibens bei uns nicht länger.
Mohammed: O Scherif –
Scherif: Geh deiner Wege!

Erzähler: Abu Mohammed verließ das Haus des Scherifen und ging in seine eigene Wohnung. Dort suchte er nach dem Affen, aber er konnte ihn nicht finden, ja, er entdeckte keine Spur mehr von ihm.

Mutter: Du suchst umsonst, mein Sohn Abu Mohammed.

Mohammed: Sag mir, wo er ist, Mutter!

Mutter: Ich weiß es nicht. Plötzlich verfinsterte sich der Himmel und ein schwefelgelber Blitz fuhr ins Zimmer, sodaß ich ohnmächtig zu Boden fiel. Als ich wieder zu mir kam, war der Affe verschwunden, der vorher auf dem Diwan gehockt hatte. Und nichts war von ihm übrig als ein schwefliger Gestank.

Mohammed: Jetzt weiß ich es: Er war der Dämon, der meine Frau geraubt hat. Er hat mich überlistet, sodaß ich den Zauber der Talismane und des Hahnes brach, der Dinge, die ihn hinderten, sie wegzuholen.

Mutter: Er hat dich mit Wohltun in Sicherheit gewiegt, bis du ihm ganz vertrautest.

Mohammed: Wäre ich faul geblieben, Mutter, es wäre mir nicht geschehen, und ich müßte jetzt nicht darüber nachdenken, was ich tun soll!

Erzähler: Und Abu Mohammed bereute sein Tun, zerriß seine Kleider und zerschlug sich das Gesicht. Die Welt ward ihm zu eng. Und er machte sich auf und verließ die Stadt und ging in die Wüste. Er zog dahin, bis es Abend um ihn ward, ohne daß er wußte, wohin ihn seine Füße trugen. Während er den Gedanken seiner Verzweiflung nachhing, kamen plötzlich zwei Schlangen auf ihn zu, eine schwarze und eine weiße, die miteinander kämpften. Da hob er einen Stein vom Boden auf, warf ihn auf die schwarze Schlange und tötete sie damit; denn sie war es, die der weißen nachstellte. Nun glitt die weiße Schlange davon, blieb eine Weile verschwunden und kehrte dann mit zehn anderen weißen Schlangen zurück. Alle stürzten sich auf die tote Schlange und zerrissen sie in Stücke, bis von ihr nur noch der Kopf übrig blieb. Dann glitten sie wieder ihrer Wege dahin, während Abu Mohammed da, wo er war, vor Müdigkeit zu Boden sank. Indem er so dalag und über sein Schicksal nachdachte, hörte er auf einmal eine Stimme, obwohl er keine Gestalt gewahrte, und die Stimme sprach:

Geist: Laß nur das Schicksal mit verhängten Zügeln
  jagen,
  und sorgenlos verbringe deine Nacht!
  Im Augenblick hat Allah es vollbracht,
  daß sich zur Freude wandeln deine Klagen.
Mohammed: Es gibt keine Majestät und es gibt keine Macht außer bei Allah dem Erhabenen und Allmächtigen! Wer spricht da?
  Geist: O Muslim du, den der Koran als Führer leitet,
  erfreu dich seiner, denn das Heil ward dir bereitet!
  Sei ohne Furcht vor Satans Trug und List!
  Wir sind ein Volk, bei dem der rechte Glaube ist.
  Mohammed: Bei Ihm, den du anbetest, tu mir kund, wer du bist!
  Geist: So will ich mich deinen Augen zeigen.
  Mohammed: O! So bist du also ein Mensch!
  Geist: Ich habe die Gestalt eines Menschen angenom-

men. Aber fürchte dich nicht. Wir sind ein Volk der gläubigen Dämonen und deine gute Tat ist uns berichtet worden.

Mohammed: Meine gute Tat? Ich habe nur eine schlimme Tat begangen.

Geist: Bist du nicht Abu Mohammed, der Faulpelz?

Mohammed: Der bin ich.

Geist: Wisse, ich bin der Bruder der weißen Schlange, deren Feind du getötet hast. Wir sind vier Brüder von einem Vater und von einer Mutter, und wir alle sind dir für deine Güte dankbar. Wenn du einen Wunsch hast, so tu ihn mir kund, auf daß wir dir seine Erfüllung gewähren.

Mohammed: Ich habe einen sehr großen Wunsch, denn ein gewaltiges Unglück ist mir widerfahren –

Geist: Ich kenne es, Abu Mohammed. Wisse, jener, der in Gestalt eines Affen war und solche Tücke an dir verübte, gehört zum Volk der ungläubigen Dämonen. Hätte er diese List nicht angewandt, so hätte er die Jungfrau nie und nimmer entführen können. Er liebte sie schon seit langer Zeit; aber jener Talisman hinderte ihn daran, sie zu rauben. Doch gräme dich nicht um das Geschehene. Wir wollen dich wieder mit ihr vereinen und den bösen Dämon zu Tode bringen.

(Er ruft mit übermenschlich lauter Stimme) He – ho – he –

Mohammed: Nach wem rufst du, mit einer Stimme, die mich erschreckt?

Geist: Ich rufe meine Sklaven.

Sklave: Du hast gerufen, Herr.

Zweiter: Du hast gerufen, Herr.

Dritter: Du hast gerufen, Herr.

Viele: Du hast gerufen, Herr.

Geist: Ich frage euch nach dem Affen des Abu Mohammed.

Erster: Ich kenne ihn nicht.

Zweiter: Ich kenne ihn.

Dritter: Ich weiß, wo er ist.

Geist: Wo ist er?

Dritter: Er ist in der Messingstadt, über der die Sonne nicht aufgeht.

Geist: Du hörst es, Abu Mohammed.

Mohammed: O Geist, wo aber ist die Messingstadt?

Geist: Wähle dir einen von unsern Sklaven aus, Abu Mohammed. Der wird dich auf seinem Rücken tragen und wird dir zeigen, wie du das Mädchen wiedererlangen kannst. Wisse jedoch, daß diese Sklaven zu den ungläubigen Dämonen gehören. Wenn er dich trägt, so darfst du den Namen Allahs nicht aussprechen, solange du auf seinem Rücken bist. Denn sonst wird er vor dir fliehen und du wirst hinabfallen und umkommen.

Mohammed: Ich höre und gehorche. So wähle ich diesen hier.

Erster: Steig auf!

Erzähler: Abu Mohammed stieg auf den Rücken des Dämons, und dann flog dieser so hoch in den Luftraum empor, daß man die Sterne wie festgegründete Berge vor sich sah und die Engel im Himmel Gott lobpreisen hörte. In all der Zeit aber plauderte der Dämon mit Abu Mohammed und unterhielt ihn und lenkte ihn davon ab, den Namen Allahs des Erhabenen auszusprechen. Während er nun so dahinflog, erschien plötzlich eine Gestalt; die trug ein grünes Gewand, hatte wehende Locken und ein strahlendes Antlitz, und hielt einen Wurfspeer in der Hand, von dem die Funken sprühten. Und die Gestalt kam auf Abu Mohammed zu und sprach zu ihm:

Gestalt: Abu Mohammed! Sprich: Es gibt keinen Gott außer Allah und Mohammed ist der Prophet Allahs! Sage es, sonst durchbohre ich dich mit diesem Wurfspeer!

Erzähler: Nun war Abu Mohammeds Herz schon gebrochen, weil er es so lange unterlassen hatte, den Namen Allahs des Erhabenen auszusprechen, deshalb rief er:

Mohammed: Es gibt keinen Gott außer Allah, und Mohammed ist der Prophet Allahs!

Erzähler: Da durchbohrte jene Gestalt den Dämon mit dem Wurfspeer. Der Dämon schmolz und ward zu Asche, Abu Mohammed aber fiel von seinem Rücken und stürzte zur Erde hinab, und es war die See, in die er fiel, mit brandenden Wogen ringsumher. Er schwamm, doch wären seine Kräfte bald ermattet, hätte nicht ein Schiff ihn entdeckt, worin sich fünf Seeleute befanden. Als sie ihn sahen, zogen sie ihn in das Fahrzeug hinauf und begannen mit ihm in einer Sprache zu reden, die er nicht kannte. Darum machte er ihnen ein Zeichen, daß er ihre Worte nicht verstand. Sie fuhren aber weiter, bis der Tag sich neigte; dann warfen sie ein Netz aus und fingen einen großen Fisch, und nachdem sie ihn gebraten hatten, gaben sie Abu Mohammed zu essen. Und sie segelten immer weiter, bis sie zu ihrer Heimatstadt kamen; dort führten sie ihn zu ihrem König. Der aber verstand arabisch, und nachdem Abu Mohammed ihm sein Schicksal berichtet hatte, schenkte ihm der König ein Ehrengewand und machte ihn zu einem seiner Leibwächter. Die Stadt aber, wo er regierte, hieß Hanad und lag im Lande China. Einen Monat schon weilte Abu Mohammed dort, da kam er eines Tages an einen Fluß und setzte sich, um auszuruhen, an seinem Ufer nieder. Während er so dasaß, kam plötzlich ein Reiter des Weges.

(Hufschlag nähert sich und hält an.)

   Reiter: He du, der da sitzt!

   Mohammed: Was gibts?

   Reiter: Bist du nicht Abu Mohammed, genannt der Faulpelz?

   Mohammed: Woher kennst du mich?

   Reiter: Fürchte dich nicht! Ich suche dich seit einem Monat. Wir kennen deine gute Tat.

   Mohammed: Ich habe keine gute Tat begangen, nur schlechte.

   Reiter: Ich bin der Bruder der Schlange, die du gerettet hast.

   Mohammed: Das ward mir schon vergolten.

   Reiter: Es wird nie genug vergolten sein. Höre, Abu Mohammed, du bist ganz nahe bei dem Ort, wo sich das Mädchen befindet. Steig hinter mir auf mein Roß! Ich zeige dir den Weg.

Erzähler: Der Reiter nahm Abu Mohammed hinter sich aufs Roß und ritt mit ihm in eine einsame Gegend. Dort hieß er ihn absteigen und wies ihm den Weg zwischen zwei Bergen hindurch. Abu Mohammed ging den Weg, bis er in die Nähe der Stadt kam, da sah er, daß ihre Mauern aus Messing waren. Er begann, um sie herum zu gehen, aber er fand kein Tor und keinen Eingang. Auf einmal aber erhob sich ein lautes Geschrei und eine große Menge von Menschen kam auf ihn zu. Es waren aber Menschen, die ihre Augen nicht im Kopf, sondern auf der Brust trugen, und Abu Mohammed fürchtete ihren Anblick.

Diener: Fürchte dich nicht, Abu Mohammed, uns schickt der Bruder der weißen Schlange, damit wir dir den Weg weisen. Wisse, deine Gemahlin ist mit dem Dämon in der Messingstadt. Näheres aber wissen wir nicht.

Mohammed: Wie komme ich in die Messingstadt?

Diener: Sie hat kein Tor und keinen Eingang. Aber wir werden dir helfen, daß du dennoch in die Stadt hineingelangst.

Erzähler: Und die Menschen, die die Augen auf der Brust trugen, gingen mit Abu Mohammed in ein Gebirge vor der Stadt, in eine wüste Gegend. Dort gab es einen Bach, der nach kurzem Lauf unter den Felsen verschwand. Und die Menschen, die die Augen auf der Brust trugen, fällten Bäume, entrindeten sie, banden sie mit Tauen zusammen, und machten so ein Floß, das nur etwas weniger breit war als jener Bach. Zuletzt schnitten sie noch zwei Bretter zu Rudern zurecht und legten sie auf beide Seiten des Floßes. Dann sprach einer von ihnen zu Abu Mohammed:

Diener: Jetzt setze dich auf dieses Floß und fahre damit in die Messingstadt.

Mohammed: Auf diesem Bach? Er verschwindet doch unter den Felsen.

Diener: Er fließt unter dem Berg dahin und wo er wieder ans Tageslicht kommt, bist du mitten in der Messingstadt.

Erzähler: Abu Mohammed setzte sich auf das Floß und trieb auf dem Bach dahin, bis er zu der Stelle kam, wo der Bach unter den Felsen verschwand. Als nun das Floß dort hineinfuhr, umgab ihn plötzlich dichte Finsternis. Die Strömung aber trieb das Fahrzeug immer weiter in das Berginnere, bis zu einer Stelle, wo die Höhlung im Felsgestein enger ward. Da rieben sich die Seiten des Floßes an den Bergwänden und Abu Mohammed streifte mit dem Kopf an der Decke entlang. Aber es gab keine Rückkehr für ihn, und die Strömung wurde immer stärker. Da warf er sich, weil es so eng war, der Länge nach mit dem Gesicht auf das Floß; die Strömung trug ihn immer weiter, und es war dort im Felsen so finster, daß er nicht wußte, ob es Nacht war oder Tag. Er meinte aber, daß er Stunden um Stunden so dahinfuhr, und die Dunkelheit machte ihn endlich so müde, daß er einschlief trotz aller Gefahr, und so lag er schlafend auf dem Gesicht, dort auf dem Floß, das mit ihm dahinfuhr, er wußte nicht, ob lange oder kurze Zeit. Doch plötzlich wachte er auf und fand sich im Licht des Tages. Als er die Augen geöffnet hatte, glaubte er zu träumen. Das Floß lag am Ufer, von niederhängenden Zweigen festgehalten und er blickte in einen

Garten voll goldener Bäume, die trugen Früchte aus kostbaren Edelsteinen, Rubinen, Chrysolithen, Perlen und Korallen. Auf einem goldenen Lager aber, unter einem Baldachin von Brokat, ruhte sie, um deretwillen er all diese Abenteuer auf sich genommen hatte, und sie war schön wie der volle Mond in der vierzehnten Nacht.

Jungfrau: Mein Gebieter, wer hat dich hierher gebracht?

Mohammed: O du Pforte des Paradieses, es waren die Wellen, die mich zu dir getragen haben, und der Wind hat mir Nachricht von dir gegeben.

Jungfrau: Ich beginne wieder zu leben, da du bei mir bist.

Mohammed: Ich weiß erst, daß ich lebe, seit ich dich kenne.

Erzähler: Nachdem sie sich gegenseitig erzählt hatten, was geschehen war, berieten sie, wie Abu Mohammed sie aus der Gewalt des Dämons befreien könnte. Die Schöne wußte Rat und sprach:

Jungfrau: Tagsüber bin ich allein und ich weiß nicht, wo der Dämon sein Wesen treibt. Abends aber kommt er und bittet mich, seine Frau zu werden. Ich bin unfreundlich und schelte ihn, und in seiner übergroßen Liebe erträgt er das alles und er tut mir kein Leides. Wenn er nun heute kommt, will ich freundlich gegen ihn sein und versuchen, ihm das Geheimnis zu entlocken, dem er seine Macht verdankt. Du aber versteck dich hinter dem Gebüsch aus Silber und höre gut zu, was er spricht.

(Donnern) Er kommt, das Gewitter kündigt ihn an! Versteck dich!

Affe: Sei gegrüßt, Licht meiner Augen!

Jungfrau: Sei gegrüßt, mächtigster aller Dämonen, sei gegrüßt du, auf den ich den ganzen Tag warte!

Affe: So freundlich, mein Juwel? Du hast auf mich gewartet? Deine Worte sind mir wie Lautenklang und himmlische Musik in meinem Ohr.

Jungfrau: Ich habe meinen Sinn geändert, o Dämon. Ich sehe ein, daß ich deiner Macht nicht entrinnen kann, die Liebe zu dir hat begonnen, mein Herz zu erfüllen.

Affe: Mein Rubin, meine Perle! So hat sich dein Herz mir zugeneigt und du wirst mir gehören?

Jungfrau: Ich werde dir gehören.

Affe: Noch heute?

Jungfrau: Verzeih! Es kam plötzlich heute über mich. Es ist noch so neu. Ich muß mich erst daran gewöhnen –

Affe: Morgen?

Jungfrau: Vielleicht morgen.

Affe: Nun will ich dir aber auch sagen, daß du heute nahe daran warst zu sterben.

Jungfrau: Zu sterben?

Affe: Hättest du mich heute wieder gescholten, ich hätte dich getötet. Das war meine feste Absicht.

Jungfrau: So hat meine Liebe zu dir mir das Leben gerettet?

Affe: Ja, sie hat dich gerettet.

Jungfrau: Und ich habe nicht gewußt, wie nahe ich dem Tode war.

Affe: Ja, du warst ihm sehr nahe.

Jungfrau: Was blickst du um dich?

Affe: Irgendetwas scheint mir anders zu sein als sonst. Bist du allein?

Jungfrau: Wer soll hierher kommen? Über die Mauern? Durch den Ring von Zaubern, die du um mich gelegt hast?

Affe: Es ist mir so, als wäre ein Mensch hier.

Jungfrau: Was für ein merkwürdiger Gedanke! Schlag ihn dir aus dem Sinn! Komm, setz dich neben mich, mein Herz, mein Licht –

Affe: Ja, ich will mich neben dich setzen.

Jungfrau: Du Mächtigster aller! Wie kommt es nur, daß du so mächtig bist?

Affe: (lacht) Ich bin nicht mächtiger als irgendein anderer. Da du mich liebst, kann ich es dir sagen.

Jungfrau: Ja, du kannst es mir sagen.

Affe: An diesem Ort befindet sich ein Talisman, und wenn ich will, kann ich mit seiner Hilfe alle Einwohner dieser Stadt vernichten, ja, ich kann die Messingtürme schmelzen lassen, die Meere trockenlegen, die Wüsten mit süßem Wasser überfluten –

Jungfrau: Wie kannst du das alles? Leg deinen Kopf in meinen Schoß!

Affe: Die Geister, die Ifrite, müssen mir dienstbar sein, wenn ich mich des Talismans bediene.

Jungfrau: Und sie gehorchen nur dir?

Affe: Sie gehorchen jedem, der weiß, wie er sie ruft.

Jungfrau: So würden sie auch mir gehorchen?

Affe: Auch dir.

Jungfrau: Aber sie brauchen mir nicht zu gehorchen. Es genügt, wenn du sie zu rufen verstehst.

Affe: Nicht wahr, das genügt? O du kostbares Licht meiner Augen!

Jungfrau: Laß deinen Kopf in meinem Schoß!

Affe: Es ist schön, bei dir auszuruhen.

Jungfrau: Und der Talisman, sagst du, wäre hier?

Affe: Er befindet sich auf einer Säule.

Jungfrau: Meine Liebe wächst mit jedem Augenblick. Wo ist die Säule, o du lieblichster, du herrlichster aller Dämonen?

Affe: Im Hof, an der Hausmauer.

Jungfrau: Im Hof, an der Hausmauer. Wenn du das sagst, klingt es wie lauter Musik. Es klingt, als sagtest du, daß du mich liebst. Sag mir weiter so Liebes. Sprich weiter von dem Talisman.

Affe: Auf der Säule befindet sich das Bildnis eines Adlers. Gefällt dir dieser Satz?

Jungfrau: Sehr.

Affe: Er heißt eigentlich: Dein Lächeln macht mich zu deinem Sklaven.

Jungfrau: Sprich weiter von dem Talisman!

Affe: Von deiner Schönheit, von meiner Liebe. Höre also! Wenn ich mich vor den Talisman setze, eine Räucherpfanne mit glühenden Kohlen halte und etwas Moschus hineinwerfe –

Jungfrau: Eine ganz gewöhnliche Räucherpfanne, wie sie in der Kammer auf dem Herd steht?

Affe: Hast du es übersetzt? Es heißt: Der Klang deiner Stimme läßt mich erbeben.

Jungfrau: Und Moschus, wie er im Schränkchen über dem Herd liegt?

Affe: Eine ganz gewöhnliche Pfanne, ganz gewöhnliche Kohlen, ganz gewöhnlicher Moschus. Wenn aber der Rauch aufsteigt, müssen die Ifrite erscheinen und sie tun alles, was man ihnen befiehlt.

Jungfrau: Alles, was man ihnen befiehlt?

Affe: Das heißt: Ich bin in deiner Macht. Ich liege gebunden zu deinen Füßen. Was horchst du?

Jungfrau: Ich möchte, daß du gebunden zu meinen Füßen liegst.

Affe: Du hast es erreicht. Warum streichelst du mich nicht mehr?

Jungfrau: Verzeih! Es war mir, als hätte ich etwas gehört, *(in ihrer Stimme beginnt etwas wie eine Drohung mitzuschwingen)* – als zöge der Rauch von Moschus herüber –

Ifrit: *(entfernt)* Was befiehlst du, Herr?

Zweiter: *(ebenso)* Was befiehlst du, Herr?

(Der Affe schreit auf.)

Mohammed: *(entfernt, aber laut)* Bindet ihn, bindet ihn mit ewigen Fesseln, die ihn festhalten bis zum Jüngsten Gericht!

(Der Affe stöhnt und verstummt.)

Jungfrau: Gebunden zu meinen Füßen, Mächtigster aller Dämonen! Ist es dir recht? Abu Mohammed, der mein Gemahl ist, hat deinen Wunsch erfüllt.

Mohammed: Uns aber, Ifrite, führt heim nach Basra.

Erzähler: Im Nu fanden sich Abu Mohammed und seine Frau in Basra. Und sie lebten in Reichtum, in Glück und

Freuden, viele Jahre bis Der zu ihnen kam, der die Freuden schweigen heißt, der die Bande der Liebe zerreißt. Preis sei Ihm, dem Lebendigen, der nie stirbt!

Alischar und Zumurrud

Erzählerin: In längst vergangener Zeit lebte einmal ein Jüngling mit Namen Alischar. Dem hatte sein Vater großen Reichtum hinterlassen, aber da er sich den Vergnügungen der Welt ergab, verschwendete er sein Gut in einem fort, zu allen Zeiten der Nacht und des Tages, bis er seine ganze Habe vertan hatte und ein armer Mann war. Da verkaufte er den Laden, worin er Handel trieb, verkaufte seine Häuser und alles was dazu gehörte, und dann verkaufte er sogar die Kleider von seinem Leibe, bis er nur noch ein einziges Gewand für sich übrig hatte. So kam das Elend über ihn, und als er eines Tages vom Morgen bis zum Nachmittag ohne Imbiß gewesen war, dachte er: Ich will bei all denen die Runde machen, für die ich mein Geld ausgegeben habe. Vielleicht lädt mich einer von ihnen zum Essen ein. Und er machte die Runde, aber alle, an deren Tür er klopfte, ließen sich verleugnen und versteckten sich vor ihm. So irrte Alischar mit hungrigem Magen durch die Straßen. Als er aber zum Basar kam, fand er dort eine große Volksmenge versammelt. Er drängte sich hindurch und sah, daß dort eine Sklavin verkauft werden sollte, die von großer Schönheit war. Eben begann der Makler, sie anzupreisen.

Makler: Ihr Kaufleute, ihr Männer des Geldes! Wer öffnet das Tor des Bietens auf diese Sklavin, die Herrin der Monde, die Perle von hohem Gewinn, Zumurrud, die Vorhangstrickerin, die Sehnsucht des Verlangenden, die Wonne des Liebesbangenden?

Kaufmann: Mein, für fünfhundert Dinare!

Zweiter: Und zehn!

Dritter: Und hundert!

Erster: Und zehn!

Dritter: Für tausend Dinare.

Makler: Du, dem die Sklavin gehört, willst du sie für tausend Dinare hergeben?

Eigentümer: Ich habe geschworen, sie nur einem Manne zu verkaufen, den sie selber auswählt. Frage sie also um ihre Meinung!

Makler: Zumurrud, dieser Kaufmann möchte dich kaufen. Sieh ihn dir an!

Zumurrud: Kaum daß er noch Zähne hat! Ich will nicht an einen Greis verkauft werden!

Makler: Ihr hört es, Kaufleute!

Erster: So biete ich das gleiche!

Zumurrud: Nein, er hat einen gefärbten Bart.

Zweiter: Und ich? Ich biete das gleiche!

Zumurrud: Er ist ja einäugig!

Makler: Herrin, so sieh dich im Kreise der Kaufleute um, – von welchem denn möchtest du gekauft werden?

Erzählerin: Die Sklavin Zumurrud blickte im Kreise der Kaufleute umher und sah einen nach dem andern genau an, bis ihr Blick auf Alischar fiel. Ihr Herz ward von ihm gefangen genommen, denn er war wunderbar schön und lieblicher als des Nordwindes Wehn, und deshalb sprach sie:

Zumurrud: Ich will keinem andern verkauft werden als diesem!

Makler: Du hörst es, o Alischar!

Alischar: Kaufe sie also, denn sie hat dich erwählt. Glück dir, wenn du sie kaufst. Dann hat Er, der mit seinen Gaben nicht geizt, dir ein Geschenk verliehen!

Du antwortest nicht?

Schau, sie ist schöner als die Sonne am lichten Tag! Sie hat die erlesensten Verse in ihrem Gedächtnis. Außerdem kann sie den erhabenen Koran nach sieben Weisen vortragen und die heiligen Überlieferungen nach den richtigen Texten hersagen. Sie schreibt die sieben Schriftarten und hat ein so großes Wissen, daß selbst der größte Gelehrte nicht gegen sie aufkommt. Ihre Hände sind besser als Gold und Silber, denn sie versteht seidene Vorhänge anzufertigen und verkauft sie. Für jeden einzelnen erhält sie fünfzig Dinare, und um einen Vorhang zu machen, braucht sie nur acht Tage. Glücklich der Mann, in dessen Haus sie zieht, und der in ihr sein vornnehmstes Kleinod erkennt!

Du sagst noch immer nichts!

Erzählerin: Alischar aber senkte das Haupt zu Boden, er mußte über sich selbst lachen, und dachte: Nun habe ich heute noch nichts gegessen, die Leute aber meinen, ich sollte eine Sklavin kaufen um tausend Dinare! Als nun die Sklavin sah, daß er den Kopf senkte, sprach sie zu ihm:

Zumurrud: Wie denkst du, mein Gebieter?

Warum antwortest du nicht?

Mein Gebieter, du Liebling meines Herzens, was ist dir, daß du mich nicht kaufen willst? Kaufe mich doch für soviel du willst; ich werde die Ursache deines Glücks sein.

Alischar: Muß ich auch kaufen, wenn ich nicht will? Tausend Dinar, das ist mir zu teuer.

Zumurrud: So kauf mich um neunhundert!

Alischar: Nein.

Zumurrud: Um achthundert!

Alischar: Nein!

Zumurrud: Fünfhundert! Vierhundert! Dreihundert! Zweihundert! Hundert!

Alischar: Ich habe keine vollen hundert bei mir!

Zumurrud: (lachend) Wieviel fehlt an deinen hundert?

Alischar: Genau hundert fehlen mir daran. Bei Allah, ich besitze weder weißes Silber noch rotes Gold. Sieh dich daher nach einem andern Käufer um!

Zumurrud: Nimm mich an der Hand und geh mit mir in eine Seitengasse, als ob du mich genauer anschauen wolltest!

Erzählerin: Alischar also ging mit Zumurrud beiseite und als niemand auf sie achtete, zog sie einen Beutel mit Geld aus ihrem Busen und sie gab ihm den Beutel, damit er sie kaufen konnte. Alischar tat wie sie ihm geheißen, kaufte sie für tausend Dinare und ging mit ihr nach Hause. Dort aber war nur eine öde Halle ohne Teppiche und ohne Hausgeräte, und wieder gab sie ihm Geld und er kaufte Teppiche, Hausgeräte, Speise und Trank. Sie hieß ihn aber auch Seide von der Größe eines Vorhangs kaufen, ferner Goldfäden und Silberfäden und Seidenfäden in sieben verschiedenen Farben. Und sie richtete das Haus ein und zündete die Wachskerzen an, und sie aßen und tranken und ruhten zusammen auf dem Ruhelager. Am Morgen aber nahm sie den Vorhang und durchzog ihn mit goldenen und silbernen Fäden; auch fügte sie eine Borte hinzu, die sie ringsum mit Bildern von Vögeln und wilden Tieren schmückte, ja, es blieb kein einziges Tier der ganzen Welt übrig, das sie nicht darauf abgebildet hätte. Acht Tage lang war sie bei der Arbeit, und als der Vorhang fertig war, glättete sie ihn, faltete ihn zusammen und gab ihn ihrem Herrn mit den Worten:

Zumurrud: Bring ihn auf den Basar und verkauf ihn für fünfzig Dinar an den Händler. Hüte dich, ihn an einen Vorübergehenden zu verkaufen; denn das würde zur Folge haben, daß wir voneinander getrennt werden. Feinde lauern uns auf, die uns nicht aus den Augen lassen.

Alischar: Ich höre und gehorche.

Erzählerin: Alischar begab sich mit dem Vorhang zum Basar, und verkaufte ihn dort an einen Händler, wie sie ihn zu tun geheißen hatte. Danach kaufte er ein Stück Seidentuch, Seidenfäden und Gold- und Silberfäden wie das erste Mal, ferner alles, was sie an Nahrung nötig hatten. Das brachte er ihr und gab ihr zugleich den Rest des Geldes. Hinfort nun gab sie ihm alle acht Tage einen Vorhang und er verkaufte ihn für fünfzig Dinare. So taten sie ein ganzes Jahr hindurch. Eines Tages nun ging er wieder einmal mit einem Vorhang zum Basar und gab ihn dem Makler; da trat ihm ein Christ entgegen und bot ihm sechzig Dinare. Als Alischar sich weigerte, bot der Christ ihm immer mehr, bis er es auf hundert Dinare brachte.

Dann bestach er den Makler mit zehn Dinaren, und der wandte sich an Alischar, sprach zu ihm von dem hohen Preis, und suchte ihn zu überreden, daß er den Vorhang an den Christen für diese Summe verkaufe. Auch die Kaufleute drängten ihn, und so verkaufte er den Vorhang schließlich an den Christen, obwohl sein Herz vor Angst zitterte. Als er sich nach Hause begab, bemerkte er, daß der Christ hinter ihm her ging.

Alischar: Du Nazarener, was ist mit dir, daß du hinter mir her gehst?

Barsum: Hoher Herr, ich habe etwas am Ende der Straße zu besorgen.

Erzählerin: Aber kaum hatte Alischar seine Wohnung erreicht, da stand der Christ schon wieder hinter ihm.

Alischar: Du Verfluchter, warum läufst du mir überall hin nach, wohin ich gehe?

Barsum: Hoher Herr, gib mir einen Trunk Wassers zu trinken, denn ich bin durstig.

Erzählerin: Da trat Alischar ins Haus ein und nahm einen Krug Wasser. Zumurrud aber sah ihn und fragte:

Zumurrud: Liebster, hast du den Vorhang verkauft?
Alischar: Ja.
Zumurrud: An einen Kaufmann oder an einen, der des Weges vorüberging?
Alischar: Ich habe ihn – dem Kaufmann verkauft.
Zumurrud: Sag mir die volle Wahrheit, damit ich mich

vorsehen kann! Warum hast du denn den Wasserkrug genommen?

Alischar: Ich will dem Makler zu trinken geben.

Zumurrud: Oh Alischar, ich ahne es, daß wir uns trennen müssen.

Erzählerin: Alischar aber ging mit dem Kruge hinaus,
und als er den Christen innerhalb des Hauses in der Eingangshalle fand, fuhr er ihn an:

Alischar: Wie kommst du hierher, du Hund? Wie kannst
du ohne meine Erlaubnis mein Haus betreten?

Barsum: Hoher Herr, es ist doch kein Unterschied
zwischen der Tür und dem Eingang, und ich werde mich
hier auch nicht vom Flecke rühren, es sei denn daß ich
wieder hinausgehe. Dein aber ist Güte und Großmut.

Erzählerin: Darauf nahm er den Krug und trank, dann
reichte er ihn Alischar zurück. Der nahm ihn und wartete
nun, daß jener sich erheben würde. Aber er rührte sich
nicht.

Alischar: Warum stehst du nicht auf und gehst deiner
Wege?

Barsum: Mein Gebieter, sei nicht einer von denen, die
erst eine Wohltat erweisen und sie dann widerrufen. Ich
habe zwar getrunken, aber ich möchte gern, daß du mir
auch etwas zu essen gibst, was du nur immer im Hause
hast, ganz gleich, ob es ein Stück Brot oder ein Zwieback
oder eine Zwiebel ist.

Alischar: Fort ohne viel Gerede! Es ist nichts im
Hause.

Barsum: Mein Gebieter, wenn nichts im Hause ist, so nimm diese hundert Dinare und bring uns etwas vom Basar, wenn auch nur einen Laib Brot, auf daß zwischen uns die Gemeinschaft von Brot und Salz sei!

Alischar: (seufzend) Warte hier. Ich will den Saal verschließen und dir etwas vom Basar holen.

Barsum: Ich höre und gehorche.

Erzählerin: Alischar ging hinaus und verschloß den Saal, indem er ein Vorhängeschloß daran befestigte; den Schlüssel nahm er an sich und dann ging er zum Basar. Dort kaufte er gerösteten Käse, weißen Honig, Bananen und Brot und brachte es dem Christen. Der nahm eine Banane, zog ihr die Schale ab und spaltete sie in zwei Hälften. In die eine tat er, ohne daß Alischar es bemerkte, gesättigtes Bendsch, das die Menschen einschläfert, und er nahm so viel, daß es einen Elefanten hätte umwerfen können. Dann tauchte er diese Banane in Honig und bot sie Alischar und sagte:

Barsum: Mein Gebieter, nimm dies!

Alischar: Ich will nichts essen.

Barsum: Du hast soviel gekauft, das ist genug für zehn Männer. Iß etwas mit mir.

Alischar: Ich bin satt.

Barsum: Der Weise sagt: Wer nicht mit seinem Gast ißt, ist nicht wert, Gast zu sein.

Alischar: Also gut, so will ich einen Bissen mit dir essen.

Erzählerin: Und er nahm die Banane aus der Hand des Christen und aß sie. Kaum war sie in seinem Magen, da fiel er Hals über Kopf nieder und er ward wie einer, der schon ein ganzes Jahr lang schlief. Sobald der Nazarener das sah, sprang er auf seine Füße so schnell wie ein grindiger Wolf aufspringt, ließ Alischar dort liegen und nahm den Schlüssel zum Saal an sich. Dann eilte er nach Hause, nahm seine Diener mit sich und begab sich wieder in Alischars Wohnung. Nachdem er dann die Tür des Saales geöffnet hatte, stürzten die Leute, die bei ihm waren, auf Zumurrud und ergriffen sie mit Gewalt, indem sie ihr mit dem Tode drohten, wenn sie einen Laut von sich gäbe. Die Wohnung ließen sie, wie sie war, ohne etwas mitzunehmen; auch den Alischar ließen sie in der Eingangshalle liegen, nachdem sie den Schlüssel zum Saale an seine Seite gelegt und die Haustür geschlossen hatten. Der Christ aber schleppte Zumurrud in sein Haus, brachte sie zu seinen Sklavinnen und schrie sie an:

Barsum: Du Metze! Ich bin Barsum, der Alte, den du verschmäht und auf dem Basar verspottet hast! Ich brauchte keine tausend Dinare, ich habe dich ohne einen einzigen in meine Gewalt bekommen.

Zumurrud: Allah strafe dich, du Bösewicht, weil du mich von meinem Herrn getrennt hast!

Barsum: Du schamloses Geschöpf, du wirst schon sehen, wie ich dich strafen werde! Beim Messias, wenn du mir nicht gehorchst und meinen Glauben nicht annimmst, so werde ich dich wahrlich mit allen Folterqualen strafen.

Zumurrud: Bei Allah, wenn du mich auch in Stücke

schneidest, ich werde vom islamischen Glauben nicht ablassen.

Barsum: Werft sie zu Boden, Sklavinnen! Schleppt sie an den Füßen fort und werft sie in die Küche! Aber gebt ihr nichts zu essen!

Erzählerin: Während sich das alles begab, schlief Alischar fest und er schlief bis zum nächsten Tag. Dann aber verflog das Bendsch aus seinem Kopfe, er machte die Augen auf und rief nach Zumurrud. Aber Zumurrud kam nicht und niemand antwortete ihm. Da schaute er in seinem Hause umher und sah, daß er allein war. Und er weinte und zerriß seine Kleider. Dann ging er aus dem Haus und irrte in den Straßen umher und nachts warf er sich in einer der Gassen nieder und lag dort bis zum Morgen. So trieb er es mehrere Tage, dann fand ihn eines Morgens seine Nachbarin, eine alte, vortreffliche Frau, auf der Straße liegen.

Nachbarin: Mein Sohn, der Liebende ist zu entschuldigen und der unglücklich Liebende ist es doppelt. Ich aber kann dein Elend nicht mehr mit ansehen und will dir helfen.

Alischar: Wie willst du mir helfen?

Nachbarin: Mach dich jetzt auf und kauf einen Korb, wie ihn die Juweliere haben. Ferner kaufe Armspangen, Siegelringe, Ohrgehänge und anderen Schmuck, woran Frauen ihre Freude haben, und spare nicht mit dem Gelde! Tu alles in den Korb und bring ihn mir! Ich will ihn auf den Kopf nehmen wie eine Hökerin und umherziehen und in den Häusern nach ihr suchen, bis ich Kunde von ihr erhalte.

Erzählerin: Alischar war über ihre Worte hocherfreut und küßte ihr die Hände. Dann ging er eilends davon und brachte ihr, was sie verlangte. Als nun alles bei ihr war, zog sie ein geflicktes Kleid an, warf sich einen honiggelben Schleier über den Kopf, nahm einen Stab in die Hand und lud den Korb auf. Dann zog sie in den Gassen und Häusern umher, unablässig von Ort zu Ort, von Stadtviertel zu Stadtviertel, von Straße zu Straße, bis Allah der Erhabene sie zu dem Hause des verfluchten Nazareners Barsum führte. Dort hörte sie ein Seufzen von innen heraus dringen und sie pochte an die Tür. Eine Sklavin tat ihr auf und als sie den Schmuck der Alten sah, führte sie sie ins Haus und sie wies ihr einen Platz zum Sitzen an und die Sklavinnen setzten sich rings um sie herum. Eine jede kaufte ihr etwas ab; die Alte aber sprach den Mädchen freundlich zu und verlangte nur geringe Preise von ihnen. Doch unterdessen blickte sie fleißig um sich, um zu sehen, wer da seufzte. Da sah sie Zumurrud auf der Erde liegen.

Nachbarin: Meine Töchter, was ist mit dieser jungen Dame, daß es ihr so schlimm ergeht?

Sklavin: Das geschieht nicht mit unserm Willen.

Zweite: Unser Herr hat uns befohlen, sie so zu binden.

Erste: Aber jetzt ist er verreist.

Nachbarin: Jetzt ist er verreist? Liebe Töchter, ich habe eine Bitte an euch.

Erste: Sprich!

Nachbarin: Daß ihr diese Arme von ihren Fesseln befreit, bis ihr von der Rückkehr eures Herrn erfahrt. Dann bindet sie wieder fest wie sie vorher war.

Zweite: Aber unser Herr hat uns befohlen –
Nachbarin: Der Herr der Welten wird es euch lohnen.

Erzählerin: Sie flüsterte Zumurrud aber zu, daß sie sich in der nächsten Nacht bereit halten solle und verabredete ein Zeichen mit ihr. Dann verließ sie das Haus und ging zu Alischar und berichtete ihm alles.

Alischar: Oh Nachbarin, ich danke dir, ich danke dir!
Nachbarin: Morgen aber um Mitternacht begibst du dich vor das Haus, das ich dir beschrieben habe. Bleib unten stehen und pfeif. Dann wird sie sich an einem Seil zu dir herniederlassen.
Alischar: Ich danke dir, Nachbarin, ich danke dir!

Erzählerin: In der nächsten Nacht nun begab sich Alischar in das Stadtviertel, das ihm seine Nachbarin beschrieben hatte, und er erkannte das Haus Barsums, des Christen und setzte sich auf die Bank unten an der Wand. Doch da überfiel ihn die Schläfrigkeit und er schlief ein – herrlich ist Er, der nimmer schläft! Während er nun so lag, geschah es, daß ein Räuber heranschlich, der in jener Nacht rings in der Stadt umhergezogen war, um etwas zu stehlen, und den das Geschick nun zum Hause jenes Christen verschlagen hatte. Der strich um das Haus herum, aber er fand keine Stelle, an der er hinaufklettern konnte. Allein beim Herumschleichen kam er auch zu der Bank und entdeckte den schlafenden Alischar. Sofort stahl er ihm den Turban. Kaum hatte er den an sich genommen, da schaute Zumurrud heraus, im selben Augenblick. Sie sah ihn im Dunkel stehen, und weil sie ihn für ihren Herrn hielt, pfiff sie ihm. Alsbald erwiderte der Räuber ihren Pfiff und sie ließ sich an einem Strick herab mit einem Satteltaschenpaar voll Gold. Wie der Räuber das sah, warf er sich rasch die Satteltaschen über und hob Zumurrud auf seine Schulter und dann eilte er mit ihnen dahin wie der blendende Blitz.

Zumurrud: Die Nachbarin sagte mir, du seist schwach von Krankheit um meinetwillen, aber sieh da, du bist stärker als ein Roß!

Erzählerin: Als er ihr keine Antwort gab, tastete Zumurrud nach seinem Gesicht und fühlte seinen Bart, dem Palmbesen gleich, den man im Badehause benutzt, als wäre er ein Schwein, das Federn verschluckt hat, deren Enden ihm wieder zum Halse herausgekommen sind. Da erschrak sie, denn sie hatte Alischars glatte Haut erwartet.

Zumurrud: Wer bist du denn?
    Dschawan: Dschawan der Kurde, von der Bande des Ahmed el-Danaf!
    Zumurrud: Wie kommst du zu mir? Laß mich los!
    Dschawan: Wir sind vierzig Räuber, und alle werden heute nacht Freude an dir haben, du Metze, vom Abend bis zum Morgen.

Erzählerin: Als Zumurrud diese Worte vernahm, weinte sie und schlug sich ins Angesicht. Zuletzt aber erkannte sie, daß ihr kein anderer Ausweg blieb als ihre Sache Allah dem Erhabenen anheimzustellen. Dschawan brachte Zumurrud in eine Höhle, wo die vierzig Räuber hausten. Sie waren jedoch zu einem Raubzug aufgebrochen und nur Dschawans Mutter war zurückgeblieben, die war alt und taugte nicht mehr für Raubzüge. Die Räuber hatten den Befehl hinterlassen, daß Dschawan ihnen folgen solle. Deshalb übergab er Zumurrud seiner Mutter und trug ihr auf, über sie zu wachen. Dann eilte er davon.

Als der Morgen kam, wandte sich Zumurrud zu der Alten, der Mutter des Kurden Dschawan, und sie heuchelte Freundlichkeit und sprach:

Zumurrud: Liebe Muhme, willst du nicht mit mir aus der Höhle hinausgehen, damit ich dich in der Sonne lausen kann?

Alte: Bei Allah, meine Tochter! Ich bin schon lange nicht mehr im Bade gewesen, weil diese Schweine da mich fortwährend von Ort zu Ort schleppen! Du bist ein Segen für mein Alter!

Erzählerin: Die beiden Frauen gingen hinaus vor die Höhle und Zumurrud begann die Alte zu lausen; sie tötete die Läuse auf ihrem Kopf so lange, bis jene vor Wohlbehagen zu grunzen begann und einschlief. Sofort sprang Zumurrud auf, zog Männerkleider an, die in der Höhle lagen, gürtete sich ein Schwert um die Hüften und band sich einen Turban ums Haupt, so daß sie ganz wie ein Mann aussah. Dann bestieg sie ein Roß, nachdem sie die Satteltaschen mit dem Golde aufgeladen hatte. In der Angst, den Räubern zu begegnen, wandte sie der Stadt den Rücken und zog in die öde Steppe hinein. Dort aß sie von den Kräutern der Erde, gab auch dem Roß davon zu fressen, trank aus den Bächen und tränkte auch das Pferd an ihnen. So währte es zehn Tage lang. Am elften erreichte sie eine Stadt, die schön und sicher gegründet war, und als sie sich dem Tore näherte, sah sie, daß ihr die Krieger, die Emire und die Vornehmen der Stadt entgegenkamen. Und als sie bei ihr waren, saßen sie ab und küßten den Boden vor ihr.

Emir: Allah gebe dir Heil und Sieg, o unser Herr und Sultan!

Zweiter: Allah gebe dir Heil und Sieg!

Dritter: Er lasse dein Kommen zu einem Segen für die Muslime werden, o Sultan aller Menschen auf Erden!

Erster: Gott erhalte dich, du größter König unserer Zeit, dich, des Jahrhunderts und des Zeitalters Herrlichkeit!

Zumurrud: Was ist es mit euch, ihr Leute dieser Stadt?

Zweiter: Er, der mit seinen Gaben nicht geizt, hat dir gegeben.

Dritter: Er hat dich zum Sultan über diese Stadt gemacht und zum Herrscher über die Nacken aller, die in ihr wohnen.

Erster: Wisse denn, es ist der Brauch des Volkes dieser Stadt, daß die Krieger, wenn ein König stirbt, ohne einen Sohn zu hinterlassen, vor die Stadt hinausziehen und dort drei Tage lagern.

Zweiter: Und wer nur immer auf dem Wege naht, auf dem du gekommen bist, den machen sie zum Sultan über sich.

Dritter: Allah sei gepriesen, der uns von den Söhnen der Türken einen so schönen Mann gesandt hat!

Erster: Hätte sich auch ein geringerer als du eingefunden, so wäre er doch Sultan geworden.

Zumurrud: Glaubt nicht, ich sei vom gemeinen Volk der Türken! Ich bin einer von den Söhnen der Vornehmen; doch ich geriet in Streit mit den Meinen, deshalb zog ich fort von ihnen. Seht diese Satteltaschen voll Gold, die ich mitgebracht habe, um auf meiner ganzen Fahrt den Armen Almosen spenden zu können.

Erzählerin: Da waren die Krieger, Emire und Vornehmen hocherfreut über sie und flehten Segen auf ihr Haupt herab. Zumurrud aber dachte bei sich selbst, daß sie am ehesten die Möglichkeit hätte, wieder mit Alischar vereint zu werden, wenn sie die angebotene Königswürde annähme. Nun ritten sie in die Stadt, die Vornehmen geleiteten sie auf den Thron und alle küßten den Boden vor ihr. Sie befahl, die Schatzkammern zu öffnen und machte allen Kriegern Geschenke. Die wünschten ihr eine lange Dauer ihrer Herrschaft, und die Einwohner der Stadt und alles andere Volk im Land unterwarf sich der Herrschaft ihrer Hand. So lebte sie eine Weile dahin, indem sie gebot und verbot; und die Herzen des Volkes wurden mit großer Ehrfurcht vor ihr erfüllt um ihrer Großmut und Rechtlichkeit willen; denn sie hob die Steuern auf und ließ die Gefangenen frei, sie schaffte die Bedrückungen ab, sodaß alles Volk sie liebgewann. Doch sooft sie ihres Herrn gedachte, weinte sie und flehte zu Allah, Er möge sie mit ihm wieder vereinigen. Doch ein Jahr lang saß sie auf dem Throne ihrer Herrschaft, ohne daß sie eine Nachricht von ihrem Herrn vernahm. Als nun ihre Betrübnis immer größer wurde, berief sie die

Wesire und Kammerherren und befahl ihnen, Baumeister und Zimmerleute kommen zu lassen. Sie sollten vor dem Schloß einen Festplatz herrichten. In kürzester Zeit führten sie ihren Befehl aus und der Platz ward so angelegt wie sie es gewünscht hatte.

Zumurrud: Ich wünsche, daß jedesmal wenn der neue Mond aufgeht, Tische auf dem Festplatz aufgestellt werden mit köstlichen Speisen. Laßt dann in der Stadt ausrufen, niemand solle seinen Laden aufmachen, sondern alles Volk solle kommen und vom Tische des Königs essen!

Erzählerin: So geschah es und am Tage des nächsten Neumonds strömte das Volk in Scharen herzu. Zumurrud aber ließ sich auf ihrem Herrscherthron nieder und schaute zu. Und jeder der am Tische saß, vermeinte, daß der König ihn allein anschaute.

Emir: Eßt und seid nicht schüchtern, denn das hat der König gern!
  Esser: Nie haben wir einen Herrscher gesehen, der so wie dieser Sultan die Armen liebt!

Erzählerin: Zumurrud aber hoffte, daß sie auf diese Weise Kunde von ihrem Herrn Alischar erhielte. Nachdem nun einige Neumonde so hingegangen waren, erblickte sie einmal bei dem Festessen unversehens den Christen Barsum und sie frohlockte in ihrem Herzen und dachte, daß dies das erste Vorzeichen des Trostes und der Erfüllung ihrer Wünsche sei. Barsum trat nun heran und setzte sich zum Volke, um zu essen. Da blickte er

nach einer Schüssel mit süßem Reis, auf den Zucker ge-
streut war; aber sie stand etwas von ihm entfernt. Sogleich drängte er sich durch die Leute dorthin, streckte
seine Hand nach ihr aus, langte sie sich her und setzte sie
vor sich hin.

Esser: Warum ißt du nicht von dem, was vor dir steht?
Was streckst du deine Hände nach Schüsseln aus, die vor
andern stehen? Schämst du dich nicht?

Barsum: Ich will von nichts anderm als von diesem
Reis essen!

Esser: Iß, aber Allah gebe dir keine Freude daran!

Zweiter: Laßt ihn nur essen, ich will auch davon essen!

Esser: Du? Das ist eine Speise für Emire, nicht für
euersgleichen.

Barsum: Nun gerade!

Erzählerin: – sagte Barsum, nahm einen Bissen aus der
Schüssel und steckte ihn in den Mund; doch als er den
zweiten nehmen wollte, rief die Königin ihren Wachen zu:

Zumurrud: Bringt mir den Mann da, vor dem die Schüssel mit süßem Reis steht, und laßt ihn nicht den Bissen essen, den er in der Hand hält, sondern schlagt ihm den aus
der Hand!

Wache: He du, Reisfresser! Genug vom Gezuckerten!
Jetzt kommt Salz und Pfeffer daran!

Barsum: O weh! Was hab ich verbrochen?

Wache: Dir muß es der König selbst sagen, weil du einer von den ganz Vornehmen bist, die nur süßen Reis essen! Komm!

Barsum: O weh, was hab ich verbrochen!

Wache: Dies ist er, o König!

Zumurrud: Blauauge, wie heißt du? Warum kamst du in unser Land?

Barsum: O König, mein Name ist Ali. Ich bin ein Weber von Beruf, und bin in diese Stadt gekommen, um Handel zu treiben.

Zumurrud: Ein Weber mit Namen Ali? Bringt mir eine geomantische Tafel und einen Stift aus Messing!

Erzählerin: Als man ihr das Verlangte gebracht hatte, nahm Zumurrud die Tafel und den Stift, entwarf eine Sandfigur, und zeichnete mit dem Stifte eine Gestalt, die einem Affen glich. Dann hob sie ihr Haupt wieder und schaute Barsum eine geraume Weile an.

Zumurrud: Du Ali der Weber, der du weder Ali heißt, noch Weber bist! Wie kannst du es wagen, Könige zu belügen? Bist du nicht ein Christ? Heißt du nicht Barsum? Bist du nicht gekommen, eine Sklavin Zumurrud zu suchen?

Barsum: O König, o König –

Zumurrud: Sag die Wahrheit, sonst bist du des Todes!

Barsum: O König, du verstehst dich auf die Geomantik!

Zumurrud: Gesteh ohne schöne Worte!

Barsum: Der Sand hat dir die Wahrheit gesagt. Gnade, o König, ich Unwürdiger bin ein Christ!

Zumurrud: Und heißest Barsum!

Barsum: Ja, o König!

Erzählerin: Da befahl Zumurrud, Barsum ins Gefängnis zu werfen. Die Leute aber gingen nach dem Mahle nach Haus und nahmen sich vor, nie vor der Schüssel mit sü-ßem Reis zu sitzen, wo jener Christ gesessen hatte. Nach drei Monaten nun, als wieder einmal der Tag des allgemeinen Essens war, und die Königin Zumurrud den schmausenden Leuten zuschaute, fiel ihr Blick plötzlich auf einen Mann, der verspätet zum Tore des Platzes hereingelaufen kam. Als sie ihn genauer betrachtete, erkannte sie den Kurden Dschawan, den Räuber. Nun war kein Platz mehr bei den Tischen außer bei der Schüssel mit dem süßen Reis. Also setzte er sich dort nieder.

Esser: He, Kerl, Fremder, was willst du da?

Dschawan: Essen will ich. Ist man nicht eingeladen hier?

Zweiter: Aber iß nicht von dieser Schüssel! Sonst hängst du morgen am Galgen!

Dschawan: Was sind das für Reden! Gerade den süßen Reis möchte ich essen!

Erzählerin: Dschawan streckte die Hand nach der Schüssel aus und zog sie an sich heran. Seine Hand aber war wie eine Rabenklaue und er schöpfte mit ihr und zog sie geballt zurück, sodaß sie einem Kamelshufe glich. Dann drehte er den Reisklumpen in seiner Hand zu einer Kugel und sie hatte die Größe einer riesigen Orange. Die warf er sich eilends in den Mund und sie fuhr in seinen Schlund hinab mit einem donnergleichen Getöse; und dort, wo der Reisklumpen gewesen war, konnte man den Boden der Schüssel sehen.

Esser: Gott sei Dank, daß ich nicht als Speise vor dir liege! Du hast ja die Schüssel mit einem einzigen Mundvoll geleert!

Zweiter: Laßt ihn nur, ich sehe ihn schon am Galgen baumeln.

Esser: Iß, aber Allah lasse dich keine Freude daran haben!

Erzählerin: Wiederum streckte Dschawan seine Hand aus, schöpfte eine gewaltige Portion Reis aus der Schüssel, und wollte ihn wieder in seiner Hand zu einer Kugel drehen, da ereilte ihn der Befehl der Königin.

Zumurrud: Bringt mir rasch den Kerl dort! Laßt ihn den Bissen, den er in der Hand hat, nicht aufessen!

Wache: He du! Reisfresser!

Dschawan: Was ist das für eine Art, einen mitten im Bissen zu unterbrechen!

Wache: Es geht um eine Ehre, Reisfresser! Du sollst an den Tisch des Königs und ihn unterhalten!

Dschawan: An den Tisch des Königs? O weh, von solchen Ehren halte ich nichts!

Esser: Haben wir den Kerl nicht gewarnt? Dieser Platz ist nicht gut, und der süße Reis bringt Unglück.

Wache: Dies ist er, o König!

Zumurrud: Wie heißt du? Was für ein Handwerk betreibst du? Und warum bist du in unsere Stadt gekommen?

Dschawan: Ich heiße Othman und bin ein Gärtner. Ich bin in diese Stadt gekommen, weil ich auf der Suche nach etwas bin, was ich verloren habe.

Zumurrud: Bringt mir die geomantische Tafel!

Erzählerin: Als man ihr das Verlangte gebracht hatte, nahm Zumurrud den Stift und entwarf eine Sandfigur. Sie blickte eine Weile darauf nieder, dann hob sie das Haupt und schaute Dschawan an.

Zumurrud: Elender Kerl, wagst du es, Könige zu belügen?

    Dschawan: Belügen? Ich schwöre –

    Zumurrud: Der Sand da sagt mir, daß du Dschawan der Kurde heißt, daß du das Räuberhandwerk betreibst, daß du Menschen, um sie zu berauben, getötet hast –

    Dschawan: Menschen getötet?

    Zumurrud: und daß du auf der Suche bist nach der Sklavin Zumurrud, die du gestohlen hast.

    Dschawan: O König, es gibt nichts, was dir verborgen bleibt! Du hast recht, aber ich bereue alles.

    Zumurrud: Es ist mir nicht erlaubt, eine Viper auf dem Wege der Muslime kriechen zu lassen.

Erzählerin: Da ergriffen die Wachen den Kurden Dschawan und schleppten ihn hinweg. Die Leute aber, die das sahen, waren nun ganz gewiß, daß der Platz vor der Reisschüssel ein Unglücksplatz sei, und sie schworen sich, ihn zu meiden. Im nächsten Monat gab Zumurrud Befehl, die Tafel wie gewöhnlich zu rüsten. Sie setzte sich an die Spitze der Gäste, während diese auf die Erlaubnis zum Essen warteten. Der Platz vor der Reisschüssel aber blieb leer. Während des Essens richtete sie ihre Augen auf das Tor des Platzes, um jeden, der dort eintrat, sehen zu können. Da bemerkte sie einen Jüngling, der hereinkam und keinen Platz leer fand als bei der Reisschüssel. Dort setzte er sich nieder. Sobald Zumurrud ihn erblickte, begann ihr Herz zu pochen, denn sie erkannte ihren Herrn Alischar. Fast hätte sie vor Freuden aufgeschrien, aber sie bezwang sich und tat, als sei sie in das Essen vertieft.

Esser: He, Jüngling, iß nicht von der Schüssel da! Wer davon ißt, dem ergeht es schlecht.

Alischar: Dann ergeht es mir gerade recht! Laßt mich nur essen!

Zweiter: Der Arme! Er tut mir leid! Der König wird ihm ein böses Schicksal bereiten.

Erzählerin: Zumurrud wollte Alischar vor sich führen lassen, aber es kam ihr in den Sinn, er könne wohl hungrig sein, also ließ sie ihn essen. Die Leute, die in Alischars Nähe saßen, wunderten sich, daß er sich ungestört an dem süßen Reis sättigen durfte, und sie meinten schon, der König hätte den Fremden nicht bemerkt. Aber als sich Alischar satt zurücklehnte, traten zwei Eunuchen des Königs auf ihn zu.

Wache: Fremdling, folge dem Ruf des Königs zu kurzer Frage und Antwort!

Alischar: Ich höre und gehorche.

Esser: Der Arme! Jetzt hat ihn der König doch bemerkt! Es wird ein schlechtes Ende mit ihm nehmen.

Zweiter: Jetzt beugt er sich vor dem König!

Zumurrud: Wie heißt du, Fremder? Was für ein Handwerk treibst du? Weshalb bist du in diese Stadt gekommen?

Alischar: O König, ich heiße Alischar, ich bin ein

Kaufmannssohn und mein Heimatland ist Chorasan. Ich bin in diese Stadt gekommen, weil ich nach einer Sklavin suche, die ich verloren habe und an der mein Herz hängt.

Zumurrud: Bringt mir die geomantische Tafel und den Messingstift!

Erzählerin: Man brachte beides, sie nahm den Stift in die Hand und entwarf eine Sandfigur. Nachdem sie sie eine Weile betrachtet hatte, richtete sie das Wort an Alischar.

Zumurrud: Du sprichst die Wahrheit. Aber ich will dir auch sagen, daß du noch heute mit deiner Sklavin vereinigt sein wirst. Mein Kammerherr wird dich auf mein Schloß führen, dort wird sie dir noch heute abend begegnen.

Alischar: Noch heute abend? Dann müßte sie ganz in der Nähe sein.

Zumurrud: Sie ist ganz in der Nähe, Fremder!

Alischar: O König, du gibst mir das Leben wieder!

Erzählerin: Die Leute wunderten sich sehr, daß ihr König den fremden Jüngling so freundlich behandelte, obwohl er doch von dem süßen Reis gegessen hatte. Sie sahen, daß man ihn auf eines der edelsten Rosse des Königs steigen ließ und ins Schloß geleitete. Was sie aber nicht sahen, war, daß man ihm prunkvolle Gemächer anwies und ihn in fürstliche Gewänder kleidete. Alischar aber war unruhig und lief im Schloß umher, in der Hoffnung, Zumurrud zu begegnen. Aber er sah sie nicht. Da ward er traurig in seinem Herzen und gegen den König voller

Groll. Zumurrud aber kam, als alles dunkel war, in die Gemächer, die Alischar zugewiesen waren.

Zumurrud: Bist du zufrieden, Fremder? Hat man es an keiner Sorgfalt fehlen lassen, dir zu dienen?

Alischar: Erhabener König, du hast mir ein Prunkgemach anweisen lassen mit goldenen Kronleuchtern und schimmernden Kerzen. An Speise und Trank ist das Schmackhafteste da, und es fehlt nicht an Dienern, die meines Winkes harren.

Zumurrud: So bist du also zufrieden?

Alischar: Dir gebührt mein Dank, erhabener König. Nie war jemand gastfreier gegen einen Fremden.

Zumurrud: Noch immer hast du mir nicht geantwortet, ob du zufrieden bist.

Alischar: O König, ich habe kein Recht, unzufrieden zu sein.

Zumurrud: Also bist du es.

Alischar: Verzeih, o König, du hast Hoffnungen in mir geweckt –

Zumurrud: Hoffnungen?

Alischar: – daß ich meiner Sklavin noch heute begegnen würde.

Zumurrud: Du bist ihr ja begegnet.

Alischar: Nein, o König, ich habe sie gesucht, aber ich bin ihr nicht begegnet.

Zumurrud: So hast du sie nicht erkannt.

Alischar: O König, wie sollte ich Zumurrud nicht erkennen, deren Bild Tag und Nacht vor meiner Seele steht!

Zumurrud: (lachend) Wirklich?

Alischar: Du lachst, o König!

Zumurrud: Ich könnte auch weinen, Alischar.

Alischar: Weinen? Dazu hätte nur ich Grund.

Zumurrud: Aber doch heute nicht.

Alischar: Gerade heute, weil ich Zumurrud nicht fand.

Zumurrud: Gerade heute nicht, weil sie bei dir ist.

Alischar: Bei mir?

Zumurrud: Kennst du deine Zumurrud nicht mehr, deren Bild Tag und Nacht vor deiner Seele steht?

Alischar: O, ich war blind, jetzt ist der Augenblick, wo ich sehend werde! Zumurrud!

Zumurrud: Alischar!

Erzählerin: Am nächsten Tag berief Zumurrud das ganze Heer und die Großen des Reiches zu sich und sprach zu ihnen: »Ich wünsche in das Land dieses Mannes zu reisen. Wählt euch darum einen Stellvertreter, der über euch herrscht, bis ich wieder zu euch komme«. Darauf begann sie alles zur Reise zu rüsten, Wegzehrung und Geld, Futter und Geschenke, Kamele und Maultiere. Als sie dann die Stadt verlassen hatten, zogen sie ohne Unterlaß dahin, bis sie in die Heimat des Alischar kamen. Dort bezogen sie wieder sein Haus und lebten beide in schönster Zufriedenheit, bis Der zu ihnen kam, der die Freuden schweigen läßt und die Freundesbande zerreißt. Preis sei Ihm, der ewig währt und wacht, und Lob sei Allah in allen Dingen!

Chalifa der Fischer

Chalifa: Ich heiße Chalifa und bin ein Fischer in der Stadt Bagdad. Ich bin ein armer Schlucker und habe mir in meinem ganzen Leben noch keine Frau nehmen können. Nun höre aber, was geschah!

Eines Tages nehme ich mein Netz und meinen Korb wie gewöhnlich und gehe zum Tigrisfluß hinab. Als ich nun das Netz ausgeworfen hatte und wieder hochzog, da war es voll von Fischen aller Art. Es kam auch gerade eine Frau auf mich zu, die eine Schüssel trug; sie gab mir einen Dinar und ich gab ihr Fische dafür. Nach ihr kam ein Eunuch und kaufte mir gleichfalls für einen Dinar Fische ab. Und so ging es weiter bis ich für zehn Dinare Fische verkauft hatte. Von diesem Tage an verkaufte ich täglich für zehn Dinare, und das zehn Tage lang, sodaß ich schließlich hundert Golddinare zusammengebracht hatte. Bei Allah, das ist eine Menge Geld für einen Fischer!

Da aber bekam ich Angst um die hundert Dinare und schlief schlecht und eines Nachts, als ich wach lag, sagte ich zu mir selber: Du, Chalifa, alle Leute kennen dich als einen armen Fischer, du hast aber jetzt hundert goldene Dinare. Sicherlich wird der Beherrscher der Gläubigen Harun al-Raschid durch irgendwelche Leute von dir hören; und vielleicht hat er gerade Geld nötig und wird dich holen lassen und wird sagen: Chalifa, ich brauche hundert Dinare. Mir ist berichtet worden, daß du sie hast. Leih sie mir! Dann werde ich sagen: O Beherrscher der Gläubigen, ich bin ein armer Mann, und wer dir berichtet hat, ich hätte hundert Dinare, der hat über mich gelogen. Dann wird der Kalif mich dem Wachthauptmann übergeben und zu ihm sagen: Zieh ihm die Kleider aus und prügle ihn, bis er bekennt und die hundert Dinare hergibt.

So lag ich also nachts wach und dachte darüber nach, was ich gegen diese Gefahr tun könne. Da hatte ich einen Gedanken, der mir gut schien. Das Beste, dachte ich, was ich tun kann, ist, daß ich mich sofort daran mache und mich selbst mit der Geißel schlage. Dann bin ich schon an die Schläge gewöhnt, wenn mich der Wachthauptmann prügelt. Da sprang ich gleich auf, legte meine Kleider ab und nahm eine Geißel zur Hand. Und nun fing ich an mich zu prügeln, immer abwechselnd einen Schlag auf meine eigene Haut und einen auf ein Lederpolster. Und dazu schrie ich: Ach! Ach! Bei Allah! Das ist nicht wahr, mein Gebieter, sie lügen von mir. Ich bin ein armer Fischersmann, ich besitze nichts von den eitlen Gütern dieser Welt. So schrie ich und geißelte mich, und freute mich bei dem Gedanken, daß mir die Prügel des Wachthauptmanns garnichts mehr ausmachen würden.

Nun wars aber Nacht und die Leute ringsum hörten mein Geschrei und die Schläge. Da dachten sie, es seien Räuber bei mir eingebrochen und mißhandelten mich. Und sie kamen alle aus ihren Wohnungen hervor, um mir zu helfen, aber meine Haustür war verschlossen. Da dachten sie, die Räuber wären über das Dach gekommen und sie kletterten auch über das Dach und hinunter zu mir in die Halle. Da sahen sie mich nackt und blutig und fragten mich, was geschehen sei. Nun sagte ich ihnen, daß ich Angst vor dem Kalifen und vor den Prügeln des Wachthauptmanns hätte und daß ich mich selber geißelte, um mich an die Foltern zu gewöhnen, die ich zu erwarten hatte.

Ich weiß nicht, warum sie darüber so ärgerlich wurden. Jedenfalls beschimpften sie mich, daß ich ihren Schlaf gestört hatte, und da ich meinen Nachbarn ja nicht lästig fallen wollte, hörte ich also auf, mich zu geißeln und legte mich zum Schlafe nieder und schlief bis zum Morgen.

Am Morgen aber dachte ich wieder an die hundert Dinare und sagte zu mir selber: Lasse ich sie zu Hause, kommen Diebe und stehlen sie. Tue ich sie in einen Gürtel um meinen Leib, so wird sie vielleicht jemand bemerken und mir auflauern und wird mich töten und mir das Geld abnehmen. Und ich dachte lange nach, bis mir ein Plan einfiel, der fein und vortrefflich war. Ich nähte mir nämlich eine Tasche in den Kragen meines Kittels, und ich band die hundert Dinare in einen Beutel und steckte ihn in die Tasche. Das war eine Stelle, wo niemand Geld vermuten würde.

Dann nahm ich Netz und Korb und ging an den Tigris um zu fischen. Aber wo ich auch das Netz auswarf, ich fing nichts, und ich wanderte von Ort zu Ort, bis ich eine halbe Tagesreise von Bagdad entfernt war. Immer wieder warf ich das Netz aus ohne etwas zu fangen. Schließlich sprach ich zu mir selbst: Jetzt werfe ich das Netz nur noch ein einziges Mal aus und dann gebe ich es auf. Und ich warf das Netz mit aller Kraft und aller Wut hinaus; und siehe, da flog der Beutel mit den hundert Dinaren aus meinem Kragen und fiel mitten in den Strom hinein und wurde von der starken Strömung fortgetragen. Da warf ich das Netz aus der Hand, zog meine Kleider aus, ließ sie am Ufer zurück, sprang in den Strom und tauchte hinter dem Beutel her. Immer wieder tauchte ich unter und wieder auf, wohl an die hundert Male, bis meine Kraft ermattete und ich die Hoffnung auf den Beutel aufgab. Ich kam wieder ans Ufer, aber dort fand ich nur noch Stock und Netz und Korb, von meinen Kleidern fand ich keine Spur mehr. So hatte ich nicht nur die hundert Dinare sondern auch noch meine Kleider verloren. Ich breitete das Netz aus und schlang es mir um den Leib, den Stock nahm ich in die Hand, den Korb auf die Schulter und dann lief ich von dannen, in Richtung auf die Stadt Bagdad. Da begegnete ich einem –

Kalif: Das war ich, der Kalif Harun al-Raschid. Wie kam es aber, daß ich an diesem Tage und um die Mittagszeit dem Fischer Chalifa begegnete? Dies war vorher geschehen: Eines Tages schickte mir der Juwelier el-Kirnas eine Sklavin zum Geschenk, die hieß Kut el-Kulub. Sie war schön von Angesicht und von Wuchs und zu ihren Vorzügen gehörte auch, daß sie in allen Wissenschaften und Künsten bewandert war, daß sie Verse zu dichten und Musikinstrumente zu spielen verstand. Mein Herz aber ward ganz von jener Sklavin eingenommen und ich vernachlässigte die Herrin Zubaida, die Tochter meines Oheims, und vernachlässigte auch alle meine Odalisken. Einen ganzen Monat lang ging ich nicht von Kut el-Kulub fort außer zum Freitagsgebet. Aber auch dann kehrte ich sogleich zu ihr zurück. Ich wußte wohl, daß die Großen des Reiches ungehalten waren, und als der Wesir mir Vorhaltungen machte, sagte ich zu ihm: Dies alles ist nicht mein freier Wille, Wesir, ich bin im Netze der Liebe gefangen, und ich weiß nicht, was ich tun soll. Da sprach der Wesir: Der höchste Ruhm der Könige und Prinzen ist die Jagd. Wenn du dich tummelst im Revier, so wirst du dadurch von Kut el-Kulub abgelenkt werden und vielleicht wirst du sie vergessen. Gut, sagte ich, laß uns gleich noch zu dieser Stunde zur Jagd aufbrechen! Als nun das Freitagsgebet beendet war, verließen wir beide die Moschee, saßen alsbald auf und zogen aus zu Jagd und Hatz.

Wir waren beide auf Maultieren beritten und als wir ins offene Land kamen, eilte uns das Geleit voraus, während wir ins Gespräch miteinander vertieft waren. Allmählich ward uns die Hitze zu groß und mich begann der Durst zu plagen. Da schauten wir uns um und erblickten auf hohem Hügel eine Gestalt. Der Wesir meinte, es sei ein Gartenhüter oder der Wächter eines Gurkenfeldes. Ich befahl dem Wesir, dem Geleit nachzureiten und spornte selber mein Maultier an und das schoß dahin wie der sausende Wind und wie Wasser im Sturzbach. Als ich die Gestalt erreichte, da war es ein Wesen, das wie ein brünstiges Kamel trabte und bald nach rechts, bald nach links, bald rückwärts, bald vorwärts rannte, mit wirrem Haar und staubbedeckt, gleich als wäre es ein rebellischer Dämon, aus Salomos Kerker losgelassen. Es war ein nackter Mann, nur in ein Fischernetz gehüllt. Ich sah seine blutunterlaufenen Augen rollen, als wenn es Feuerfackeln wären. Als ich ihn grüßte, erwiderte er meinen Gruß; doch er war voll Wut und man hätte Feuer entzünden können an seinem Atem. Mann, fragte ich ihn, hast du vielleicht zu trinken bei dir?

Chalifa: Ja, da begegnete mir einer, der fragte mich, ob ich zu trinken bei mir hätte. Freilich, sagte ich, ich habe den Tigris bei mir, und ich zeigte auf das Ufer. Er ritt hin, trank und tränkte sein Maultier, und dann kam er zu mir zurück und fragte nach meinem Gewerbe. Deine zweite Frage, sagte ich, ist noch dümmer als die erste. Siehst du nicht das Netz auf meiner Schulter? Ist es das Abzeichen eines Schusters? Oder eines Kameltreibers? Oder eines Kochs? Dann bist du also ein Fischer, meinte er, und ich würdigte ihn keiner Antwort. Da fragte er aber: Wo ist dein Kittel? Wo ist dein Rock? Wo ist dein Gürtel? Und so nannte er all die Dinge, die mir gestohlen waren, Stück für Stück. Da griff ich nach ihm schneller als der blendende Blitz und fuhr seinem Maultier in die Zügel und schrie ihn an: Mann, her mit meinen Sachen! Laß die dummen Späße! Bei Allah, sagte er, ich habe deine Kleider nicht gesehen und ich weiß nichts von ihnen! Ich sah mir den Kerl genauer an. Er hatte dicke Backen und einen kleinen Mund, deswegen dachte ich, er könnte vielleicht ein Sänger oder ein Posaunenbläser oder ein Flötenspieler sein. Jetzt mache ich die Musik, schrie ich, her mit meinen Sachen, sonst schlage ich dich mit diesem Stock so mächtig, daß du dein Wasser auf dich laufen läßt und deine Kleider besudelst! Das machte Eindruck auf ihn. Er zog sein Obergewand aus, gab es mir und sagte: Nimm das an Stelle deiner Kleider! Meine Kleider, erwiderte ich, sind zehnmal so viel wert wie der bunte Mantel da. Zieh ihn an, sagte er, bis ich dir deine Kleider bringe! Ich zog das papageienbunte Ding an, aber es war mir zu lang, und deshalb nahm ich mein Messer und schnitt unten ungefähr ein Drittel ab, sodaß mir das Gewand bis eben unter die Knie reichte. Ein jämmerliches Gewand, sagte ich zu ihm. Du tust mir leid, Pfeifer! Wie hoch ist dein Lohn im Monat für das Flötenspiel?

Kalif: Nachdem also der Fischer mein kostbares Atlas-
gewand zerschnitten hatte, fragte er nach meinem Lohn.
Zehn Dinare, sagte ich und verbiß mir das Lachen. Armer Kerl, meinte er, du tust mir leid. Zehn Dinare verdiene ich jeden Tag. Willst du nicht bei mir in Dienst treten? Ich will dich die Kunst des Fischfanges lehren und
den Gewinn mit dir teilen. Dann kannst du jeden Tag
fünf Dinare verdienen; du bist dann mein Diener und ich
schütze dich mit diesem Stock gegen deinen Musikmei-
ster. Dann will ich es tun, sagte ich. Und der Fischer darauf: Steig also ab von deiner Eselin und binde sie an, damit sie uns später dazu dient die Fische zu tragen; und du
komm her, ich will dich sogleich das Fischen lehren. Da
stieg ich ab, und nachdem ich die Eselin angebunden
hatte, gingen wir an den Tigris und der Fischer rief mir
zu: He, Pfeifer, faß das Netz so an, lege es so über deinen
Unterarm und wirf es so in den Tigris! Ich tat so, wie er
es mir gezeigt hatte, warf das Netz in den Strom und zog
daran, vermochte es aber nicht heraufziehen. Da eilte er
herbei und zog mit mir, aber auch wir beide konnten es
nicht einholen. Da rief er: Du Unglückspfeifer, ich habe
deinen Mantel für meine Kleider genommen vorhin, und
jetzt will ich deine Eselin für mein Netz nehmen, wenn es
zerrissen ist, o du Tolpatsch! Da sagte ich: Laß es uns
noch einmal versuchen, Meister! Wir zogen selbander
und mit großer Mühe brachten wir endlich das Netz ans
Ufer, und siehe da, es war übervoll von Fischen aller Art
und jeglicher Farbe. Bei Allah, sagte Chalifa, du bist zwar
sehr häßlich, Pfeifer, aber wenn du dich auf den Fischfang verlegst, so wirst du einmal ein berühmter Fischer
werden, so wahr ich Chalifa heiße! Jetzt ist es das beste,

wenn du auf deine Eselin steigst, auf den Markt reitest und zwei Körbe holst; ich will so lange auf die Fische hier achten, bis du wiederkommst, und dann wollen wir sie auf die Eselin laden. Ich habe die Waage und die Pfundgewichte und alles, was wir brauchen; dann können wir das Ganze mit uns nehmen, und du hast nichts zu tun als die Waage zu halten und das Geld einzustecken. Wir haben jetzt Fische, die zwanzig Dinare wert sind; also beeile dich, die Körbe zu bringen und bleib mir nicht zu lange fort. Ich höre und gehorche, Meister, erwiderte ich, ließ den Fischer bei den Fischen und ritt eilends auf meiner Mauleselin davon. Als ich nun den Wesir wieder getroffen und ihm meine Abenteuer erzählt hatte, sagte ich ihm: Ich bin müde von meiner Fischerei, denn ich habe viele Fische gefangen, die habe ich am Ufer des Tigris bei meinem Meister Chalifa liegen lassen und er steht noch dort und wartet auf mich, daß ich zu ihm zurückkehre und ihm zwei Körbe bringe. Bei meinen reinen Vorfahren, Wesir, wer nur immer mir einen von den Fischen bringt, die vor Chalifa liegen, jenem Manne, der mich das Fischen gelehrt hat, dem gebe ich einen Golddinar dafür. Da sah ich, nachdem ich das gesagt hatte, daß meine Mamluken wie die Wilden zum Ufer des Tigris stürzten.

Chalifa: Und während ich auf meinen Gesellen wartete, daß er mir zwei Körbe brächte, stürzten plötzlich von allen Seiten her Leute wie die Geier über mich her, Allah mag wissen, woher sie alle kamen. Sie rissen die Fische an sich, ja sie balgten sich darum, während ich machtlos daneben stand. Gerade vier Fische erwischte ich noch, davon nahm ich zwei in die rechte Hand und zwei in die linke, lief in das Wasser, bis ich bis zum Halse darin stand und rief: O Allah, um dieser Fische willen, laß deinen Knecht, den Pfeifer, meinen Teilhaber, jetzt zu mir kommen!

Kalif: Aber ich kam nicht. Statt dessen kam der Oberste von meinen schwarzen Sklaven, und der Grund, weshalb er hinter den Mamluken zurückgeblieben war, war der, daß sein Roß unterwegs stehen geblieben war, um Wasser zu lassen. Als der nun zu der Stätte Chalifas kam und dort keine Fische mehr fand, weder wenig noch viel, schaute er nach rechts und nach links und sah den Fischer, meinen Meister, im Wasser stehen mit seinen Fischen. Und er rief ihm zu: »Du, Fischer, komm!« Aber der entgegnete ihm: »Geh weg und sei nicht aufdringlich!« Darauf trat der Eunuch näher zu ihm heran und sprach: »Her mit den Fischen da, ich will sie bezahlen.« Doch Fischer Chalifa erwiderte dem Eunuchen: »Bist du kurz von Verstand? Ich verkaufe sie nicht.« Da schwang der Schwarze seine Keule und Chalifa rief: »Schlag mich nicht, lieber schenke ich sie dir.« Dann warf er ihm die Fische zu, der Eunuch ergriff sie, legte sie in sein Tuch und steckte seine Hand in die Tasche. Als er darin keinen einzigen Dirhem fand, sprach er: »Fischer du hast Pech. Bei Allah, ich habe garkein Geld bei mir. Komm aber morgen in den Palast des Kalifen und laß dich zu mir, dem Eunuchen Sandal, führen. Dann werde ich dir dein Geld geben.« Als er davongeritten war, machte sich auch Chalifa auf und kehrte in die Stadt zurück. Wie er dort nun durch die Straßen schritt, sahen die Leute mein Gewand an ihm und starrten ihm nach, bis er am Laden meines Schneiders vorbeikam. Als der Schneider den Fischer Chalifa sah, angetan mit einem Gewand, das tausend Dinare wert war, und er wußte ja auch, für wen er es gemacht hatte, da rief er: »He, Chalifa, woher hast du das Gewand?« Der Fischer antwortete ihm »Was bist du so vorwitzig? Ich habe es von dem, dem ich das Fischen beigebracht habe und der mein Lehrling geworden ist. Er hatte meine Kleider gestohlen und dafür hat er mir diesen Mantel gegeben.« Als der Schneider das hörte, blieb ihm vor Erstaunen der Mund offen stehen und er hat ihn erst einige Tage später wieder zugemacht.

Sklavin: Weshalb aber war der Kalif zur Jagd geritten? Meinetwegen. Denn nach dem Willen des Wesirs sollte er sich von meiner Schönheit ablenken. Zubaida, die Lieblingsfrau des Kalifen, war eifersüchtig geworden auf mich, die Sklavin Kut el-Kulub. Als er nun zur Jagd geritten war, lockte sie mich in eine tückische Falle. Sie lud mich ein, mit ihr zu speisen, hatte aber einschläferndes Bendsch in die Speisen getan, und als ich davon kostete, fiel ich sogleich im Schlaf zu Boden, und ich wußte nichts von dem was nun geschah und was ich jetzt weiß. Zubaida nämlich ließ mich in eine Truhe legen, befahl, ein Scheingrab zu errichten und die Nachricht zu verbreiten, ich sei erstickt und gestorben. Als nun der Kalif zurückkehrte und nach mir fragte, sagte man ihm diese Nachricht und zeigte ihm das Grab und er weinte bitterlich und verließ die Grabstätte in tiefer Trauer. Sobald Zubaida wußte, daß ihre List geglückt war, befahl sie einem ihrer Eunuchen, die Truhe, in der ich lag, auf den Markt zu tragen. Gib dir Mühe, sagte sie, die Truhe zu verkaufen, und mach es dem Käufer zur Bedingung, daß er sie verschlossen kauft. Den Erlös aber verteile als Almosen. Da nahm der Diener die Truhe und verließ Zubaida, um ihr Gebot zu erfüllen. Nun geschah es, daß auch der Fischer Chalifa zum Markt kam –

Chalifa: Einen Augenblick, noch bin ich nicht auf dem Markt! Laßt mich alles der Reihe nach erzählen. Es war der Morgen nach dem Tag, von dem ich berichtet habe, und als er die Welt mit seinem Licht erhellte, sagte ich mir: Heute habe ich keine bessere Arbeit als daß ich zu dem Eunuchen gehe, der mir die Fische abgekauft hat; denn er hat doch mit mir verabredet, ich sollte zu ihm in den Palast des Kalifen kommen. Ich machte mich auf den Weg, aber als ich in den Palast kam und nach dem Eunuchen Sandal fragte, da war es, als hätte man schon auf mich gewartet und man ließ mich nicht mehr los, und ich verstand nicht, warum.

Kalif: Halte auch du einen Augenblick inne in deiner Erzählung, Chalifa, und laß mich, den Kalifen, sagen, warum man dich festhielt. Ich saß an jenem Morgen in meinem Gemach, mit gesenktem Haupte und beklommener Brust und dachte an meine Sklavin Kut el-Kulub, die gestorben war. Da trat Dschafar, der Wesir herein und sagte: Herr, vor der Tür steht dein Meister und Lehrer und Teilhaber, der Fischer Chalifa, und ich hörte, wie er dir zürnte und sich über dich beklagte und sagte: Ich lehrte ihn den Fischfang und er ging fort um zwei Körbe zu holen, aber er kam nicht zurück zu mir. Das verträgt sich nicht mit der Teilhaberschaft, noch mit der Würde der Lehrmeister. Nun sage mir, Kalif, ob du noch Lust zur Teilhaberschaft hast; wenn nicht, so laß es ihn wissen, daß er sich einen andern Teilhaber suchen kann. Als mich nun so der Wesir an den Fischer erinnerte, ward mir die Brust freier und ich sprach zu Dschafar: Bei Allah, ich will mein Bestes tun, ihm sein Teil zukommen zu lassen. Ich weiß freilich nicht, was es sein wird. Wenn Allah ihm durch meine Hand Elend sendet, so soll er es haben; wenn Er ihm Glück zuteil werden läßt durch mich, so soll er es auch haben. Und ich nahm ein Blatt Papier, zerschnitt es in kleine Stücke und sagte: Dschafar, schreib mit deiner Hand zwanzig Summen Geldes darauf, von einem Dinar bis zu tausend Dinaren; ferner auch die Ämter von Statthaltern und Emiren, von dem geringsten Amte bis zum Kalifat; dazu noch zwanzig Arten von Strafen, von der leichtesten Züchtigung bis zur Hinrichtung. Als der Wesir das alles geschrieben hatte, ging er hinaus und holte den Fischer Chalifa.

Chalifa: Ja, es kam einer, nahm mich bei der Hand und führte mich durch sieben Vorhallen. Danach hob er einen Vorhang und ich blickte in einen Saal, wo einer auf einem prächtigen Stuhl saß und um ihn herum standen welche, die ähnliche Gewänder trugen wie das, das mir gestern mein Lehrling gegeben hatte. Der aber da auf dem Stuhl saß, war eben kein anderer als mein Lehrling, und kaum hatte ich ihn erkannt, so trat ich auf ihn zu und sprach: »Willkommen, mein Pfeiferlein! Es war nicht recht von dir, Fischer zu werden und mich dann sitzen zu lassen. Wenn du rasch mit den Körben gekommen wärst, so hätten wir für hundert Dinare Fische verkauft.« Da lachte der Flötenbläser und sagte: »Komm her und nimm dir eins von diesen Blättern!« Ich nahm eins von den Blättern und sagte: »Bist du ein Sterndeuter geworden?« »O Fischer«, erwiderte der Flötenbläser, »auf dem Zettel steht, daß du hundert Stockschläge erhalten sollst.« »Hundert Stockschläge?« schrie ich, aber da packte man mich schon und ließ mich nicht eher wieder los, als bis ich hundert Streiche bekommen hatte. »Das soll mir nicht wieder vorkommen«, dachte ich, »daß dieser Pfeifer je mein Diener wird und mit mir fischt!« Da sagte er: »Nimm noch ein Blatt. Vielleicht ist es diesmal etwas Besseres.« »O«, sagte ich, »mich gelüstet es nach nichts Besserem, – hundert Stockschläge waren mir schon gut genug.« »Zieh noch einen Zettel«, sagte er, und ich zog. »Fischer«, sprach er da, »dein täglich Brot soll dir nicht von uns kommen. Es steht auf dem Zettel, daß du nichts erhalten sollst.« »Es wird schlechter«, meinte ich, »vorhin waren es noch hundert Stockschläge.« Nun ließ er mich ein drittes Mal einen Zettel ziehen, und als er ihn gelesen hatte, rief er: »Chalifa, ich habe das Glück für dich gesucht, aber auf dem Zettel steht, daß du nicht mehr erhältst als einen Dinar.« »Einen Dinar für hundert Stockschläge?« schrie ich, »das ist ja ein großes Glück, das ist ja ein Übermaß von Glück! Möge Allah dir den Bauch nicht gesund machen!« Und damit ging ich hinaus, und als ich zum Tor kam, stand der Eunuch Sandal da und sagte: »Hierher, Fischer, gib mir etwas ab von dem, was dir der Beherrscher der Gläubigen geschenkt hat, als du jetzt bei ihm warst.« »Willst du mit mir teilen, Schwarzhaut?« sagte ich, »ich habe hundert Stockschläge zu fressen bekommen, und einen Dinar als Nachtisch, den kannst du ganz haben!« Und ich warf ihm das Goldstück hin und wollte davon. Aber da hielt mich Sandal fest und griff in seine Tasche und zog einen roten Beutel hervor, den öffnete und schüttelte er, und siehe, es fielen hundert Golddinare heraus. »Da«, sagte er, »nimm das Gold als Preis für deine Fische!« Da ward ich wieder getröstet, hob auch den Dinar des Pfeifers wieder auf und vergaß die Hiebe. Und wie ich nun auf dem Weg nach Haus war, kam ich über den Markt der Sklavinnen und sah dort einen großen Menschenauflauf. Ich drängte mich hindurch, und siehe da, es wurde eine Truhe ausgeboten, unbekannten Inhalts. Einer bot zwanzig Dinar, ein anderer fünfzig, bis das Gebot auf hundert Dinare gestiegen war. Da fragte der Ausrufer: »Bietet einer von euch noch mehr, ihr Kaufleute?« und ich rief: »Sie sei mein für hundertundeinen Dinar!« Als die Kaufleute das hörten, lachten sie über mich und sagten zu dem Ausrufer: »Verkauf ihm die Truhe um hunderteinen Dinar.« »Bei Allah!« erwiderte der Ausrufer, »ich will sie nur ihm verkaufen. Also nimm die Truhe, du Fischer, und her mit dem Geld!« Da gab ich das Gold heraus und der Kauf war abgeschlossen. Ich hatte große Mühe, die Truhe bis in meine Wohnung zu bringen, sie war sehr schwer. Als ich sie ins Haus geschoben hatte, bemühte ich mich, sie zu öffnen, aber es gelang mir nicht. Da sagte ich mir: Was ist eigentlich mit meinem Verstand geschehen, daß ich diese Kiste kaufen mußte? Ich muß sie aufbrechen, um zu sehen, was darin ist. Ich machte mich wieder an das Schloß, aber ich konnte es nicht öffnen. Ich sagte mir: Ich will sie bis morgen lassen. Als ich mich aber zum Schlafe niederlegen wollte, fand ich keinen Platz, auf dem ich hätte liegen können, weil die Kiste die ganze Kammer ausfüllte. Deshalb stieg ich hinauf und legte mich darauf nieder. Aber als ich eine Weile gelegen hatte, siehe, da bewegte sich etwas. Da erschrak ich, daß mir der Verstand entfloh, und ich sprang aus dem Schlafe auf und rief: »Mir ists als wären Geister in der Kiste! Gott sei Dank, daß ich sie nicht aufgemacht habe! Wenn ich sie aufgemacht hätte, dann wären die im Dunkel über mich hergefallen und hätten mich umgebracht, ja, bei ihnen wäre es mir nicht gut gegangen.« Dann legte ich mich wieder hin um zu schlafen, aber plötzlich bewegte sich die Truhe zum zweiten Mal und stärker noch als zuvor. Ich sprang auf die Füße und suchte eiligst nach einer Lampe, aber ich fand keine und hatte auch kein Geld, eine neue zu kaufen. Deshalb ging ich zum Hause hinaus und rief: »He, ihr Leute im Viertel, he, Nachbarn!« Die meisten schliefen schon, aber bei meinem Geschrei erwachten sie doch und riefen, was ich wollte. »Bringt mir eine Lampe!« sagte ich, »die Geister sind über mich gekommen.« Sie lachten mich aus, gaben mir aber doch eine Lampe und ich nahm sie und kehrte damit in meine Kammer zurück. Dann schlug ich mit einem Stein auf das Schloß der Truhe, daß es zerbrach, und als ich den Deckel abhob, da lag –

Sklavin: Da lag ich in der Truhe, Kut el-Kulub. Und als ich die Augen aufschlug, sah ich jenen und er fragte: »Bei Allah, woher bist du?« »Bring mir Jasmin und Narzisse«, erwiderte ich, und er: »Hier habe ich nur Knoblauchwurzeln.« Da kam ich wieder ganz zu mir und fragte: »Wer bist du und wo bin ich?« »Du bist in meiner Wohnung«, antwortete er, und als ich weiter fragte: »Nicht im Palast von Harun er-Raschid?«, da rief er: »Wer ist er-Raschid? Du Verrückte, du bist nichts anderes als meine Sklavin, heute habe ich dich für hundertundeinen Dinar gekauft. Ich bin Chalifa, der Fischer.« »Hast du etwas zu essen?« fragte ich. »Nein, bei Allah«, erwiderte er, »und auch nichts zu trinken. Ich habe, fällt mir gerade ein, seit zwei Tagen nichts gegessen, und jetzt hätte ich auch gern einen Bissen. Aber diese Kiste hat mich arm gemacht, ich habe kein Geld um Essen zu kaufen, ich bin bankerott.« »Bitte deine Nachbarn um etwas, was ich essen kann«, sagte ich, »ich bin sehr hungrig.« Wirklich eilte Chalifa gleich aus dem Hause hinaus und rief: »He, ihr Leute vom Viertel, he, Nachbarn!« Die waren gerade wieder eingeschlafen, jetzt streckten sie die Köpfe heraus und fragten: »Was hast du schon wieder, Chalifa?« »Liebe Nachbarn«, gab er zur Antwort, »ich bin hungrig und habe nichts zu essen.« Da brachte ihm der eine einen Laib Brotes, der andere ein Stück Käse, der dritte eine Gurke, und er ging ins Haus zurück und legte alles vor mir nieder. Doch ich lachte über ihn und sagte: »Wie kann ich das essen, da ich keinen Krug Wassers habe. Ich fürchte, ich werde an einem Bissen ersticken und dann sterben.« Chalifa säumte nicht, nahm einen Krug und ging wieder mitten auf die Straße, indem er rief: »He, Nachbarn, Nachbarn!« Die antworteten ihm: »Was plagst du uns heute nacht!« Da sagte er: »Ihr gabt mir zu essen und ich habe gegessen, doch jetzt bin ich durstig, drum gebt mir zu trinken!« Da kam der eine mit einem Krug, der andere mit einer Kanne, der dritte mit einer Tonflasche, so konnte er seinen Krug füllen. Allah schenke jedem solche Nachbarn! Als er nun zurückgekehrt war und wir zusammen gegessen hatten, erzählte er mir seine Geschichte und ich ihm die meine, und ich fügte hinzu: Gott sei Dank, daß die Sache noch so leicht ausgegangen ist, es hätte viel schlimmer sein können. Das alles aber ist mir widerfahren um deines Glückes willen, denn du wirst sicher vom Kalifen Harun er-Raschid viel

Geld erhalten dafür, daß du mich gefunden hast.« Da fragte Chalifa: »Ist er-Raschid nicht der, in dessen Palast ich gefangen war?« »Das ist er«, sagte ich, und er fuhr fort: »Bei Allah, ich habe noch nie einen größeren Geizhals gesehen als ihn, jenen Pfeifer, der so wenig Güte und Verstand besitzt. Er hat mir einen einzigen Dinar, aber hundert Stockschläge gegeben, obwohl ich ihn das Fischen gelehrt und ihn zu meinem Teilhaber gemacht habe. So treulos hat er an mir gehandelt.« »Laß ab von diesen häßlichen Worten«, erwiderte ich, »befleißige dich der Höflichkeit, wenn du zu ihm gehst und ihm sagst, daß ich lebe und bei dir bin.« »Ich will garnicht zu ihm gehen«, erwiderte er. »Wie, du willst nicht zu ihm gehen?« rief ich, »dann muß ich selber gehen!« »Denke gefälligst daran«, sagte er, »daß ich dich für hundertundeinen Dinar gekauft habe, und daß du meine Sklavin bist.« »Du kannst mich nicht dem Kalifen vorenthalten«, sagte ich, und er erwiderte: »Nun, ich will es mir überlegen.«

Chalifa: Ich überlegte es sehr lange, den ganzen folgenden Tag. Dabei gab ich gut acht auf Kut el-Kulub, daß sie nicht davonging. Am Abend endlich fiel mir ein, was ich zu tun hatte. »Höre, Sklavin!« sagte ich zu Kut el-Kulub, »ich habe beschlossen, dich dem Kalifen zurückzugeben.« Kut el-Kulub machte ein Gesicht, als hätte sie aus einer Honigschüssel geschleckt. »Er wird es dir lohnen«, sagte sie. »Das ist nicht nötig«, erwiderte ich, »es ist ein Geschäft Zug um Zug. Übrigens ist noch eine Bedingung dabei.« »Kann man dem Kalifen Bedingungen stellen?« fragte sie. »Das findet sich dann schon«, meinte ich, »außerdem spreche ich von einer Bedingung für dich.« »O ich verstehe, du sprichst von den hundertundein Dinaren.« »Darüber spreche ich nicht mit dir sondern mit deinem Kalifen. Nein, es ist etwas anderes: Wenn ich dich dem Kalifen zurückgeben soll, so mußt du wieder in der Truhe liegen und mußt ohnmächtig sein.« Darüber verwunderte sich Kut el-Kulub, und es war, als wäre sie nach der Honigschüssel an den Essigkrug geraten. »Warum läßt du mich nicht einfach in den Palast gehen?« fragte sie. »Nein«, erwiderte ich, aber ich erklärte ihr nicht, warum. Sie merkte nun, daß ich hartnäckig blieb und willigte schließlich ein. Sie legte sich in die Truhe und ich gab ihr Bendsch zu essen, sodaß sie in Schlaf fiel. Als es finstere Nacht war, nahm ich die Truhe auf die Schulter und trug sie auf den Friedhof und stellte sie in einem vergessenen Mausoleum ab. Zu Hause aber schrieb ich drei Zettel und faltete sie zusammen und am Morgen machte ich mich auf den Weg zum Palaste des Sultans.

Kalif: Gerade als ich mich mit dem Wesir beriet, kam der Fischer Chalifa, mein Lehrmeister, in den Thronsaal herein. »He, Pfeiferlein«, rief er, »du hast mich gestern prügeln lassen, aber ich will es nicht krumm nehmen, im Gegenteil, ich habe es dir viel leichter gemacht. Du hast mich aus sechzig Zetteln wählen lassen dreimal, ich aber habe nur drei Zettel und auch du darfst dreimal wählen, und selbst wenn du sie erst beim dritten Mal ziehst, entgeht sie dir nicht.« »Von wem sprichst du?« fragte ich. »Von Kut el-Kulub natürlich«, erwiderte er. »Kut el-Kulub,« schrie ich, »was weißt du von Kut el-Kulub?« »Sie lebt und ich habe sie für hundertundeinen Dinar gekauft«, erwiderte er. »Wo ist sie?« rief ich. »Pfeiferlein, zieh einen von den Zetteln«, erwiderte er, »auf einem stehen hundert Stockschläge, auf dem zweiten steht nichts, auf dem dritten Kut el-Kulub. Wenn du Glück hast, ziehst du sie gleich und die Schläge entgehen dir.« »Befleißige dich der Höflichkeit«, rief ich, »und tu deine dummen Zettel weg. Wo ist Kut el-Kulub?« Er sagte nur: »Zieh einen Zettel!« Da ergrimmte ich und befahl den Wachen, ihm hundert Schläge zu verabreichen. Zugleich schickte ich meine Mamluken in das Quartier des Fischers, damit sie nach Kut el-Kulub forschten. Aber sie kehrten unverrichteter Dinge zurück. Inzwischen hatte Chalifa seine Prügel erhalten und ich sagte ihm: »Höre, ich will im Guten mit dir reden! Bring Kut el-Kulub hinterher und du sollst reiche Belohnung erhalten!« »Hoher Kalif«, erwiderte er, »die Belohnung habe ich schon, es sind bisher zweihundert Stockschläge. So sieht das Gute aus, worin du mit mir reden willst, und ich will auch im Guten mit dir reden. Die hundert Stockschläge sind jetzt auf zweihundert erhöht, meine Rechnungen sind so hoch wie deine Belohnungen. Aber vielleicht ziehst du gleich Kut el-Kulub!« »Ich ziehe überhaupt nichts!« schrie ich ihn an. »Wagst du es, mir mit Prügeln zu drohen?« »Wenn ich dir raten darf, Kalif Flötenbläser«, erwiderte er, »auch ich würde keine zweihundert Stockschläge für Kut el-Kulub hinnehmen. Sie ist keinen einzigen wert. Weißt du, woran sie mich erinnert? An ein ausgeblasenes Ei. Gestatte also, daß ich mich zurückziehe und daß ich ihr melde, daß du den Preis für sie nicht zahlen willst.« »Halt!« rief ich, aber schnell wie der blendende Blitz war er aus dem Saal verschwunden, ohne meine Befehle abzuwarten und ohne den Boden vor mir zu küssen, ein Mensch aus der Vorstadt und ohne Lebensart. Rasch ließ ich die Wachen ihm nacheilen, aber im Gedränge des

Marktes verloren sie ihn aus den Augen. Ich ließ überall nach ihm forschen und suchen, aber er kehrte nicht in seine Wohnung zurück und auch sonstwo fand sich keine Spur von ihm. Auch ließ ich öffentlich ausrufen, daß er zu mir kommen solle, daß ihn kein Strafe, sondern hohe Belohnung erwarte. Aber er kam nicht und auch von Kut el-Kulub hörte ich nichts mehr. Da ich nun wußte, daß sie nicht gestorben, sondern irgendwo auf der Welt war, wurde mein Verlangen nach ihr noch größer, und eines Tages sagte ich zu meinem Wesir: »Höre, wenn heute der Fischer Chalifa käme und mit ihm Kut el-Kulub, – ich erduldete gerne zweihundert Stockschläge.« Aber selbst um zweihundert Stockschläge bekam ich Kut el-Kulub nicht mehr, – obwohl ich doch Harun er-Raschid, der mächtige Kalif war, der Beherrscher der Gläubigen.

Chalifa: Wo aber war sie nun, Kut el-Kulub, die Gazellenäugige, die Rosenwangige, die eitle Henne aus des Kalifen Hühnerstall? Es war mir nicht recht, daß der Kalif sie mir nicht abgenommen hatte. Sie war ein Ärgernis von Besitz. Was sollte ich mit einem Geschöpf tun, das gewöhnt war, Leckerbissen zu essen, bis zum Mittag zu schlafen und um den Hals Türkise zu tragen groß wie Enteneier? Als ich aus dem Palast davonlief, wußte ich wohl, daß er mir seine Wachen nachschicken würde, und deshalb wendete ich mich nicht in die Stadt, sondern gleich dem Flusse zu, und ich weiß nicht, hinter wem sie herrannten und wen sie für mich hielten. Ich machte ein Boot los und ließ es flußab treiben, bis ich in die Nähe des Friedhofs kam, wo ich die Sklavin in der Truhe versteckt hatte. Ich öffnete die Truhe und weckte sie. »Steh auf!« rief ich, »wir müssen fort!« »Zum Kalifen?« fragte sie, noch ehe sie die Augen aufgetan hatte. »Geh zum Teufel mit deinem Kalifen!« rief ich, »der Geizige! Er will dich nicht kaufen, du bist ihm zu teuer. Dabei forderte ich nur zweihundert Stockschläge, – das sind meine baren Auslagen!« »Bist du wahnsinnig?« rief sie. »Du verscherzt dein und mein Glück.« »Und der Kalif das seine«, erwiderte ich, »eben das sage ich ja. Aber mit ihm ist nicht zu reden, er ist zu aufgeregt. Auch meint er, er müsse alles umsonst bekommen. Nun steh auf, Sklavin, hurtig!« »Warum eilst du so?« fragte sie. »Es ist mir eilig, von dir getrennt zu werden«, erwiderte ich, und das war gewißlich wahr. Deshalb nahm ich sie bei der Hand und wandte der Stadt Bagdad den Rücken und wir machten die Reise flußab nach Basra, und als wir nach vielen Tagen dort ankamen, ohne Geld und ohne Speise und Trank, verkaufte ich Kut el-Kulub auf dem Sklavenmarkt für zweihundertfünfzig Dinare an einen einäugigen Händler aus Indien, der für einen Fürsten seines Landes nach schönen Sklavinnen suchte. Wir nahmen einen gerührten Abschied voneinander und sie war ganz erfüllt von Hoffnungen für die Zukunft, denn sie zweifelte nicht, daß sie den indischen Fürsten ebenso zu Wachs in ihren Händen machen würde wie den Kalifen von Bagdad. Allah möge ihre Hoffnungen erfüllt haben, ich habe sie nie wiedergesehen. Ich selber nährte mich nun in Basra von meinem Gewerbe als Fischer, aber ich hatte doch immer Sehnsucht, wieder in Bagdad zu sein. Nur fürchtete ich den Zorn des Kalifen.

Kalif: Als nun zwei Jahre vergangen waren, fühlte ich keinen Kummer mehr, wenn ich an Kut el-Kulub dachte. Mir fiel ein, daß sie eigentlich dumm, eitel und klatschsüchtig gewesen war, und die Verblendung der Liebe fiel von mir ab. Außerdem war es mir lieb, daß ich mich nun wieder mit Zubaida versöhnen konnte, mit der ich mich doch am besten von allen meinen Frauen verstand. Ich trug ihr ihre Ränke gegen Kut el-Kulub nicht mehr nach, so wenig wie ich noch dem Fischer grollte. Im Gegenteil, allmählich wurde ich ihm dankbar dafür, daß er mir Kut el-Kulub entführt und mich also wieder mit Zubaida versöhnt hatte. Es war eigentlich sein Werk, daß ich jetzt glücklich und zufrieden war. Ich beschloß, wenn ich ihn je wiedersehen würde, ihn reich zu beschenken und ihn, da er doch Verstand und Weisheit gezeigt hatte, zu einem der Großen meines Reiches zu machen.

Chalifa: Eines Tages hatte ich genug von Basra, und dachte: Soll er dich zu Tode prügeln, der Kalif! Ich gehe jetzt nach Bagdad zurück. Das tat ich, und ich fand meine alte Wohnung unversehrt, und meine Nachbarn erzählten mir wie der Kalif nach mir gesucht, mich ausgerufen und mir Belohnungen versprochen hatte. Ein schlimmes Zeichen, dachte ich mir. Wie kann ich es wagen, ohne Kut el-Kulub zu ihm zu gehen? Ich kann nur hoffen, daß er nie erfährt, daß ich wieder in Bagdad bin. Da gewöhnte ich es mir an, bei Tage zu schlafen und nachts zu fischen, und ich hatte gute Beute, verdiente genug Geld und war mit meinem Leben zufrieden. Eines Tages aber, als ich bei heller Sonne auf meinem Lager schlafend lag, pochte es gegen die Tür. Ich wollte den Eindruck erwecken, als sei niemand zuhaus und rührte mich nicht. Aber der da pochte, hörte nicht auf zu pochen, und als er rief: »Fischer Chalifa, Befehl des Kalifen, mach auf die Tür!«, da pochte mir das Herz dazu, und als er rief: »Wir wissen, daß du da bist. Wenn du nicht öffnest, schlagen wir die Tür ein«, da fand ich es besser, zu öffnen. Ein Dutzend Männer mit krummen Schwertern standen vor der Tür, mir rann ein Wässerlein in die Hose und ich dachte, eins meiner letzten Stündlein sei gekommen. Sie nahmen mich in die Mitte, und begafft von allen Einwohnern von Bagdad wurde ich ins Schloß geführt. Als ich durch das Tor schritt, dachte ich: Nun hast du gemeint, Fischer Chalifa, du würdest eines Tages hochbetagt im Bett sterben, aber Allah hat es anders gefügt. Allah sei gepriesen, Sein Ratschluß ist der beste.

Zwei Stunden später verließ ich das Schloß durch dasselbe Tor. Ich trug ein Ehrengewand des Kalifen und ritt ein prächtiges Roß, das er mir geschenkt hatte. Und in diesem Augenblick dachte ich: Es ist doch möglich, daß ich eines Tages hochbetagt im Bett sterbe. Allah hat bestimmt wie es kommen wird, Allah sei gepriesen, Sein Ratschluß ist der beste.

Und wenn das auch nicht das Ende meines Lebens ist, so ist es doch das Ende meiner Geschichte, der Geschichte des Fischers Chalifa. Der aber, der kein Ende hat und keinen Anfang, Er sei euch wohlgesinnt. Denkt daran, daß Er über euch bestimmt und daß Sein Ratschluß der beste ist.

Der Mann, der nicht mehr lachte

Erzählerin: Es gab eine Zeit, da war Hasib ebenso wie andere Leute. Er lachte, wenn er mit Freunden beim Wein zusammen saß. Er lachte, wenn er einen Scherz hörte. Er lachte, wenn er die Schattenspiele des Gauklers auf dem Markt sah. Jetzt lacht Hasib nie mehr, und ich will euch erzählen wie das kam.

Hasib lebte in Bagdad und war ein Arbeiter. Wie er nun eines Tages an einer Mauer saß und auf jemanden wartete, der ihm Arbeit geben würde, da trat ein Mann von vornehmem Aussehen und schön gekleidet an ihn heran und sagte: »Mein Sohn, ich will deine Dienste für eine leichte Sache in Anspruch nehmen. Außer mir sind noch drei Scheiche im gleichen Hause, und wir haben niemanden, der uns bedient. Du kannst bei uns Nahrung und Kleidung genug erhalten, wenn du den Dienst bei uns versehen willst. Auch soll dir bei uns Geld und Gut zuteil werden, vielleicht wird dir dann Allah durch uns Wohlstand geben.« »Ich höre und gehorche«, erwiderte der Jüngling und er folgte dem Scheich in dessen Wohnung. Dies war ein hoher, festgefügter und geräumiger Bau; dort waren Gemächer, die einander gegenüber lagen, und Hallen, deren jede einen Springbrunnen hatte, über dem die Vöglein zwitscherten, und auf allen Seiten schauten Fenster in einen schönen Garten, der sich innerhalb des Baues befand. Der Alte führte Hasib in eines der Gemächer, das mit buntem Marmor ausgelegt war, während die Decke mit Malereien in Lasur und glänzendem Golde verziert war; auf dem Boden aber lagen seidene Teppiche. Dort sah er drei Scheiche sitzen, die waren in Trauergewänder gehüllt und weinten und klagten. Der Alte aber übergab ihm eine Truhe mit dreißigtausend Dinaren und sprach zu ihm: »Mein Sohn, verwende das, was in dieser Truhe ist, für uns und für dich selbst ganz nach Belieben als getreuer Sachwalter; hüte aber, was ich dir anvertraue.« Hasib begann nun für sie das Geld zu verwenden, hielt das Haus in Ordnung und bediente die Scheiche. Diese aber taten den ganzen Tag nichts anderes als weinen und wehklagen, und auch der Alte, der Hasib in Dienst genommen hatte, tat nichts anderes, und sie weinten und klagten durch Wochen und Monate hindurch. Lange hielt sich Hasib zurück, sie nach dem Grund ihres Kummers zu fragen, aber schließlich konnte er sich nicht mehr enthalten und er fragte den ersten und dieser erzählte ihm seine Geschichte.

Erster Scheich: Einst ließ ein König dem Volk seines Reiches verkünden: »Wenn einer von euch irgendein Almosen gibt, so werde ich ihm die Hand abschlagen lassen!« Da enthielten sich alle Leute der Wohltätigkeit, und keiner konnte mehr seinem Nächsten ein Almosen spenden. Nun begab es sich eines Tages, daß ein Bettler, den der Hunger plagte, zu einer Frau kam und sie bat: »Gib mir doch ein Almosen!« Sie aber sagte: »Wie kann ich dir ein Almosen geben, da doch der König einem jeden, der ein Almosen spendet, die Hand abschlagen läßt?« Dennoch fuhr er fort: »Ich bitte dich um Allahs des Erhabenen willen, gib mir ein Almosen!« Wie er sie nun um Allahs willen bat, hatte sie Mitleid mit ihm und schenkte ihm zwei Brote. Doch die Kunde davon drang zum König, und er befahl, sie herbeizuholen. Als sie zu ihm kam, ließ er ihr die Hände abschlagen; und sie begab sich wieder in ihr Haus. Nach einer Weile begab es sich, daß der König zu seiner Mutter sprach: »Ich will mich vermählen; drum gib mir eine schöne Frau zum Weibe!« Sie antwortete: »Unter meinen Sklavinnen ist ein Weib, wie kein schöneres gefunden werden kann; doch sie hat einen großen Fehler.« Als er fragte: »Was ist denn das?« erwiderte sie: »Ihr sind die Hände abgeschlagen!« Aber der König fuhr fort: »Ich will sie sehen.« Da brachte die Königin sie zu ihm; und als er sie erblickte, ward er von ihr hingerissen und er vermählte sich mit ihr. Jene Frau war es gewesen, die dem Bettler die beiden Brote gegeben hatte und der er deshalb die Hände hatte abschlagen lassen. Als er sich nun mit ihr vermählt hatte, wurden die anderen Frauen des Königs neidisch auf sie, und sie schrieben ihm, als sie einen Sohn geboren hatte, sie sei eine Ehebrecherin. Darauf sandte der König ein Schreiben an seine Mutter, worin er ihr befahl, die Frau in die Wüste zu bringen und dort zu verlassen; dann solle sie selbst allein zurückkehren. Die Mutter führte diesen Befehl aus; sie brachte die Frau in die Wüste und kehrte dann allein zurück. Da begann die Frau über ihr Schicksal zu weinen, und sie klagte so bitterlich, daß ihrem Schmerze kein anderer glich. Und während sie mit dem Knäblein auf der Schulter dahinwanderte, kam sie an einem Bache vorbei; und sie kniete nieder um zu trinken, denn heftiger Durst quälte sie, da sie so lange gewandert und so müde und traurig war. Doch während sie sich nun vornüber beugte, fiel das Kind ins Wasser. Nun saß sie da und weinte bittere Tränen um ihr Kind. Wie sie so weinte, kamen plötzlich zwei Männer an ihr vorbei und fragten sie: »Warum weinest du?« Sie antwortete ihnen: »Ich trug ein Knäblein auf der Schulter; das ist ins Wasser gefallen.« Und weiter fragten sie: »Willst du, daß wir es dir wieder herausholen?« »Ja«, rief sie. Da beteten die beiden zu Allah dem Erhabenen, und das Kind kam wohlbehalten und unversehrt wieder heraus. Nun fragten sie: »Willst du, daß Allah dir deine Hände wiedergibt, so wie sie gewesen sind?« »Ja«, erwiderte sie. Da beteten die beiden zu Allah, dem Hochgepriesenen und Erhabenen, und ihre Hände wurden ihr zurückgegeben, noch schöner als sie gewesen waren. Von neuem fragten sie: »Weißt du auch wer wir sind?« »Allah ist allwissend«, gab sie zur Antwort. Die beiden aber sagten: »Wir sind deine beiden Brote, die du dem Bettler geschenkt hast. Das Almosen war ja der Grund, daß deine Hände abgeschlagen wurden. Doch nun lobe Allah den Erhabenen, der dir deine Hände und dein Kind zurückgegeben hat.« Da lobte und pries sie Allah den Erhabenen.

Erzählerin: Als Hasib diese Erzählung vernommen hatte, sagte er: »O Scheich, ich verstehe nicht den Grund deines Kummers. Hat die Frau nicht ihr Kind und ihre Hände zurückbekommen?« Jener antwortete: »Du hast wohl recht. Aber die Frau bat nicht darum, zu dem König, ihrem Gemahl, zurückkehren zu können und wieder mit ihm vereinigt zu sein. Deshalb weine ich, denn ich war der König.« Da ward auch Hasib betrübt und weinte mit dem gewesenen König. Aber sein Schmerz währte nicht so lange wie der des andern, und als einige Tage vergangen waren, sang er wieder vor sich hin, wenn er zum Markt ging und wenn er die Teller und Schüsseln putzte, aus denen die Scheiche aßen, wenn sie nicht weinend und wehklagend auf den Teppichen saßen. Da begann auch die Neugierde ihn wieder zu plagen und eines Tages fragte er den zweiten nach dem Grunde seines Kummers, und dieser erzählte ihm seine Geschichte.

Zweiter Scheich: Ich war ein König und der Sohn eines Königs. Ich las den Koran nach sieben Traditionen und ich las die gelehrten Bücher und trug sie den Männern der Wissenschaft vor; ich studierte die Sternenkunde und die Werke der Dichter, und ich übte mich auf allen Gebieten der Gelehrsamkeit, bis ich die Menschen meiner Zeit weit hinter mir ließ; die Schönheit meiner Schrift übertraf die aller Schreiber, und mein Ruhm verbreitete sich in allen Ländern und Reichen und bei allen Königen. So hörte auch der König von Indien von mir, und er schickte zu meinem Vater, um mich an seinen Hof zu laden. Da rüstete mein Vater sechs Schiffe für mich und wir fuhren einen ganzen Monat lang auf dem Meer. Doch gerieten wir in einen Orkan, der unsere Schiffe auseinander trieb und am Ende das, worauf ich mich befand, zertrümmerte. Es gelang mir, einen Balken zu fassen, an den ich mich anklammerte. So trieb ich einen Tag und eine Nacht auf dem Meer. Dann verließ mich die Kraft und mir schwanden die Sinne. Nach dem Ratschluß Allahs aber ward ich an Land getragen und als ich erwachte, fand ich mich vorm Tor eines Schlosses liegen, das dicht am Meeresstrande erbaut war. Es war ein schöner Bau mit ragenden Säulen verziert, doch ich fand niemanden darinnen, bis ich ins innerste Gemach kam. Dort aber saß eine Jungfrau, die so schön war, daß ich mich niederwarf in Anbetung vor ihrem Schöpfer, der sie in solcher Schönheit und Anmut gebildet hatte. Und sie schaute mich an und sagte: »Bist du ein Mensch oder einer aus der Geisterwelt?« »Ich bin ein Mensch«, erwiderte ich. Da fragte sie: »Wer führte dich an diesen Ort, an dem ich seit fünfundzwanzig Jahren lebe, ohne je einen Menschen gesehen zu haben?« Ich fand ihre Stimme wundersam und sie drang mir tief bis ins innerste Herz, und so sprach ich: »O meine Herrin, mich führten meine Glückssterne, um mir Sorge und Gram zu vertreiben.« Und ich erzählte ihr, was mir widerfahren war, von Anfang bis zu Ende, und mein Geschick stimmte sie traurig. Sie weinte und sprach: »So will auch ich dir meine Geschichte erzählen. Ich bin die Tochter des Königs Ifitamûs, des Herrn der Ebenholzinseln. Er hatte mich mit meinem Vetter vermählt; aber in meiner Hochzeitsnacht ergriff mich ein Dämon namens Dschardscharis, der Sohn der Mutterschwester des Iblis, des Teufels, und er flog mit mir davon und setzte mich nieder an dieser Stätte und brachte hierher alles, was ich brauchte: Seidengewänder, Schmucksachen, feines Linnen, Vorräte an Speise und Trank und vieles andere. Alle zehn Tage kommt er einmal zu mir und schläft eine Nacht hier; dann geht er wieder seines Weges. Er hat mit mir vereinbart, wenn ich je etwas nötig habe, bei Tag oder bei Nacht, so solle ich nur mit der Hand über jene zwei Zeilen streichen, die dort über der Nische eingegraben sind, und noch ehe ich die Finger wieder höbe, würde ich ihn bei mir sehen. Vier Tage sind jetzt verstrichen, seit er hier war; und da es noch sechs Tage sind, bis er kommt, so sage mir, willst du fünf Tage bei mir bleiben und am Tage vor seiner Ankunft davongehen?« Ich antwortete: »Ja, wie gern!«, denn die Liebe zu ihr faßte Wurzel in meinem Herzen

und vergangen waren mir Sorge und Gram. Als mir nun
drei Tage mit ihr vergangen waren, war ich so trunken
von Liebe und Wein, daß ich nicht mehr Herr meiner
Sinne war. Ich sprach zu ihr: »Komm, meine Schöne, ich
will dich hinaustragen aus diesem Gefängnis und dich
von dem Dämonen befreien.« Sie aber lachte und sagte:
»Sei genügsam und schweig; von zehn Tagen gehören
dem Dämonen nur einer, dir aber neun!« Da rief ich,
denn die Trunkenheit hatte mich ganz überwältigt:
»Noch diesen Augenblick will ich die Nische da zer-
trümmern, über die jene Schrift eingegraben ist, und ich
will den Dämon herbeirufen, daß ich ihn töte, denn ich
bin es gewohnt, Dämonen zu töten!« Als sie meine
Worte hörte, wurde sie bleich und sagte: »Bei Allah, tu
das nicht!« Ich aber achtete ihrer Worte nicht, ich hob
den Fuß und stieß gewaltig gegen die Nische, und siehe,
da wurde die Luft plötzlich dunkel, es donnerte und
blitzte; die Erde bebte und alles wurde unsichtbar. Alsbald verflog die Trunkenheit aus meinem Kopf, und ich
rief ihr zu: »Was ist?« Sie antwortete: »Der Dämon ist bei
uns! Habe ich dich nicht davor gewarnt? Bei Allah, du
hast mich ins Verderben gestürzt! Rette dein Leben und
eile dort wieder hinaus, wo du hereingekommen bist!«
Doch im Übermaß meiner Angst ließ ich meinen Schuh
liegen, und als ich einige Schritte gegangen war, wandte
ich mich um und wollte nach ihnen schauen; aber siehe,
die Erde spaltete sich und heraus stieg ein Dämon von
scheußlichem Anblick und rief: »Was soll dieser Lärm,
mit dem du mich störst? Was ist dir widerfahren?« Im
selben Augenblick sah er meinen Schuh am Boden und
schrie sie an: »Wer ist bei dir gewesen?« Sie antwortete:

»Ich habe diesen Schuh auch erst jetzt gesehen. Er muß mit dir heraufgekommen sein!« »Das ist eine törichte Ausrede!« rief er und in seinem Zorn ergriff er ein Schwert und trennte ihr mit einem Schlag den Kopf vom Rumpfe. Da floh ich aus dem Schlosse und als ich aus dem Tor trat, warf ich meinen zweiten Schuh in das Wasser des Meeres und lief so schnell ich konnte am Strande davon. Aber noch war ich nicht weit gekommen, da packte mich die Hand des Dämons im Nacken, und er rief: »Bist du es?« »Laß mich los!« erwiderte ich, »wer sollte ich sein? Ein Schiffbrüchiger, der eben aus dem Meere gestiegen ist!« Er riß mich vom Boden auf und flog mit mir in die Luft, bis ich die Erde nur noch wie eine Schüssel inmitten des Wassers sah. Darauf setzte er mich nieder auf einem Berge, nahm etwas Staub in die Hand und murmelte Zauberworte darüber, bewarf mich damit und sprach: »Verlasse diese Gestalt und geh in die Gestalt eines Affen ein!« Und im selben Augenblick wurde ich zu einem Affen, der hundert Jahre alt war. Nun stieg ich hernieder vom Gipfel des Berges bis zu seinem Fuße; dort fand ich eine weite Wüste. Die durchzog ich in der Zeit eines Monats, bis ich zum Rande des Salzmeers kam. Nachdem ich dort eine Weile gestanden hatte, sah ich mitten im Meere ein Schiff, das vor einem günstigen Winde lief und auf die Küste steuerte; und ich verbarg mich hinter einem Felsen am Strande und wartete bis das Schiff näher kam, und dann sprang ich hinauf. Da rief einer von den Reisenden: »Werft das Unglücksvieh über Bord!« und der Kapitän: »Wir wollen es töten!« und ein anderer: »Ich will es mit diesem Schwert umbringen.« Ich aber ergriff den Saum der Kleidung des

Kapitäns und weinte, und meine Tränen flossen. Da hatte der Kapitän Mitleid mit mir und sagte: »Ihr Kaufleute, dieser Affe hat um meinen Schutz gebeten und ich werde ihn schützen.« Darauf behandelte er mich freundlich, und was er auch redete, verstand ich und ich sorgte für all seine Bedürfnisse und war sein Diener auf dem Schiffe. Als wir nun nach fünfzig Tagen Anker warfen bei einer großen Stadt, siehe, da kamen zu uns Mamluker, gesandt von dem König der Stadt. Die stiegen auf unser Schiff hinauf und sagten: »Unser König heißt euch willkommen und sendet euch diese Rolle Papier, daß ein jeder von euch eine Zeile darauf schreibe. Der König hat nämlich einen Wesir gehabt, der ein Kalligraph war, und der ist gestorben. Da hat der König einen feierlichen Eid geschworen, daß er nur jemanden zum Wesir machen wolle, der so schön schreibe wie jener.« Daraufhin reichten sie den Kaufleuten die Rolle Papier, die zehn Ellen lang war und eine breit, und alle Kaufleute, die schreiben konnten, schrieben jeder eine Zeile darauf. Da sprang ich auf, der ich in Gestalt eines Affen war, und riß die Rolle aus ihren Händen. Dann nahm ich das Rohr, tauchte es in die Tinte und schrieb. Darauf gab ich den Überbringern die Rolle und sie gingen damit zum König. Als der König die Rolle sah, gefiel ihm keine Schrift so gut wie meine, und er sagte zu den versammelten Großen: »Geht zu dem Schreiber dieser Zeilen, kleidet ihn in ein Ehrengewand, setzet ihn auf eine Mauleselin, geleitet ihn mit einer Musikkapelle hierher und führt ihn vor mich.« Als sie nun die Worte des Königs hörten, lächelten sie; aber der König ward zornig über sie und rief: »Ihr Elenden, ich spreche mit euch von einem Befehle, und ihr lacht über mich?« »O König«, erwiderten sie, »du befiehlst uns, den vor dich zu führen, der diese Zeilen schrieb; nun ist der aber ein Affe und kein menschliches Wesen.« Da staunte der König über ihre Worte, schüttelte sich vor Vergnügen und sprach: »Ich möchte diesen Affen erwerben!« Dann schickte er seinen Boten auf das Schiff, mit der Mauleselin, dem Ehrengewand und der Musikkapelle, und man kleidete mich in das Ehrengewand und setzte mich auf das Maultier. Und das Volk war verblüfft und die Stadt war in Aufruhr um meinetwillen, denn alle wollten mich sehen. Als sie mich aber zum König brachten und er mich empfing, küßte ich dreimal den Boden vor ihm. Dann hieß er mich sitzen und ich ließ mich nieder auf Knie und Schienbein; und das Volk, das anwesend war, staunte ob meiner Höflichkeit, und am meisten von allen wunderte sich der König. Darauf befahl er dem Volk, sich zurückzuziehen, und als alle gegangen waren, sprach er zu seinem Eunuchen: »Geh zu deiner Herrin und sage ihr, der König ließe sie rufen, damit sie sich diesen wunderbaren Affen ansehe.« Der Eunuch kehrte alsbald mit der Herrin zurück; Kaum aber sah sie mich, so verhüllte sie ihr Gesicht und rief: »O mein Vater, wie kannst du mich unverhüllt vor das Gesicht fremder Männer treten lassen?« »Es ist niemand hier«, sagte der König, »außer mir und dem Eunuchen. Vor wem verschleierst du dein Antlitz?« Da rief sie: »Siehe, dieser Affe ist ein Jüngling, der Sohn eines Königs!« Der König staunte über die Worte seiner Tochter und fragte, indem er mich anblickte: »Ist das wahr, was sie von dir sagt?« Ich nickte mit dem Kopfe ein Ja und weinte. Da fragte der König seine Tochter: »Woher weißt du, daß er verzaubert ist?«, und sie antwortete: »Mein lieber Vater, in meiner Jugend war eine alte Frau um mich, eine kluge Hexe, und sie lehrte mich die Zauberei und ihre Ausübung; ich habe im Gedächtnis einhundertsiebzig Kapitel von Zauberformeln, durch deren geringste ich die Steine deiner Stadt fortschaffen könnte hinter den Berg Kaf, dann könnte ich sie in einen Abgrund des Meeres verwandeln und ihre Bewohner in Fische, die darin schwimmen.« »O meine Tochter«, rief ihr Vater, »ich beschwöre dich bei meinem Leben, entzaubere uns diesen Jüngling, auf daß ich ihn zu meinem Wesir machen kann.« Da nahm sie ein Messer in die Hand und umschrieb einen Kreis inmitten der Halle des Palastes; in diesen schrieb sie geheimnisvolle Namen und Talismane. Und sie murmelte Zauberformeln und sprach Worte, die man nicht verstand. Nach einer kurzen Weile wurde die Welt vor unsern Augen dunkel, und siehe, der Dämon stieg auf vor uns in eigener Gestalt. Er hatte Hände wie Worfschaufeln, Beine wie Schiffsmasten und Augen wie Feuerbrände. Wir waren in großer Angst vor ihm; die Tochter des Königs aber rief: »Kein Willkommen für dich und keinen Gruß!« Da verwandelte der Dämon sich in die Gestalt eines Löwen und sagte: »Verräterin, du hast den Eid gebrochen! Haben wir einander nicht geschworen, daß keiner von uns dem andern je in den Weg treten sollte?« »O Verfluchter!« erwiderte sie, »kann es zwischen mir und deinesgleichen Verträge geben?« Da rief der Dämon: »Nimm hin, was über dich kommt«; und der Löwe stürzte mit offenem Rachen auf die Prinzessin zu. Aber sie war schneller als er, riß sich ein Haar von ihrem Haupte, schwenkte es mit der Hand und murmelte dazu mit ihren Lippen. Alsbald wurde das

Haar zu einem scharfen Schwert; mit dem hieb sie auf den Löwen, und er fiel in zwei Hälften auseinander. Sein Kopf aber verwandelte sich in einen Skorpion; da wurde die Prinzessin zu einer gewaltigen Schlange und sprang auf diesen Verfluchten los, der in der Gestalt eines Skorpions war; und die beiden rangen erbittert miteinander. Da plötzlich verwandelte sich der Skorpion in einen Adler, und die Schlange ward zu einem Geier; der verfolgte den Adler eine ganze Stunde lang. Darauf nahm der Adler die Gestalt eines schwarzen Katers an, das Mädchen aber ward aus einem Geier zu einem scheckigen Wolfshund; und wiederum kämpften sie miteinander dort im Palaste eine ganze Stunde lang. Nun sah der Kater sich besiegt, und da verwandelte er sich und ward zu einem großen roten Granatapfel, der sich mitten in das Springbrunnenbecken des Palastes legte. Der Wolfshund rannte darauf zu, aber der Granatapfel erhob sich in die Luft, fiel auf das Pflaster der Halle nieder, so daß er zerbrach und seine Kerne sich zerstreuten. Überall lag ein Korn für sich, und der Boden der Halle bedeckte sich mit Granatapfelkernen. Aber da schüttelte sich der Wolf und ward zu einem Hahn; der pickte jene Kerne auf, um keinen einzigen Kern mehr übrigzulassen. Durch eine Fügung des Schicksals jedoch hatte sich ein Kern unter dem Brunnenrand versteckt. Der Hahn begann zu krähen und mit den Flügeln zu schlagen und uns mit dem Schnabel Zeichen zu geben. Aber wir verstanden nicht, was er meinte, und er krähte uns so laut an, daß wir dachten, der Palast müsse auf uns stürzen. Und er lief hin und her auf dem Boden der Halle, bis er den Kern sah, der sich unter dem Brunnenrand versteckt hatte; und begierig eilte er darauf zu, um ihn zu picken. Doch siehe, der Kern sprang mitten in das Wasser des Springbrunnens, wurde zu einem Fisch und tauchte bis zum Grunde des Wassers. Da verwandelte auch der Hahn sich in einen großen Fisch, tauchte dem andern nach und verschwand eine Weile; und siehe, wir hörten, wie ein Geschrei und Geheul sich erhob, und wir begannen zu zittern. Darauf stieg der Dämon aus dem Wasser empor als eine brennende Fackel; er machte seinen Mund auf und spie Feuer aus, und aus seinen Augen und seiner Nase quoll Feuer und Rauch. Alsbald kam auch die Prinzessin heraus als eine große feurige Kohle. Und die beiden kämpften miteinander, bis ihre Feuer über ihnen ganz ineinander aufgingen und der Rauch den Palast erfüllte. Wir verschwanden darin und wollten uns in Wasser stürzen aus Furcht, wir würden verbrennen und zugrunde gehen. Plötzlich, ehe wir uns dessen versahen, heulte der Dämon unter den Flammen hervor, und er war neben uns, als wir in der Säulenhalle standen, und blies uns Feuer in das Gesicht. Die Prinzessin aber holte ihn ein und blies ihm ins Antlitz; und die Funken von ihm und von ihr trafen uns. Ihre Funken taten uns keinen Schaden, aber einer von seinen Funken traf mich ins Auge und zerstörte es, während ich noch in der Gestalt des Affen war. Und ein zweiter Funke traf den König ins Antlitz und verbrannte die Hälfte seines Gesichtes, seinen Bart und Unterkiefer und riß ihm die untere Zahnreihe aus; und ein dritter Funke fiel auf die Brust des Eunuchen; der verbrannte und starb zur selbigen Stunde. Da glaubten wir sicher an unser Verderben und verzweifelten am Leben. Und wie wir in solcher Bedrängnis waren, da rief eine

Stimme: »Allah ist der Größte! Er hat den zunichte gemacht, der da leugnet den Glauben Mohammeds des Erleuchters!« Und siehe, da stand die Tochter des Königs vor uns; die hatte den Dämon verbrannt, und er war zu einem Häuflein Asche geworden. Sie trat nun zu uns und sagte: »Reicht mir eine Schale Wassers!« Als man sie ihr gebracht hatte, sprach sie Worte darüber, die wir nicht verstanden; dann besprengte sie mich mit dem Wasser und rief: »Durch die Kraft des einzig wahren Gottes! Kehre in deine einstige Gestalt zurück!« Da schüttelte ich mich und war ein Mensch wie zuvor, nur daß ich ein Auge völlig verloren hatte. Sie aber rief: »Das Feuer! Das Feuer! O mein Vater, ich werde nicht am Leben bleiben. Ich war nicht in Not, bis der Granatapfel platzte; denn ich vergaß den einen Kern, worin die Seele des Dämonen stak. Ich habe ihn verbrannt, aber auch ich muß sterben, und Allah tröste euch über meinen Tod!« Und siehe, ein schwarzer Funke stieg empor zu ihrer Brust, und dann stieg er empor bis zu ihrem Gesicht. Als er ihr Gesicht erreicht hatte, da weinte sie und rief: »Ich bezeuge, es gibt keinen Gott außer Allah, und Mohammed ist der Prophet Allahs!« Dann aber sahen wir von ihr nur noch, daß sie ein Häuflein Asche geworden war, neben dem Häuflein Asche, das der Dämon gewesen war. Da weinten wir laut auf um sie; und ich wünschte, daß ich an ihrer Stelle gewesen wäre und nicht gesehen hätte, wie jenes liebliche Antlitz, das mir so viel Gutes getan hatte, zu Asche wurde. Seit diesem Tage aber lache ich nicht mehr und habe nicht aufgehört zu weinen.

Erzählerin: Als Hasib nun diese Geschichte vernommen hatte, weinte auch er und war traurig für einige Tage.

Dann aber verging sein Schmerz wieder und wenn ihn die weinenden Scheiche nicht sahen und hörten, sang er wieder vor sich hin. Nach einiger Zeit regte sich auch seine Neugierde wieder und er begann den nächsten mit Fragen nach dem Grund seines Kummers zu plagen, bis jener ihm schließlich seine Geschichte erzählte.

Dritter Scheich: Ich heiße Adschib und bin der Sohn des Königs Chadib. Ich liebte es, zu Schiff auf dem Meer zu fahren, denn meine Stadt lag am Meer und die See dehnte sich weit aus von dort. Einmal wurde unser Schiff weit abgetrieben, die Strömung lief uns zuwider und dem Kapitän ward das Meer fremd. Alsbald kletterte der Wächter den Mast hinauf, spähte aus und rief dem Kapitän zu: »O Kapitän, ich sehe zu meiner Rechten Fische auf der Oberfläche des Wassers, und mitten auf dem Meere sehe ich etwas Dunkles, das bald schwarz, bald weiß erglänzt.« Als der Kapitän die Worte des Wächters hörte, schleuderte er seinen Turban auf das Deck, riß sich den Bart aus und rief der Mannschaft zu: »Hört die frohe Botschaft von unser aller Untergang! Kein einziger von uns wird mit dem Leben davonkommen!« Und zu mir sprach er: »Herr, morgen abend werden wir zu einem Berge kommen aus schwarzem Stein, der heißt der Magnetberg; die Strömungen reißen uns, ob wir wollen oder nicht, hin zu seinem Fuße. Dort wird das Schiff bersten, und jeder Nagel des Schiffes wird zu dem Berge hinfliegen und sich an ihn heften. Über dem Meere aber erhebt sich eine Kuppel aus Messing, auf zehn Säulen errichtet; und auf der Kuppel steht ein Reiter, dessen Roß aus Kupfer ist. In der Hand jenes Reiters ist eine Lanze aus Kupfer, und auf seiner Brust hängt eine Tafel aus Blei, in die

Namen und Talismane gegraben sind. Kein anderer, o König, vernichtet die Menschen als jener Reiter, und es gibt kein Entrinnen, als bis er von seinem Rosse stürzt.« Darauf weinte der Schiffsführer bitterlich, und wir waren sicher, daß wir dem Untergange unrettbar verfallen waren. Jene Nacht hindurch schliefen wir nicht, und als der Morgen anbrach, waren wir dem Berge schon näher gekommen, und die Wasser trieben uns mit Gewalt auf ihn zu. Als dann das Schiff an seinem Fuße war, barst es, die Nägel flogen heraus, und alles Eisen in ihnen strebte dem Magnetfelsen zu und heftete sich an ihn. Gegen Ende des Tages trieben wir rings um den Berg herum. Einige von uns ertranken, einige retteten sich, aber auch die so mit dem Leben davonkamen, wußten nichts voneinander, denn die Wellen und die widrigen Winde hatten sie verschlagen. Ich aber ward an Land geworfen und fand einen Weg, der zum Gipfel führte, einer Treppe gleich in den Fels gehauen. Unversehrt erreichte ich die Kuppel und schlief vor Erschöpfung ein. Im Traume aber hörte ich eine Stimme, die sprach zu mir: »O Sohn des Chadib! Wenn du aus deinem Schlaf erwachst, so grabe zu deinen Füßen, und du wirst einen Bogen aus Messing finden und drei Pfeile aus Blei, auf die Talismane eingegraben sind. Nimm den Bogen und die Pfeile und schieß nach dem Reiter auf der Kuppel und befreie die Menschen von diesem großen Unheil! Und wenn du den Reiter getroffen hast, wird das Meer anschwellen und steigen, bis es den Bergesgipfel erreicht, und auf ihm wird ein Boot erscheinen mit einem Mann aus Kupfer. Steig ein zu ihm, aber nenne den Namen Allahs nicht! Er wird zehn Tage mit dir rudern, bis er dich in das Meer der Rettung bringt. All dies wird sich dir erfüllen, wenn du den Namen Allahs nicht nennst.« Dann erwachte ich und tat, wie mir die geheimnisvolle Stimme gesagt hatte. Ich traf den Reiter und er fiel ins Meer. Alsbald brandete das Wasser auf und stieg, und ich hatte nicht lange zu warten, bis ich das Boot mit dem kupfernen Mann auf mich zukommen sah. Schweigend stieg ich zu ihm ein und er ruderte mit mir fort, und er ruderte zehn Tage lang, bis ich die Inseln der Rettung vor mir sah. Im Übermaß meiner Freude rief ich: »Gelobt sei Allah!« und im gleichen Augenblick kenterte das Boot und warf mich ins Meer. Viele Stunden lang mußte ich schwimmen, doch es gelang mir, das trockene Land zu erreichen. Als ich mich nun dort umsah, entdeckte ich, daß ich mich auf einer kleinen Insel befand und rings um mich das weite Meer war. Aber während ich noch nachsann, wie ich wohl von hier wieder wegkommen könnte, siehe, da sah ich fern ein Schiff und es steuerte auf die Insel zu. Da machte ich mich auf und kletterte auf einen Baum. Denn schon landete das Schiff und es stiegen zehn schwarze Sklaven heraus, die eiserne Hacken bei sich trugen. In der Mitte der Insel gruben sie den Erdboden auf und legten eine Platte bloß. Die Platte hoben sie auf und das war nun eine offene Tür. Dann kehrten sie zum Schiffe zurück und brachten von dort Brot, Mehl, Butter, Honig, Schafe und Geschirr, alles, was man für eine Wohnung nötig hat. Immerfort liefen die Sklaven herbei und zogen wieder hinab zum Schiffe und stiegen hinab in die Grube, bis sie alles, was auf dem Schiffe war, dorthin geschafft hatten. Darauf endlich kamen sie herbei mit den allerschönsten Kleidern, und in ihrer Mitte war ein uralter Mann. Er trug ein Gewand, das aus blauen Fetzen bestand, durch das nach Ost und West der Wind hindurchpfiff. Die Hand des Alten lag in der Hand eines Jünglings, der von schöner Gestalt und vollkommener Anmut war. Sie alle gingen durch die Falltür hinab und blieben eine Stunde oder noch länger verschwunden. Schließlich kamen die Sklaven und der Greis wieder heraus, doch der Jüngling war nicht bei ihnen. Dann legten sie die Platte wieder so hin, wie sie vorher gewesen war, bestiegen das Schiff und schwanden mir aus den Augen. Als sie nun fort waren, stieg ich vom Baum herab, ging zu der zugeschütteten Stelle, grub die Erde auf und schaffte sie beiseite. Da ward die Falltür bloßgelegt; sie war aus Holz und von der Größe eines Mühlsteins; als ich sie aufhob, ward darunter eine steinerne Wendeltreppe sichtbar. Ich stieg sie hinab und fand eine schöne Halle, ausgestattet mit allerlei Teppichen und Seidenstoffen. Dort saß der Jüngling auf einem erhöhten Lager, gelehnt gegen ein rundes Kissen, in der Hand einen Fächer und vor sich Blumen und süßduftende Kräuter; doch er war ganz allein. Als er mich sah, erbleichte er; ich aber grüßte ihn und sprach: »Sei unbesorgt, nichts Arges soll dir nahen; ich bin ein Mensch wie du und der Sohn eines Königs. Das Schicksal führte mich zu dir, um dich in deiner Einsamkeit aufzuheitern. Doch was ist dir geschehen, daß du so allein unter der Erde wohnst?« Als er sicher war, daß ich so wie er zum Menschengeschlecht gehörte, freute er sich und seine Farbe kehrte zurück. Er bat mich näherzutreten und erzählte: »Ich bin der einzige Sohn meines Vaters, und als ich geboren wurde, versammelte er die Sterndeuter und die Weisen der Zeit, die stellten mein Horoskop und sagten zu meinem Vater:

›Dein Sohn wird bis zu seinem fünfzehnten Jahre leben, aber dann droht ihm Gefahr; wenn er sie übersteht, so wird er noch lange Zeit am Leben bleiben. Was ihm mit dem Tode droht, ist dieses: Im Meere der Gefahren erhebt sich der Magnetberg; auf seinem Gipfel befindet sich ein Reiter auf einem Rosse aus Kupfer, und auf der Brust des Reiters hängt eine Tafel aus Blei. Fünfzig Tage, nachdem dieser Reiter von seinem Rosse fällt, wird dein Sohn sterben, und töten wird ihn der, der den Reiter herabschießt, ein Fürst namens Adschib, Sohn des Chadib.‹ Mein Vater nun erzog mich, bis ich fünfzehn Jahre alt war. Nun erreichte ihn vor zehn Tagen die Nachricht, daß der Reiter ins Meer gefallen sei und daß der, der ihn herabschoß, Adschib, Sohn des Chadib, heiße. Da fürchtete mein Vater, daß ich sterben müsse, und brachte mich an diesen Ort. Dies ist meine Geschichte und der Grund, weshalb ich allein bin.« Als ich die Geschichte des Jünglings gehört hatte, war ich erstaunt und sprach zu mir selbst: »Ich habe ja all dies getan, und bin Adschib, der Sohn des Chadib; aber bei Allah, ich werde ihn nie und nimmer töten!« Dann sprach ich zu ihm: »Mein Herr, ferne sei dir Krankheit und Unheil! Ich will bei dir bleiben und dir ein Diener sein und dann meines Weges ziehen.« Darauf setzte ich mich zu ihm bis zum Abend, und dann erhob ich mich, zündete eine große Kerze an und richtete die Lampen. Wir setzten uns zusammen, nahmen etwas von den Speisen und aßen; dann holte ich etwas von den Süßigkeiten und wir aßen auch davon. Nun blieben wir im Gespräch miteinander sitzen, bis der größere Teil der Nacht vergangen war; dann legte er sich nieder zur Ruhe, und ich deckte ihn zu und ging selber schlafen.

Am nächsten Morgen stand ich auf, wärmte Wasser und rief ihn leise, so daß er erwachte; dann brachte ich ihm das warme Wasser, und er wusch sich das Gesicht und sagte zu mir: »Mögest du mit Gutem belohnt werden, o Jüngling! Bei Allah, wenn ich dieser Gefahr entgehe und gerettet werde vor dem, der da heißt Adschib, Sohn des Chadib, so werde ich meinen Vater bitten, dich zu belohnen; wenn ich aber sterbe, so liege mein Segen auf dir.« Ich holte etwas von den Speisen und wir aßen; dann bereitete ich ihm Weihrauch, und er nahm ein Rauchbad. Auch machte ich ein Steinchenspiel für ihn und wir spielten miteinander. Nachher aßen wir etwas von den Süßigkeiten und spielten wieder bis zum Abend. Dann zündete ich die Lampen an, holte etwas von den Speisen, setzte mich nieder und erzählte ihm Geschichten, bis nur noch wenig von der Nacht übrig war. Schließlich legte er sich nieder zur Ruhe und ich deckte ihn zu und ging selber schlafen. Und so fuhr ich fort, Tag und Nacht; ich gewann ihn von Herzen lieb und tröstete mich über meine Sorgen, indem ich bei mir sprach: »Die Sterndeuter haben gelogen; bei Allah, ich will ihn nicht töten.« Immerfort bediente ich ihn, aß mit ihm und erzählte ihm Geschichten, neununddreißig Tage lang. Am Abend vor dem vierzigsten Tage freute sich der Jüngling und rief: »Mein Bruder, Preis sei Allah, der mich vorm Tode errettet hat, und das durch deinen Segen und den Segen der Begegnung mit dir; und ich bete zu Allah, daß er dich wieder in deine Heimat führe. Aber jetzt, mein Bruder, möchte ich, du wärmtest mir etwas Wasser, damit ich mich waschen und baden kann!« Ich wärmte Wasser in Menge, schüttete es über ihn, wusch ihm den ganzen

Leib tüchtig mit schäumendem Lupinenmehl, salbte ihn und rieb ihn ab, wechselte ihm seine Kleider und breitete ein weiches Bett für ihn aus. Da erhob sich der Jüngling und legte sich nieder auf das Bett, um nach dem Baden zu ruhen. Und er sagte zu mir: »Mein Bruder, zerschneide uns eine Wassermelone und löse ein wenig Zuckerkand darin auf.« Ich ging in den Vorratsraum, sah dort eine schöne Melone, die auf einer Schüssel lag, und rief ihm zu: »O mein Gebieter, hast du nicht ein Messer?« »Hier ist es«, erwiderte er, »auf der hohen Borte mir zu Häupten«. Ich eilte dorthin und nahm das Messer, indem ich es beim Griff faßte; aber als ich zurücktrat, stolperte mein Fuß, und ich stürzte schwer auf den Jüngling, mit dem Messer in der Hand. Und so erfüllte das Messer rasch das, was in der Ewigkeit geschrieben stand, und drang in das Herz des Jünglings. Er starb sofort, sein Leben war erloschen. Als ich sah, daß ich ihn getötet hatte, schrie ich laut auf, schlug mir das Gesicht, zerriß meine Kleider, und weinte, und ich habe seit diesem Tage nicht mehr aufgehört zu weinen.

Erzählerin: Als er diese Geschichte vernommen hatte, weinte auch Hasib und ward traurig für lange Zeit. Nach einer Reihe von Tagen und Nächten erkrankte nun einer der Scheiche und starb. Da nahmen die Gefährten den Toten, wuschen ihn, hüllten ihn ins Leichentuch und begruben ihn in einem Garten hinter dem Hause. Aber kurz darauf raffte der Tod auch den zweiten dahin und bald auch den dritten, sodaß nur noch der übrig blieb, der Hasib in Dienst genommen hatte. Nun blieben die beiden allein in dem Hause und sie verbrachten manches Jahr miteinander. So oft aber Hasib fragte, der Scheich erzählte ihm nicht, weshalb er traurig war und weinte. Doch eines Tages erkrankte auch er, und als der Jüngling die Hoffnung auf sein Leben aufgab, trat er zu ihm und trauerte mit ihm. Dann sprach er: »Mein guter Herr, du bist in Todesgefahr, und jetzt bitte ich dich, tu mir kund, weshalb du weintest und immerfort klagtest und trauertest!« Doch der Alte erwiderte: »Mein Sohn, das geht dich nichts an, drum quäle mich nicht! Ich habe Allah den Erhabenen gebeten, Er möge niemanden mit dem Leid heimsuchen, das mir widerfahren ist. Wenn du vor dem behütet sein willst, was mich betroffen hat, so hüte dich, jene Tür dort zu öffnen!« Und dabei wies er mit der Hand auf sie und warnte ihn. Dann schloß er mit den Worten: »Wenn du aber willst, daß dir die Not widerfahre, die uns betroffen hat, so öffne sie! Dann wirst du bereuen, wenn die Reue nichts mehr fruchtet.« Danach übermannte die Krankheit den Alten, und er starb. Hasib wusch ihn mit eigener Hand, hüllte ihn in das Totenlaken und begrub ihn bei seinen Gefährten. Nun blieb er an jener Stätte und war im Besitze alles dessen was sich dort befand. Doch er ward unruhig und dachte darüber nach, was es mit dem Alten auf sich gehabt haben möchte. Und wie er eines Tages ob der Worte des letzten Scheichs nachgrübelte und ob seiner Mahnung, die Tür nicht zu öffnen, da kam es ihm in den Sinn, sie einmal anzuschauen. Er ging also nach jener Seite des Hauses, auf die der Alte gewiesen hatte, und suchte nach, bis er eine kleine Tür fand, die von Spinngeweben bedeckt war; an der befanden sich vier Schlösser aus Stahl. Wie er sie sah, erinnerte er sich der Warnung des Alten und kehrte wieder um. Doch seine Seele suchte ihn zu verlocken, daß er die Tür öffne; sieben Tage lang widerstand er ihr, aber am achten Tage überwältigte ihn seine Neugier, und er zerbrach die Schlösser und öffnete die Tür. Er sah einen engen Gang vor sich, in den ging er hinein, weiter und weiter, drei Stunden lang. Da endlich trat er ins Freie hinaus, am Ufer eines großen Wassers. Voll Staunen schritt er am Strand entlang, indem er nach rechts und nach links schaute. Plötzlich aber schoß ein großer Adler aus der Luft auf ihn herab und trug ihn in seinen Fängen empor. Zwischen Himmel und Erde schwebte er mit ihm dahin, bis er zu einer Insel mitten im Meere kam. Dort ließ der Adler ihn fallen und flog davon. Der Jüngling aber war ganz ratlos und wußte nicht, wohin er sich wenden sollte. Und während er in seiner Not so dasaß, sah er eines Tages auf hoher See das Segel eines Schiffes gleichwie einen Stern am Himmel aufleuchten. Auf dies Schiff setzte er seine Hoffnung, als ob er dadurch gerettet werden könnte. Immerfort starrte er es an, bis es in seine Nähe kam. Da sah er, daß es ein Boot aus Elfenbein und Ebenholz war, mit Rudern aus Sandelholz und Aloenholz; und alles war mit glänzendem Golde überzogen. Darin saßen zehn Mädchen, wie Monde anzuschauen. Als die ihn erblickten, kamen sie aus dem Boote zu ihm heraus und sprachen zu ihm: »Du bist der König, der Bräutigam!« Und eine der Jungfrauen legte ihm ein königliches Gewand über und setzte ihm eine goldene Krone mit Edelsteinen verziert aufs Haupt. Dann trugen die Mädchen ihn auf ihren Händen in das Boot, und sie breiteten die Segel und fuhren dahin über das wogende Meer. Hasib glaubte sich im Traum und wußte nicht, wohin sie mit ihm zogen. Dann landeten sie und er sah, daß der ganze

Strand von Truppen erfüllt war, und alle waren gepanzert. Man brachte ihm fünf Rosse mit goldenen Sätteln, die mit vielerlei Perlen und kostbaren Steinen besetzt waren. Hasib wählte sich eines davon aus und saß auf, während die andern vier ihm folgten. Und wie er dahinritt, wurden über seinem Haupte die Banner und Standarten entfaltet, die Trommeln wirbelten und die Zimbeln wurden geschlagen. So zog er dahin; doch er konnte die ganze Pracht, die ihn umgab, nicht für wirklich halten, sondern dachte, es seien Irrgänge von Träumen. Schließlich kamen sie zu einer grünen Matte mit Schlössern und Gärten. Dazwischen aber brach plötzlich ein Heer hervor, dem niederbrausenden Sturzbach gleich. Als das Heer in seine Nähe kam, hielt es an; dann ritt ein König aus ihm hervor, ganz allein. Als der König sich Hasib näherte, stieg er von seinem Rosse und Hasib tat ebenso. Dann begrüßten die beiden einander aufs herzlichste, und der König sprach: »Komm mit uns, denn du bist mein Gast!« Im Schlosse angekommen, ließ der König ihn auf einem goldenen Throne sitzen, während er sich selbst neben ihm niedersetzte. Wie er aber den Schleier von seinem Antlitz nahm, siehe, da war jener König ein Mädchen und Hasib war von ihrer Schönheit und Anmut ganz berückt. Sie aber hub an: »Wisse, ich bin die Königin dieses Landes, und all die Truppen, die du gesehen hast, alle sind Frauen, kein Mann ist unter ihnen. In unserem Lande ist es die Aufgabe der Männer, zu pflügen und zu säen, zu ernten, das Land zu bebauen und die Städte zu errichten und alle Künste und Handwerke der Menschen auszuüben; die Frauen aber regieren, bekleiden die hohen Staatsämter und sind die Krieger.« Gar seltsam klangen diese Worte in dem Ohr des Jünglings. Und während sie noch plauderten, trat der Wesir zu ihnen ein; das war eine Alte in schneeweißem Haar. Zu ihr sprach die Königin: »Rufe uns den Kadi und die Zeugen!« Nachdem die Alte gegangen war, wandte die Königin sich wieder Hasib zu und plauderte freundlich mit ihm, um seine Schüchternheit durch ihre lieblichen Worte zu bannen. Zuletzt fragte sie ihn: »Bist du es zufrieden, daß ich deine Gemahlin werde?« Hasib sprach zu ihr: »Hohe Herrin, ich bin der geringste unter den Knechten, die dir dienen.« Sie fragte nun: »Siehst du nicht all die Diener und Krieger, die vor deinen Augen stehen, und die Schätze und Reichtümer und Kostbarkeiten?« »Jawohl«, erwiderte er; und sie fuhr fort: »All das ist dein; dir steht es zu Gebote, und du kannst davon schenken und spenden, wie es dich gut dünkt.« Doch dann zeigte sie ihm eine verborgene Tür und sagte: »Alles steht dir zu Gebote, nur diese Tür nicht; die darfst du nicht öffnen. So du es aber doch tust, wirst du es bereuen, wenn die Reue nichts mehr fruchtet.« Kaum hatte sie ihre Worte beendet, da kamen die Wesirin und mit ihr der Kadi und die Zeugen. Sie traten ein, lauter alte Frauen, denen die Haare auf die Schultern wallten, voll Würde und Hoheit. Und als sie vor der Königin standen, befahl sie ihnen, den Ehebund zu schließen; so vermählten sie Hasib mit der Königin, und die Hochzeit ward in Pracht gefeiert. Hasib lebte nun mit ihr sieben Jahre lang, herrlich und in Freuden, in lauter Fröhlichkeit und Seligkeit. Aber dann dachte er eines Tages daran, die Tür zu öffnen, und sagte sich: »Wenn da drinnen nicht herrliche Schätze wären, noch schöner als alles, was ich gesehen habe, so hätte sie mir die Tür nicht verboten!« Da machte er sie auf; und drinnen war der Vogel, der ihn einst von der Küste des Meeres emporgetragen und auf der Insel niedergesetzt hatte! Als jener Vogel ihn sah, rief er: »Kein Willkommen dem Angesicht, dem es nie mehr gut ergehen soll!« Wie der Jüngling den Vogel erblickte und seine Worte vernahm, wollte er entfliehen. Der Vogel aber folgte ihm und ergriff ihn und flog mit ihm eine Stunde lang zwischen Himmel und Erde dahin. Dann setzte er ihn an ebenderselben Stelle nieder, von der er ihn früher entführt hatte, verließ ihn und kehrte an seine Stätte zurück. Als der Jüngling wieder zur Besinnung kam, dachte er an das, was er erlebt hatte, an das Glück, die Macht und die Herrlichkeit, an die Truppen, die vor ihm herritten, und wie er hatte befehlen und verbieten können; und er begann zu weinen und zu klagen. Zwei Monate blieb er an der Meeresküste, wo der Vogel ihn niedergesetzt hatte, und wünschte immer, zu seiner Gemahlin zurückzukehren. Eines Nachts aber, als er schlaflos, trauernd und grübelnd dasaß, hörte er eine Stimme, die da rief, ohne daß er den Sprecher sah: »Wie groß war das Glück! Doch nie, nie kehrt das Vergangene zu dir zurück! Nun magst du noch mehr klagen in all deinen Tagen!« Als Hasib das hörte, gab er die Hoffnung auf, seine Königin je wiederzusehen, und das Glück, das er genossen hatte, wiederzugewinnen. So kehrte er denn in das Haus zurück, worin die Scheiche gewesen waren; jetzt wußte er, daß es dem einen ergangen sein mußte wie ihm und daß dies der Grund seines Weinens und Trauerns gewesen war, und er verstand ihn hinfort. Trauer und Kummer ergriffen ihn, als er wieder in die Halle trat, wo er die Scheiche zum ersten Mal erblickt hatte. Von nun ab weinte und klagte er immerdar wie sie, ohne Speise und ohne Trank, ohne Wohlgerüche und ohne Lachen, bis daß er starb. Da begrub man ihn zur Seite der Scheiche.

Dies ist die Geschichte Hasibs, des Mannes, der nicht mehr lachte. Euch aber schenke Allah Fröhlichkeit bis an das Ende eurer Tage!

Maruf der Schuster

Maruf: Maruf bin ich genannt und bessere alte Schuhe aus in meiner Heimatstadt Kairo. Auch habe ich eine Frau, die den Namen Fatima trägt und den Beinamen das Scheusal. Jeden Tag beschimpft und verflucht sie mich wohl tausendmal. Ich bin arm an Geld und Gut. Was ich erarbeite, das muß ich für sie ausgeben. Habe ich aber wenig verdient, so läßt sie ihre Wut an meinem Leibe aus, und ich muß gestehen, daß ich mich vor ihren Schlägen fürchte, denn ich bin ein Mann von milder Gemütsart.

Nun geschah es eines Tages, daß sie zu mir sagte: »Maruf, heute abend will ich süße Nudelspeise mit Bienenhonig essen!« Ich antwortete ihr: »Allah der Erhabene wird mich den Preis dafür verdienen lassen.« Doch sie rief: »Ob er dir hilft oder nicht, – komm du mir nicht heim ohne die süße Nudelspeise mit Bienenhonig! Wenn du ohne die kommst, dann mache ich dir die Nacht so schwarz wie dein Glück es war, als du mich zur Frau nahmst!« »Allah ist gütig«, antwortete ich nur und ging fort und öffnete den Laden. Aber den ganzen Tag kam niemand und am Abend hatte ich nicht einen Para eingenommen. Da schloß ich den Laden, ratlos, was ich wegen der Nudelspeise tun sollte. Als ich bei dem Laden des Nudelbäckers vorbei kam, rief er mich an und fragte: »Was ist dir, Meister Maruf, daß du so verstört aussiehst?« Als ich ihm meine Geschichte erzählte, da lächelte der Nudelbäcker und sprach: »Wieviel Pfund brauchst du?« »Fünf Pfund«, erwiderte ich, und der Bäcker wog mir fünf Pfund ab und sprach: »Ich habe wohl geklärte Butter, aber keinen Bienenhonig; dagegen habe ich Zuckerhonig, und der ist besser als Bienenhonig. Was kann es schaden, wenn die Speise mit Zuckerhonig zubereitet ist?« Ich wagte ihm nicht zu widersprechen, und so briet er mir die Nudelspeise mit geklärter Butter und übergoß sie mit Zuckerhonig und sagte: »Maruf, nun schuldest du mir zehn Para. Aber du kannst einen Tag oder zwei oder auch drei mit der Bezahlung warten, bis Allah dir Verdienst gibt.« Da dankte ich dem Bäcker und nahm die Nudelspeise und ging nach Haus. Kaum trat ich ein, da rief mir Fatima entgegen: »Hast du die Nudelspeise?« Als ich sie ihr vorsetzte, merkte sie aber, daß sie mit Zuckerhonig bereitet war, und voller Wut warf sie sie mir ins Gesicht und schrie: »Mach dich auf, du Lump, und bring mir eine andere!« Dabei versetzte sie mir einen Schlag auf die Wange und schlug mir einen Zahn aus, sodaß mir das Blut auf die Brust herablief. In meinem großen Zorn gab ich ihr einen einzigen leichten Schlag auf den Kopf. Doch da packte sie mich am Bart und fing an zu schreien: »O ihr Muslime!« Die Nachbarn kamen herein und befreiten meinen Bart von ihrer Hand, und sie schalten sie und sagten: »Wir alle sind zufrieden, wenn wir süße Nudelspeise mit Zuckerhonig zu essen bekommen.« Und sie redeten ihr zu, bis sie zwischen uns Frieden gestiftet hatten. Doch als die Leute fortgegangen waren, schwor sie, daß sie von der Speise nicht essen wolle. Da mich ein brennender Hunger quälte, begann ich zu essen. Als sie das sah, rief sie: »Möge die Speise zu Gift werden, das dir den Leib zerfrißt!« Aber ich aß ganz vergnügt weiter und sagte: »So Gott will, werde ich dir morgen abend eine Nudelspeise mit Bienenhonig bringen, und die sollst du dann allein essen.« So bemühte ich mich, sie zu begütigen, während sie auf mich fluchte. Ja, sie hörte bis zum Morgen nicht auf, zu schmähen und zu schimpfen. Und als es Morgen geworden war, schlug sie die Ärmel von ihrem Unterarm zurück, um wieder auf mich loszuschlagen. Da lief ich davon und begab mich in meinen Laden. Kaum hatte ich mich dort niedergesetzt, als auch schon zwei Boten des Kadis kamen und zu mir sprachen: »Steh auf und folge dem Ruf des Kadis! Deine Frau hat dich bei ihm verklagt.« Da mußte ich den beiden zum Kadi folgen. Dort sah ich Fatima stehen mit verbundenem Arm und blutbeflecktem Schleier, wie sie weinte und sich die Tränen abwischte. Und der Kadi fuhr mich an: »He, Mann, wie kannst du deine Frau so prügeln! Ihr den Arm zerbrechen! Die Zähne ausschlagen!« Ich erzählte ihm meine Geschichte von Anfang bis zu Ende. Da zog der Kadi einen Vierteldinar heraus und sprach zu mir: »Mann, nimm dies und laß ihr dafür süße Nudelspeise mit Bienenhonig bereiten!« Ich gab Fatima das Geld und der Kadi stiftete Frieden zwischen uns beiden. Dann gingen wir davon und ich kehrte in meinen Laden zurück. Kaum saß ich, da kehrten die Boten des Kadis wieder und sagten: »Her mit dem Lohn für unsere Dienste!« Ich entgegnete: »Der Kadi hat mir nichts abgenommen, sondern mir sogar einen Vierteldinar gegeben.« Aber sie fuhren fort: »Wenn du uns nicht unsern Lohn gibst, so nehmen wir ihn mit Gewalt!« Dann schleppten sie mich auf den Markt und ich mußte meine Werkzeuge verkaufen, und sie ließen erst von mir ab, nachdem ich ihnen einen halben Dinar gegeben hatte. Da saß ich nun ohne Werkzeuge und wußte nicht, wie ich nun arbeiten sollte. Plötzlich traten wieder zwei Männer auf mich zu und sprachen: »Auf zum Kadi! Deine Frau hat dich verklagt!« »Wie!« rief ich, »Eben hat er doch zwischen uns Frieden gestiftet!« Allein sie fuhren fort: »Wir kommen von einem andern Kadi!« Da mußte ich mit ihnen gehen. Als ich Fatima beim Kadi erblickte, rief ich ihr zu: »Haben wir denn nicht Frieden geschlossen, gute Frau?« »Es gibt keinen Frieden zwischen uns«, sagte sie. Da erzählte ich dem Kadi meine Geschichte von Anfang bis zu Ende, und der Kadi sprach zu Fatima: »Du schamloses Weib, warum kommst du zu klagen, nachdem ihr schon Frieden geschlossen habt?« Sie antwortete: »Er hat mich nachher wieder geschlagen.« Darauf sprach der Kadi zu uns beiden: »Versöhnt euch! Schlag du sie nicht wieder, und sie wird dir nicht mehr ungehorsam sein!« So schlossen wir zum zweiten Mal Frieden und ich mußte den Boten zum zweiten Mal den Lohn geben. Da kehrte ich in meinen Laden zurück und war ganz trunken von all dem Kummer, der mich betroffen hatte. Während ich so dasaß, kam plötzlich ein Mann auf mich zu und sprach zu mir: »Maruf, steh auf und verbirg dich! Deine Frau hat dich beim obersten Gerichtshof verklagt, und der Büttel ist auf der Suche nach dir.« Da sprang ich auf, schloß den Laden und floh in der Richtung des Siegestors. Von dem Erlös für meine Werkzeuge waren mir noch fünf Para übrig geblieben, und so kaufte ich mir für vier Para Brot und für einen Para Käse. Nun war es Winter und um die Zeit des Nachmittagsgebets; und als ich zwischen den Schutthügeln vor dem Tore dahinlief, fiel der Regen auf mich herab wie aus Wasserschläuchen, und meine ganzen Kleider wurden durchnäßt. So ging ich in eine Moschee;

dort entdeckte ich ein verfallenes Gebäude, und in ihm eine verlassene Zelle, die offen war und keine Tür hatte, und in die ging ich hinein, um vor dem Regen Schutz zu suchen. Die Tränen flossen mir von den Lidern, und bekümmert über meine Not sprach ich: »Wohin soll ich fliehen vor diesem bösen Weib? Ich bitte dich, o Herr, sende mir jemand, der mich in ein fernes Land bringt, wo sie den Weg zu mir nicht findet!« Während ich nun weinend dort saß, spaltete sich plötzlich die Wand, und aus ihr trat eine große Gestalt hervor, bei deren Anblick die Haut erschauern konnte. Die sprach zu mir: »O Mann, warum hast du mich in dieser Nacht gestört? Seit zweihundert Jahren wohne ich an dieser Stätte; doch nie habe ich jemanden hier hereinkommen und so tun sehen, wie du getan hast. Sage mir, was du wünschest, und ich will dir deinen Wunsch erfüllen; denn mein Herz ist von Mitleid mit dir ergriffen!« Nun erzählte ich ihm alles, was ich von meiner Frau erlitten hatte, und darauf sprach die Gestalt: »Wenn du willst, daß ich dich in ein Land bringe, wo dich deine Frau nicht finden kann, so steige auf meinen Rücken!« Ich stieg auf und der Dämon hob mich empor und flog mit mir davon, den Tag und die Nacht hindurch. Dann setzte er mich auf einem hohen Berge nieder und sprach: »Geh diesen Berg hinab, so wirst du eine Stadt erblicken. Dort bleib, dort weiß deine Frau nicht den Weg zu dir!« Da tat ich, wie mir der Dämon gesagt hatte.

Ali: Als er nun in diese Stadt kam, da traf er mich, den Kaufmann Ali. Mir fiel Maruf auf, weil er nicht nach der Sitte unseres Landes gekleidet war, und ich sprach ihn an und lud ihn ein, in mein Haus zu kommen. Nachdem wir gegessen und getrunken hatten, sprach ich zu meinem Gast: »Aus welchem Lande bist du?« »Aus Kairo.« »Aus welchem Stadtviertel?« »Aus der Roten Straße.« »Kennst du Scheich Ahmed, den Spezereienhändler?« »Er ist mein Nachbar, wir wohnen Wand an Wand.« »Geht es ihm gut?« »Jawohl.« »Wieviel Kinder hat er?« »Drei: Mustafa, Mohammed und Ali.« »Was hat Allah aus seinen Kindern werden lassen?« »Mustafa ist ein Gelehrter, ein Hochschullehrer. Mohammed ist Spezereienhändler geworden wie sein Vater. Beiden geht es gut. Ali aber war mein Gefährte, als wir noch klein waren. Einmal verprügelte ihn sein Vater wegen irgend einer Dummheit, – da lief der Junge davon und man erfuhr nie, wohin er gegangen ist. Seit zwanzig Jahren ist er aus Kairo fort.« Da rief ich aus: »Ich bin es, Ali, der Sohn des Scheichs Ahmed, und du bist mein Jugendfreund, Maruf! Seitdem ich von Kairo davonlief, bin ich von Land zu Land, von Stadt zu Stadt gewandert, bis ich hierher kam und hier seßhaft wurde. Wie aber kommst du hierher?« Nun erzählte mir Maruf seine Geschichte und fragte mich um Rat, was er tun solle. Ich sagte: »Wisse, Bruder, die Welt ist Lug und Trug! Wenn du zum Beispiel sagst ›Ich bin ein Schuhflikker und arm, und bin vor meiner Frau davongelaufen und habe Kairo gestern verlassen‹, so werden sie dir nicht glauben, und du wirst ihnen zum Gespött dienen, solange du in dieser Stadt weilst. Ich will dich lehren, was du tun sollst! Morgen will ich dir tausend Dinare geben und eine Mauselin zum Reiten, dazu auch einen Sklaven, der vor dir herlaufen und dich zum Basar der Kaufleute bringen soll. Ich werde auch unter den Kaufleuten sitzen, und sobald ich dich sehe, werde ich mich vor dir erheben, dich begrüßen, dir die Hand küssen und dich als einen hohen Herrn behandeln. Und sooft ich dich nach einer Art von Stoffen frage und zu dir spreche: ›Hast du etwas von der Art mitgebracht?‹, so ruf du: ›Eine Menge‹. Wenn die Leute mich dann nach dir fragen, will ich dich preisen und dich in ihren Augen zum großen Mann machen. Danach will ich zu ihnen sagen: ›Gebt ihm ein Vorratshaus und einen Laden!‹ Und sooft ein Bettler kommt, gib ihm, was du zur Hand hast, dann werden sie meinen Worten glauben und werden mit dir Handel treiben, und es kann nicht lange dauern bis du ein reicher Mann wirst.«

Nun taten wir am nächsten Morgen, wie wir verabredet hatten und ich führte Maruf im Basar der Kaufleute ein. Als nun einer der Kaufleute fragte: »Mein Herr, hast du auch gelbes Tuch bei dir?«, antwortete Maruf: »Eine Menge!« Dann sagte ein anderer: »Auch rotes wie Gazellenblut?« »Eine Menge«, antwortete der Schuhflicker auch darauf. Jedesmal, wenn einer ihn nach etwas fragte, sagte er zu ihm: »Eine Menge!«. Während wir so dasaßen, kam ein Bettelmann und machte die Runde bei uns. Der eine gab ihm einen Para, der andere einen Kupferling, aber die meisten gaben ihm nichts. Wie er jedoch zu Maruf kam, zog der eine Handvoll Gold für ihn heraus und gab sie ihm. Der Bettler segnete ihn und ging weiter. Darüber staunten die Kaufleute und sie sprachen: »Das sind königliche Spenden!« Nach einer Weile kam eine arme Frau; und wieder nahm er eine Handvoll und gab sie ihr. Auch sie ging fort indem sie ihn segnete, und erzählte den armen Leuten davon; und die kamen bald einer nach dem andern zu ihm. Für jeden, der zu ihm kam, zog er eine Handvoll heraus, bis er die tausend Dinare ausgegeben hatte, die ich ihm geliehen hatte. Darauf schlug er die Hände zusammen und sprach: »Allah ist unser Genüge, und Er ist der treffliche Sachwalter!« Da fragte ihn der Vorsteher der Kaufmannsgilde: »Was ist dir, o Kaufmann Maruf?« Der gab zur Antwort: »Es scheint, die meisten Einwohner dieser Stadt sind arm und bedürftig. Hätte ich geahnt, daß es so um sie steht, so hätte ich in den Satteltaschen eine große Menge Geld mitgebracht und davon den Armen gespendet. Doch ich fürchte, ich muß lange in der Fremde bleiben, und es ist meine Art, nie einen Bettler abzuweisen. Jetzt hab ich kein Gold mehr bei mir, und wenn nun ein Bettler zu mir kommt, was soll ich dann zu ihm sagen?« »Sei ohne Sorge!« antwortete der Vorsteher und entsandte einen seiner Diener; der kam mit tausend Dinaren zurück, und sein Herr gab sie dem Schuhflicker. Nun fuhr dieser fort, jedem Armen zu geben, bis der Ruf zum Mittagsgebet erscholl; darauf gingen wir in die Moschee und verrichteten das Mittagsgebet; und was ihm von den tausend Dinaren übriggeblieben war, das streute er über die Köpfe der Betenden aus. Dann wandte er sich an einen andern Kaufmann und borgte von ihm weitere tausend Dinare; und auch die verteilte er. Ich sah seinem Treiben zu, aber wagte nichts zu sagen. Maruf jedoch fuhr in dieser Weise fort, und noch ehe man das Tor des Basars schloß, hatte er schon fünftausend Dinare geborgt und wieder verteilt; zu jedem, von dem er etwas borgte, hatte er gesagt: »Warte bis mein Gepäck kommt!« Wenn du dann Gold haben willst, werde ich es dir geben; oder wenn du lieber Stoffe willst, kann ich sie dir auch geben, denn ich habe eine Menge.« Am Abend lud ich Maruf und die Kaufleute ein, und ich ließ ihn auf dem Ehrenplatz sitzen. Da sprach Maruf denn nur von Stoffen und Juwelen, und jedesmal wenn sie ihm etwas nannten, sagte er: »Davon habe ich eine Menge.« Am nächsten Tage begab er sich wieder auf den Basar, wandte sich an die Kaufleute und borgte Geld von ihnen und verteilte es an die Armen. So trieb er es immer weiter, zwanzig Tage lang, bis er von den Leuten sechzigtausend Dinare erhalten hatte; aber immer noch kam kein Gepäck noch eine verzehrende Pest, die seine Gläubiger hinweggerafft hätte. Nun begannen die Leute wegen ihres Geldes zu lärmen und kamen zu mir und sprachen: »Wie lange will er uns denn das Geld abnehmen und es den Armen geben? Sein Gepäck ist immer noch nicht gekommen!« Ich gab ihnen zur Antwort: »Wartet nur, es muß ganz gewiß bald eintreffen.« Dann aber nahm ich meinen Freund beseite und sprach zu ihm: »Maruf, was soll dies Treiben bedeuten? Habe ich dir geraten, das Brot zu rösten oder es zu verbrennen? Wie willst du deine Schulden bezahlen, wenn du weder kaufst noch verkaufst?« Der Schuhflicker antwortete mir: »Was hat denn das zu bedeuten? Und was sind sechzigtausend Dinare? Wenn das Gepäck kommt, zahle ich ihnen; wenn sie wollen, in Stoffen oder, wenn sie es vorziehen, auch in Gold und Silber.« Da rief ich verblüfft: »Allah ist der größte! Hast du denn überhaupt Gepäck?« »Eine Menge«, sagte Maruf, und ich fuhr fort: »Allah und die Heiligen über dich und deine Frechheit! Habe ich dich etwa diese Worte gelehrt, damit du sie auch zu mir sagst? Warte, ich werde den Leuten die Augen über dich öffnen!« Allein Maruf erwiderte mir: »Geh doch und schwatze nicht so viel! Bin ich etwa ein armer Mann? In meinem Gepäck sind viele Dinge; und wenn es kommt, sollen sie ihre Sachen wiederhaben, ja, zweimal so viel. Ich habe die Kerle nicht nötig.« Da ergrimmte ich und rief: »Du frecher Bursche, ich will dir schon zeigen, was es heißt, mich so schamlos anzulügen!« Doch Maruf sagte nur: »Tu, was in deiner Hand steht! Sie sollen warten, bis mein Gepäck kommt, und dann sollen sie haben, was ihnen zukommt und noch mehr!« Da verließ ich ihn und sprach zu mir selber: »Ich habe ihn früher gerühmt, und wenn ich ihn jetzt tadle, so stehe ich als Lügner da.« Und so war ich ratlos, was ich tun sollte. Als nun die Kaufleute wieder zu mir kamen, sagte ich zu ihnen: »Ich mag nicht mit Maruf darüber reden, denn seht, mir selber schuldet er auch tausend Dinare. Ihr habt mich nicht um Rat gefragt, als ihr ihm euer Geld gabt, und deswegen müßt ihr ihn selbst mahnen. Wenn er euch das Geld nicht gibt, so müßt ihr Klage wider ihn beim König führen!« Darauf gingen die Kaufleute, die Marufs Gläubiger waren, zum König und berichteten ihm, was geschehen war, wie Maruf immer mehr Geld geliehen und alles an die Armen verteilt habe.

König: Als nun die Kaufleute zu mir kamen und mir von dem Manne Maruf berichteten, da sprach ich zu meinem Wesir: »Wenn dieser Kaufmann nicht ungeheure Reichtümer besäße, so wäre er nicht so freigebig gewesen. Es ist sicher, daß seine Karawane kommen wird; dann werden diese Kaufleute sich um ihn drängen, und er wird eine Menge Geld unter sie streuen. Warum aber soll ich leer ausgehen? Nur, weil ich König bin? Habe ich nicht mehr Anrecht auf seine Geschenke als die Kaufleute? Deswegen möchte ich mit ihm vertraut werden und Freundschaft mit ihm schließen, damit ich, wenn seine Karawane kommt, das erhalte, was sonst diese Kaufleute von ihm bekommen. Könnte ich ihn nicht mit meiner Tochter vermählen und so sein Gut zu meinem Gut hinzufügen?« Da antwortete mir der Wesir: »O König, ich glaube, er ist doch nur ein Betrüger!« »Gut, dann will ich ihn auf die Probe stellen«, sagte ich, und ich schickte zu Maruf und ließ ihn vor mich kommen. Er gab mir auf meine Frage gleich zu, daß er den Kaufleuten sechzigtausend Dinare schuldete, »aber«, sagte er, »sie mögen warten, bis meine Karawane kommt; dann will ich ihnen das Doppelte geben. Wollen sie Gold, so gebe ich es ihnen, wollen sie Silber, so mögen sie das haben; ziehen sie Waren vor, so kann ich ihnen auch die geben. Wem ich tausend schulde, dem will ich zweitausend geben zum Entgelt dafür, daß er meinen guten Ruf bei den Armen bewahrt hat; denn ich habe ja eine große Menge.« Da sagte ich zu ihm: »O Kaufmann, nimm dies hier, und sieh, von welcher Art es ist und wieviel Wert es hat.« Und ich gab ihm ein Juwel von der Größe einer Haselnuß, das ich für tausend Dinare gekauft hatte, und sehr hoch schätzte, weil ich kein zweites dieser Art besaß. Maruf nahm es in die Hand und drückte es zwischen Daumen und Zeigefinger, sodaß es zerbrach; denn das Juwel war empfindlich und konnte den Druck nicht ertragen. Da rief ich: »Warum hast du es zerbrochen?« Doch Maruf lächelte und sprach: »O größter König unserer Zeit, das ist doch kein Juwel! Das ist nur ein Stück Stein im Werte von tausend Dinaren; wie kannst du von ihm sagen, es wäre ein Juwel? Ein wirkliches Juwel ist doch siebenzigtausend Dinare wert. Was nicht mindestens die Größe einer Walnuß hat, ist bei mir wertlos und ich achte seiner nicht. In eurem Lande ist es freilich anders, denn hier gibt es keine Leute, die Schätze von Wert haben!« Da erstaunte ich gewaltig, und fragte ihn: »O Kaufmann, hast du denn Juwelen, von der Art, wie du sie beschreibst?« »Eine Menge!« erwiderte Maruf. »Willst du mir wirkliche Juwelen geben?« fragte ich ihn weiter, und er: »Wenn die Karawane kommt, will ich dir eine Menge geben. Alles, was du nur wünschest, habe ich in Hülle und Fülle, und ich will es dir ohne Bezahlung geben.« Als ich das hörte, war ich hocherfreut und ließ den Kaufleuten sagen: »Habt Geduld mit Maruf, bis die Karawane eintrifft; dann kommt und holt euch euer Geld bei mir!« Zu meinem Wesir aber sagte ich: »Sei freundlich gegen Maruf, zieh ihn ins Gespräch und sprich mit ihm auch von meiner Tochter!« Doch der Wesir entgegnete: »O König, die Art dieses Mannes gefällt mir nicht. Ich glaube, er ist ein Betrüger!« Nun hatte der Wesir aber einmal um meine Tochter geworben, deshalb sprach ich nun zu ihm: »O du Verräter, du wünschest mir nichts Gutes, weil sie nicht eingewilligt hat, sich mit dir zu vermählen! Wie kann Maruf ein Betrüger sein, da er doch den Preis des Juwels genau kannte, um den ich es gekauft habe? Er hat es zerbrochen, weil es ihm nicht gefiel; er hat Juwelen in Hülle und Fülle, und wenn er meine Tochter heiratet und sieht, wie lieblich sie ist, so wird sie seinen Verstand berücken und er wird ihr Juwelen und Schätze schenken. Du aber, du möchtest uns beide, mich und meine Tochter, daran hindern, daß wir diese Güter erlangen.« Da schwieg der Wesir und begab sich zu Maruf und brachte mir diese

Antwort: »Ich bitte den König zu warten, bis mein Gepäck kommt, denn die Brautgabe für Prinzessinnen ist
groß, und ihr Stand verlangt es, daß für sie nur eine
Brautgabe dargeboten wird, die ihrem Range entspricht.
Augenblicklich habe ich kein Geld bei mir, so möge er
sich denn gedulden, bis die Karawane eintrifft. Ich muß
doch gewißlich eine Brautgabe von fünftausend Beuteln
für sie zahlen, ferner brauche ich tausend Beutel, um sie
am Hochzeitsabend an die Armen zu verteilen, weitere
tausend Beutel für die Leute, die im Hochzeitszug mitge-
hen, und abermals tausend Beutel für die Soldaten. Ferner brauche ich hundert Juwelen, um sie der Prinzessin
am Morgen nach der Hochzeit zu schenken. All das kann
ich erst haben, wenn meine Karawane eintrifft!« Als mir
diese Antwort berichtet wurde, ließ ich Maruf rufen und
sprach zu ihm: »Halte mich nicht mit solchen Entschul-
digungen hin! Sieh, meine Schatzkammer ist voll; drum
nimm die Schlüssel an dich und gib alles aus, was du
brauchst! Verschenke, was du willst, kleide die Armen
und tu, was dir beliebt. Mach dir jetzt keine Sorgen wegen der Geschenke für meine Tochter! Ist deine Karawane eingetroffen, so zeige dich so freigebig gegen sie
wie du willst!« Und nachdem ich das gesagt hatte, befahl
ich dem Scheich el-Islam, die Eheurkunde aufzusetzen
und befahl, daß die Hochzeitsfeier beginnen solle und
die Stadt ausgeschmückt werde. Die Trommeln wurden
geschlagen, ein Festmahl wurde aufgetragen, und Kaufmann Maruf saß auf einem Thron im großen Saal. Als die
Gaukler und Taschenspieler, die Tänzer und all die
Leute, die seltsame Kunststücke machten und gefällige
Spiele vorführten, vor ihn traten, befahl er dem Schatz-

meister, Gold und Silber zu bringen. Nun ging er unter den Zuschauern umher und gab jedem Spieler eine Handvoll, auch beschenkte er die Armen und Bedürftigen und kleidete die Nackten. Es war ein lärmendes Freudenfest, und der Schatzmeister konnte das Geld kaum rasch genug aus dem Schatzhause holen. Vierzig Tage hörten die Festlichkeiten nicht auf, bis am einundvierzigsten die Hochzeit war. Am Morgen danach trat Maruf, mit seinen königlichen Kleidern angetan, in den Staatssaal. Er setzte sich neben mir nieder und rief: »Wo ist der Schatzmeister?« Und der Schatzmeister brachte ihm, was er nun verlangte, und Maruf beschenkte alle, die zu ihm kamen nach Rang und Würden. So tat er es weitere zwanzig Tage lang, aber es kam keine Karawane für ihn an noch auch sonst etwas. Als nun Maruf einmal abwesend war, trat der Schatzmeister vor mich hin und sprach: »O König, ich muß dir etwas mitteilen, weil du mich sonst vielleicht schelten würdest, wenn ich es dir nicht berichte. Wisse, das Schatzhaus ist fast leer; nur noch ein wenig ist darin verblieben, und nach zehn Tagen werden wir ein leeres Haus zuschließen.« Da sprach ich zum Wesir: »Die Karawane meines Eidams bleibt wirklich lange aus!« Der Wesir lachte und sagte: »O König, wie läßt du dich von ihm betrügen! Er hat dein ganzes Geld vertan und deine Tochter umsonst zur Gemahlin erhalten. Wie lange noch willst du seinem Treiben zuschauen?« Ich erwiderte ihm: »O Wesir, was sollen wir tun, um die Wahrheit über ihn zu erfahren?« Und mein Minister wußte wieder Rat und sagte: »O König, niemand kann über einen Mann die Wahrheit erfahren, es sei denn sein Weib!«

Frau: Einige Wochen, nachdem mich mein Vater, der König, dem Kaufmann Maruf vermählt hatte, ließ er mich zu sich rufen und sprach: »Wisse, Tochter, dein Gatte, so scheint mir, verschwendet mein Geld und hat sich mit dir ohne Brautgabe vermählt. Unaufhörlich macht er uns Versprechungen und bricht sie; von seinem Gepäck haben wir noch keine Kunde erhalten. Kurz, ich möchte, daß du mir über ihn Auskunft gibst!« »Mein Vater«, erwiderte ich, seiner Worte sind viel, und er verspricht mir auch immer Juwelen, Schätze und kostbare Stoffe, aber ich habe noch nichts gesehen.« Nun sagte mein Vater: »Plaudere also mit ihm und frage ihn aus!« Als es nun Nacht geworden war und ich mit Maruf allein war, sprach ich zu ihm: »Mein Geliebter, du mein Augentrost und Frucht meines Herzens, Allah beraube mich deiner nie! Wahrlich die Liebe zu dir wohnt in meinem Herzen, so daß ich mich nie und nimmer an dir versündigen könnte. Aber ich möchte, daß du mir die Wahrheit sagst, denn die Listen der Lüge frommen nicht. Wie lange noch willst du meinen Vater belügen? Ich fürchte, deine Lage wird ihm noch eher aufgedeckt werden, als wir einen Plan wider ihn ersinnen können; und dann wird er Hand an dich legen. Drum tu mir die Wahrheit kund, damit wir einen Plan ersinnen, durch den du dich retten sollst!« Da sprach Maruf zu mir: »Ich will dir die Wahrheit sagen, dann tu mit mir, was du willst!« Und er erzählte mir seine Geschichte und daß er nichts als ein Schuhflicker war. »Du bist wirklich erfahren in der Kunst des Lügens und Betrügens«, sagte ich. »Du hast meinen Vater getäuscht, sodaß er mich in seiner Habgier mit dir vermählte; du hast auch sein Geld vergeudet, und der Wesir hegt deswegen Argwohn gegen dich. Nun aber ist die Zeit so lang geworden, daß auch mein Vater besorgt ist, und er hat mir gesagt, ich solle dich zum Geständnis bringen. Du hast mir das Verborgene offenbar gemacht. Berichte ich es aber meinem Vater weiter, dann wird deine Schuld bei ihm keine Vergebung finden, sondern er wird dich gewiß hinrichten lassen. Dann wird es aber auch unter dem Volke ruchbar werden, daß ich mit einem Betrüger vermählt wurde, und das wäre eine Schande für mich. Und wollte mich mein Vater mit einem andern vermählen, so wäre das etwas, in das ich nie willigen würde, auch wenn ich sterben müßte. Doch jetzt mache dich auf, lege die Gewandung eines Mamluken an, nimm fünfzigtausend Dinare von meinem Gelde mit dir und besteig ein Roß; dann begib dich in ein Land, in das meines Vaters Herrschaft nicht reicht! Dort werde Kaufmann; und dann schreib mir einen Brief und sende ihn mit einem Boten, der insgeheim zu mir kommen soll, damit ich weiß, wo du bist und dir alles senden kann, was meine Hand erreicht. So wird dein Gut sich mehren; und wenn mein Vater stirbt, wirst du wiederkommen, geachtet und geehrt! Dies, o mein Geliebter, ist der beste Plan, den ich weiß.« Auch Maruf wußte nichts Besseres, und so geschah es, wie ich vorgeschlagen hatte. Gegen Ende der Nacht ritt er zur Stadt hinaus.

Am Morgen sandte mein Vater nach mir und fragte mich: »Meine Tochter, was hast du zu sagen?« Ich antwortete: »Allah schwärze das Antlitz deines Wesirs, denn der hat mein Antlitz vor meinem Gatten schwärzen wollen! Gestern trat plötzlich der Eunuch Faradsch zu Maruf herein, mit einem Brief in der Hand, und sprach: »Siehe, es stehen zehn Mamluken unter dem Fenster des Schlosses, die haben mir diesen Brief gegeben. Sie gehören zu den Mamluken deiner Karawane.« Da gab mir Maruf den Brief und ich las darin: »Von den fünfhundert Mamluken an Seine Hoheit unsern Herrn, den Kaufmann Maruf. Wir tun dir kund, daß nach deinem Fortgehen die Beduinen uns überfielen und angriffen. Es waren ihrer zweitausend Reiter, während wir doch nur fünfhundert Mamluken waren. Zwischen uns und den Beduinen entspann sich ein heftiger Kampf; sie verlegten uns den Weg und wir mußten dreißig Tage lang wider sie streiten; und dies ist der Grund unseres Ausbleibens. Sie haben uns zweihundert Lasten Stoffe von dem Gepäck geraubt und fünfzig Mamluken getötet.« Als diese Nachricht meinen Gatten erreichte, rief er: »Allah mache sie zuschanden! Wie konnten sie mit den Beduinen wegen zweihundert Warenlasten streiten! Was bedeuten denn zweihundert Lasten! Um deren willen hätten sie nicht so lange ausbleiben dürfen. Denn der Wert von zweihundert Lasten ist doch nur siebentausend Dinare! Aber ich muß jetzt zu ihnen reiten und sie zur Eile antreiben.« Dann eilte er lächelnd fort von mir, ohne darum bekümmert zu sein, wieviel er verloren hatte.« »Liebe Tochter«, sagte mein Vater darauf, »der Reichtum deines Gatten ist unermeßlich und er achtet seiner nicht; seit seiner Ankunft hat er immer nur Almosen an die Armen gegeben. So Gott will, wird er bald mit der Karawane kommen, und dann werden wir durch ihn viel Gut gewinnen.« Als ich ihn so reden hörte, sah ich, daß meine List gelungen war. Auch schalt mein Vater den Wesir wiederum wegen seines Mißtrauens. Mir aber war das Herz schwer, denn wo war nun Maruf, mein Gatte?

Maruf: Ich ritt dahin durch die öde Wüste und wußte nicht, in welches Land ich gehen sollte. Gegen Mittag erreichte ich einen kleinen Flecken und dort in der Nähe sah ich einen Bauern, der mit zwei Stieren pflügte. Weil der Hunger mich quälte, ritt ich auf den Pflüger zu und sprach zu ihm: »Friede sei mit dir!« Der Mann erwiderte meinen Gruß und fügte hinzu: »Willkommen! Bist du einer von den Mamluken des Sultans?« »Jawohl«, erwiderte ich; und jener fuhr fort: »So steig bei mir zur Mahlzeit ab!« Da sprach ich zu ihm: »Bruder, ich sehe nichts, womit du mich speisen könntest.« Der Bauer antwortete: »Steig nur ab! Der Flecken ist nahe und ich will eilen und ein Mittagsmahl für dich und Futter für dein Pferd zu holen.« Nun sagte ich: »So kann ich ebenso rasch hineilen und im Basar kaufen, was ich brauche.« »Nein«, erwiderte er, »dort gibt es keinen Basar. Ich bitte dich, steig ab und mach mir die Freude!« So stieg ich denn ab, während der Bauer ins Dorf eilte. Da ich ihn nun von der Arbeit abgehalten hatte, gedachte ich inzwischen für ihn zu pflügen und nahm den Pflug in die Hand und trieb die Stiere an. Kaum hatte ich ein wenig gepflügt, da stieß die Pflugschar an etwas, und die Tiere blieben stehen. Ich trieb sie wieder an, aber sie konnten sich nicht bewegen. Wie ich nun nach der Pflugschar schaute, sah ich, daß sie sich in einem goldenen Ring gefangen hatte. Rasch grub ich die Erde beiseite. Der Ring befand sich mitten an einer Marmorplatte. Ich zog den Stein beiseite und unter ihm zeigte sich eine Höhle mit Treppenstufen. Ich stieg hinab und fand einen Raum, gleich der Halle eines Bades, mit vier Estraden. Die erste Estrade war vom Boden bis zur Decke mit Gold gefüllt; die zweite war angefüllt mit Smaragden und Perlen und Korallen, gleichfalls vom Boden bis zur Decke; die dritte war voll von Hyazinthen, Rubinen und Türkisen, und die vierte voller Diamanten und anderen wertvollen Edelsteinen von jeglicher Art. Am obern Ende dieses Raumes aber stand eine Truhe aus klarem Kristall, und die war voll von einzigartigen Juwelen, deren jedes so groß wie eine Walnuß war; auf der Truhe lag ein kleines goldenes Kästchen von der Größe einer Zitrone. In diesem Kästchen fand ich einen goldenen Siegelring, auf dem Zaubernamen und Talismane eingegraben waren, die wie Ameisenspuren aussahen. Ich rieb den Ring, und siehe, da sprach eine Stimme: »Zu Diensten, zu Diensten, mein Gebieter! Verlange, und es wird dir gegeben!« »Wer bist du?« fragte ich. »Ich bin der Diener dieses Ringes«, antwortete die Stimme, »und ich stehe im Dienste dessen, der ihn besitzt. Welchen Wunsch er auch immer ausspricht, den erfülle ich ihm, und ich kann mich dem nicht entziehen, was er mir befiehlt. Siehe, jetzt besitzest du den Ring und ich bin dein Diener geworden. Verlange also was du willst, ich gehorche deinem Befehl!« Weiter fragte ich: »Kannst du das, was sich an diesem Platz befindet, an die Oberfläche der Erde schaffen?« und als der Geist bejahte, fuhr ich fort: »So schaffe denn alles hinaus!« Da spaltete sich die Erde und es kamen Knaben voller Anmut hervor, die trugen goldene Körbe und schafften in kürzester Frist alle Schätze nach oben. Darauf sagte ich: »Verschaffe mir Truhen, die Schätze hineinzutun, und Maultiere, die Truhen fortzuschaffen!« Als dies geschehen war, ließ ich die

Truhen füllen und aufladen. Nun befahl ich dem Geist, mir kostbare Stoffe zu beschaffen, je hundert Lasten auf hundert Maultiere. Während das geschah, ließ ich mir ein Zelt errichten und einen Tisch mit den köstlichsten Speisen decken. Mamluken, Eunuchen und Diener warteten mir auf. Während ich nun so prächtig dasaß, kam plötzlich der Bauersmann, der eine große Schüssel voll Linsen und einen Futtersack voll Gerste trug. Als der das Zelt aufgeschlagen und die Mamluken dastehen sah, die Arme auf der Brust gekreuzt, dachte er, der Sultan sei gekommen und er blieb erschrocken stehen und sagte: »Hätte ich doch zwei junge Hühner geschlachtet und sie in Butter gebraten!« Und er wollte gerade umkehren, um Hühner zu holen, da rief ich ihn und sagte: »Da du diese Mahlzeit für mich hergerichtet hast, so will ich nur von deinen Linsen essen!« Und die Schüssel wurde mitten auf den Tisch gesetzt und ich aß davon, während sich der Bauer den Wamst mit den kostbaren Gerichten vollschlug, die auf der Tafel standen. Als nun die Linsenschüssel leer war, füllte ich sie dem Bauern mit Gold und sprach: »Besuche mich in der Stadt, ich will dir Ehre erweisen!« Da nahm er die Schüssel, trieb die Stiere an und eilte ins Dorf zurück, indem er sich selber für den Eidam des Königs hielt. Inzwischen hatte ich befohlen, daß sich die Karawane in Bewegung setzte, und ich schickte einen Boten an den König, meinen Schwiegervater, voraus.

König: »Wüßte ich nur, wohin mein Eidam geritten ist!« sagte ich zu meinem Wesir, »Hätte er es mir gesagt, könnte ich ihm mit den Truppen folgen. Ich fürchte, die Beduinen werden ihn töten.« Doch der Wesir entgegnete mir: »O König, Allah sei dir gnädig in deiner Sorglosigkeit! Maruf hat gemerkt, daß wir Verdacht gegen ihn geschöpft hatten, und da er sich vor der Entlarvung fürchtete, ist er geflohen.« Kaum hatte er das gesagt, da trat ein Bote mit einem Brief ein, und ich nahm ihn und las: »An meinen Schwiegervater, den glorreichen König! Siehe, ich komme mit der Karawane! Erwarte mich bald!« Da rief ich aus: Allah schwärze dein Gesicht, o Wesir! Wie oft willst du die Ehre meines Eidams angreifen! Jetzt kommt er mit der Karawane.« Und der Wesir ließ den Kopf hängen, beschämt und betroffen. Ich aber ging zu meiner Tochter, ihr die frohe Botschaft mitzuteilen.

Frau: Ich glaubte meinen Ohren nicht zu trauen, als mein Vater zu mir kam und rief: »Frohe Botschaft! Maruf ist mit der Karawane unterwegs. Mach dich bereit und erwarte ihn!« Da dachte ich bei mir: »Das ist doch ein seltsam Ding! Woher hat er eine Karawane? Wollte er meiner spotten und sich über mich lustig machen, oder wollte er mich auf die Probe stellen, als er mir sagte, er sei arm? Preis sei Allah, daß ich meine Pflicht gegen ihn nicht versäumt habe!«

Ali: Plötzlich wurde die Stadt geschmückt, und als ich nach der Ursache fragte, sagte man mir: »Die Karawane des Kaufmanns Maruf ist eingetroffen!« »Allah ist der Größte,« rief ich da aus, »was ist das für ein Unheil! Er kam zu mir auf seiner Flucht vor seiner Frau und war arm. Woher hat er jetzt eine Karawane? Doch vielleicht hat die Tochter des Königs einen Plan für ihn ersonnen aus Furcht vor der Entlarvung; und Königen ist nichts unmöglich. Möge Allah der Erhabene ihn behüten und ihn nicht in Schande geraten lassen!« Aber Maruf kam wirklich in die Stadt und zwar in einem solchen Prunkzug, daß selbst dem Löwen vor Neid die Gallenblase geplatzt wäre; und die Kaufleute eilten zu ihm und küßten den Boden vor ihm. Ich aber trat zu ihm hin und sagte: »Du hast einen Streich gespielt, der dir geglückt ist, du Erzgauner!« Da mußte Maruf lachen.

Maruf: Als ich nun in den Palast eingezogen war, setzte ich mich auf den Thron und rief: »Bringt die Lasten Goldes in die Schatzkammer meines Schwiegervaters, des Königs! Die Lasten Tuch aber bringt hierher!« Die Diener brachten sie und öffneten eine Last nach der andern, bis sie die siebenhundert Lasten ausgepackt hatten. Dann suchte ich die schönsten davon aus und befahl: »Bringt sie der Prinzessin! Nehmt auch diese Truhe voll Juwelen und bringt sie ihr. Sie möge sie an die Sklavinnen und die Eunuchen verteilen! Dann überreichte ich den Kaufleuten, in deren Schuld ich stand, Stoffe als Entgelt für ihre Darlehen, und zwar gab ich jedem, der mir tausend Dinare geliehen hatte, Stoffe im Wert von zweitausend oder mehr. Danach verteilte ich Gaben an die Armen und Bedürftigen; unaufhörlich spendete und gab ich, bis ich die siebenhundert Lasten verteilt hatte. Dann wandte ich mich an die Truppen und verteilte an sie Edelsteine, Smaragden und Hyazinthen, dazu Perlen und Korallen und noch anderen Schmuck, indem ich die Juwelen mit vollen Händen hingab, ohne sie zu zählen. Da aber sprach der König zu mir: »Mein Sohn, laß es genug sein mit diesen Gaben, es ist ja von der ganzen Karawane nur noch wenig übrig!« Doch ich achtete nicht darauf, wieviel ich verschenkte, da mir ja der Diener des Ringes brachte, was ich nur begehrte. Schließlich kam auch der Schatzmeister zum König: »Herr, die Schatzkammer ist voll und faßt den Rest der Lasten nicht mehr!« Da meinte ich gewiß, daß niemand mehr an meinem Reichtum zweifelte.

König: Der Wesir sprach zu mir: »O König, ich zweifle an ihm, denn dies ist nicht die Art von Kaufleuten. Ein Kaufmann verkauft seine Stoffe nur mit Gewinn. Wie könnten Kaufleute so freigebig sein wie er? Wie könnten sie solche Reichtümer besitzen, solche Juwelen, von denen sich sogar bei den Königen nur wenige finden? Das alles muß einen besonderen Grund haben und ich will ihn dir offenbar machen, wenn du meinem Rate folgst.« »Und welches ist dein Rat?« fragte ich. »Wir wollen ihn trunken machen«, sagte er, »dann wird er alles ausplaudern, denn der Wein ist ein Verräter.« Als sich nun die Gelegenheit ergab, und wir beim Weine saßen, reizten wir, der Wesir und ich, Maruf immer mehr zum Trinken, sodaß er nicht mehr Herr seiner Sinne war und alles ausplauderte, wonach man ihn fragte. »Ich bin weder ein Kaufmann, noch gehöre ich zu den Königen«, sagte er, und er erzählte uns seine Geschichte von Anfang bis zu Ende. Da sprach der Wesir: »Um Allahs willen, mein Gebieter Maruf, zeige uns diesen Ring, auf daß wir sehen, wie er gefertigt ist!« Maruf nahm den Ring vom Finger und der Wesir nahm ihn und rieb daran, und plötzlich rief eine Stimme: »Zu Diensten, mein Gebieter! Verlange, so wird dir gegeben!« Der Wesir aber zeigte auf Maruf und sprach zu dem Geist: »Heb diesen Elenden hoch und wirf ihn in der ödesten der Wüsteneien nieder, dort, wo er weder zu essen noch zu trinken findet, sodaß er umkommt, ohne daß jemand um ihn weiß!«

Maruf: Als der Geist mich packte und sich mit mir in die Luft erhob und zwischen Himmel und Erde dahinflog, da war ich schnell nüchtern geworden. Ich merkte, daß ich in schlimmer Gefahr und dem Untergang nahe war und rief unter Tränen: »O Geist, wohin willst du mich bringen?« Da antwortete mir der Diener des Ringes: »Ich will dich in der Wüste niederwerfen, o du leichtsinniger Narr! Wer gibt wohl, wenn er einen solchen Talisman besitzt, ihn den Leuten, damit sie ihn sich ansehen? Du verdienst, was dir widerfahren ist, und fürchtete ich nicht Allah, so würfe ich dich aus einer Höhe von tausend Klaftern nieder; und ehe du die Erde erreichtest, würden dich die Winde in Stücke reißen!« Da schwieg ich und sprach kein Wort mehr zu ihm, bis wir in der Wüste ankamen. Dort warf der Geist mich nieder und kehrte um, nachdem er mich in der trostlosen Einöde zurückgelassen hatte.

König: Als nun der Geist Maruf weggetragen hatte, sprach der Wesir zu mir: »Habe ich dir nicht gesagt, daß dieser Mann ein Betrüger ist?« »Du hast recht, mein Wesir«, erwiderte ich, »gib mir jetzt den Ring, damit auch ich ihn mir ansehe!« Aber der Wesir blickte auf mich voll Grimm und spie mir ins Angesicht und rief: »O du Dummkopf! Wie werde ich ihn dir geben und dein Diener bleiben, nachdem ich dein Herr geworden bin? Nein, ich will dich überhaupt nicht mehr am Leben lassen.« Dann rieb er den Ring, und als der Geist erschien, befahl er ihm: »Heb diesen frechen Burschen auf und wirf ihn an derselben Stätte nieder, an die du seinen Eidam, den Betrüger geworfen hast!« Da hob der Geist mich auf und flog mit mir davon. Ich aber sprach zu ihm: »O Geschöpf Gottes, was ist meine Schuld?« Der Diener des Ringes antwortete mir: »Ich weiß es nicht. Was dir geschieht, hat der befohlen, der den Ring besitzt.« So flog er weiter mit mir, bis er mich an der Stätte niederwarf, wo Maruf lag. Ich hörte Maruf weinen und trat zu ihm und berichtete ihm, was geschehen war. Da saßen wir nun beide und weinten über das Geschick, das uns betroffen hatte; und wir fanden weder Speise noch Trank.

Frau: Als es Abend wurde, kam der Wesir, der sich zum König gemacht hatte, zu mir herein. Ich hatte mir die prächtigsten Gewänder angetan und mich mit dem schönsten Schmuck geschmückt. Lächelnd ging ich ihm entgegen und sprach zu ihm: »Eine gesegnete Nacht! Wenn du meinen Vater und meinen Gatten getötet hättest, es wäre mir noch lieber gewesen.« Er antwortete: »Verlaß dich darauf, daß ich sie zu Tode bringe!« Darauf begann ich mit ihm zu scherzen und ihm Liebe zu zeigen; wie ich ihm nun ins Angesicht lächelte, entfloh ihm der Verstand. Aber wenn er sich mir nahte, wich ich vor ihm zurück. Und ich weinte und sprach: »Mein Gebieter, siehst du nicht den Mann, der uns zuschaut? Um Allahs willen, verbirg mich vor seinem Auge! Wie kannst du dich in Liebe mit mir vereinen, wenn er uns zusieht?« Da rief er zornig: »Wo ist der Mann?« Und ich erwiderte: »Da ist er, im Stein des Siegelrings! Er steckt seinen Kopf heraus und schaut uns an.« So glaubte er denn, daß der Diener des Rings uns zusehe, doch er sprach lächelnd: »Fürchte dich nicht! Der ist mir untertan.« Darauf entgegnete ich: »Ich fürchte mich vor Geistern; tu den Ring ab und wirf ihn weit von mir weg!« So zog er den Ring vom Finger und legte ihn auf das Kissen. Als er sich mir aber nahte, da versetzte ich ihm mit meinem Fuße einen Tritt gegen seinen Leib, sodaß er rücklings niederfiel und in Ohnmacht sank. Dann rief ich laut nach meinen Dienerinnen und befahl ihnen: »Ergreift ihn!« Nachdem vierzig Sklavinnen ihn gepackt hatten, nahm ich in aller Hast den Ring vom Kissen und rieb ihn. Sofort erschien der Geist vor mir und sprach: »Zu Diensten, meine Herrin!« Ich sagte: »Leg diesen Ungläubigen in Fesseln und wirf ihn in den Kerker! Dann bring meinen Vater und meinen Gatten zu mir!« Der Geist gehorchte, und als die beiden aus der Wüste und aus dem sicheren Untergang zu mir zurückkehrten, waren wir alle froh und dankten Allah, der alles so geschickt hatte.

Maruf: Mein Schwiegervater, der König, befahl, daß der Wesir hingerichtet würde und er machte mich selbst zu seinem Wesir der Rechten. Nun geschah es, daß die Zeiten voller Freude wurden und daß die Jahre voller Wonne hingingen. Im sechsten Jahre aber starb der König; da setzte die Prinzessin mich zum Sultan ein an ihres Vaters Stelle. Ich regierte zur Zufriedenheit aller, das Land gedieh und man pries mich als den weisesten König. Meine Frau gebar mir sieben Kinder, eines schöner als das andere. So wäre alles gut und herrlich gewesen, aber –

Eines Nachts erwachte ich, weil mich der Rücken schmerzte. Wahrscheinlich, so dachte ich, hat eine der Sklavinnen – Geschöpfe ohne Verstand sind sie alle – vergessen, die Kissen und Decken zu richten. Auch die Lampe fehlt, die neben dem Bett brennen soll. Ich klatsche in die Hände, um den diensthabenden Sklaven zu rufen, aber niemand kommt. Ich befühle im Dunkeln mein Bett, wirklich, ich liege auf dem blanken Holz. Es ist dringend nötig, daß ich einmal der Faulheit, die im Palaste eingerissen ist, nachgehe und auf Abhilfe sinne. Wie ich aber im Dunkeln weiter taste, merke ich, daß jemand neben mir liegt. Das ist merkwürdig. Bin ich denn gestern ins Zimmer meiner Frau gegangen? Ich kann mich nicht erinnern. Wie kommt es aber, daß sie jetzt neben mir liegt? Und ich rüttle sie ein wenig und frage: »Bist du es?« Sie wacht auf und antwortet: »Freilich bin ich es.« Aber sie hat eine ganz fremde Stimme. Deshalb frage ich: »Wer bist du?« »Was sind das für Fragen«, meint sie unwillig, »wer sollte ich denn anders sein als deine Frau? Und wenn du mich jetzt nicht schlafen läßt, dann sei versichert, daß ich dir den Tag morgen zur Hölle mache. Nicht umsonst nennt man mich Fatima, das Scheusal!« Und damit dreht sie sich um und sagt nichts mehr, was bei ihr selten ist, und ich sage auch nichts mehr, sondern denke nur: »Bei Allah, das war ein schöner Traum! Geister und Könige, Gold und Diamanten, Essen aus goldenen Schüsseln, fremde Länder und Basare, Sklaven für jede Laune, Prinzessinnen für jede Nacht!« Und nachdem ich das gedacht habe, lege ich mich wieder aufs Ohr, und weiß, daß ich Maruf, der Schuster bin, in Kairo lebe und mit Fatima, dem Scheusal, verheiratet bin.

Die fünf Räuber

Erzählerin: Eines Tages geschah es, daß Räuber in der Nähe von Bagdad ergriffen und vor den Kalifen geschleppt wurden. Harun-er-Raschid sprach über alle das Todesurteil. Weil ihm aber wenige Tage zuvor der erste Sohn, der Erbe des Reiches, geboren war, war er milde gestimmt, und als die armen Sünder, nachdem sie das Urteil vernommen, nun mit gesenktem Haupt vor ihm standen und zum Richtplatz geführt werden sollten, da bedachte er, wie süß das Leben auf der Erde ist und daß jene auch im Jenseits nichts Gutes zu erwarten hatten, und Mitleid erfüllte sein Herz und er sprach: »Ich will euch eine Gunst gewähren. Der von euch, der mir die kurzweiligste Geschichte erzählt, soll mit einer Tracht Prügel davonkommen.« Wie die Räuber das hörten, fielen sie vor dem Kalifen in den Staub und schrien miteinander: »Ich, ich, ich weiß eine Geschichte!« Und der erste fing schon an zu erzählen, während ihm noch die Glieder schlotterten und die Zähne klapperten vor Todesangst.

Erster Räuber: Es war einmal ein Goldschmied, der den Frauen und dem Weintrinken ergeben war. Als der eines Tages im Hause eines Freundes war, fiel sein Blick auf eine Wand, und dort sah er das Bild eines Mädchens gemalt, so schön und lieblich und anmutig, wie noch nie ein Mensch eine Maid gesehen hatte. Lange schaute der Goldschmied sie an, hingerissen von der Schönheit des Bildes. Und sein Herz war so ergriffen von der Liebe zu dieser Gestalt, daß er krank ward und dem Tode nahe kam. Nun besuchte ihn einmal einer seiner Freunde, setzte sich zu ihm und fragte ihn, wie es ihm ergehe und was ihm fehle. Der Goldschmied erzählte ihm von der Maid. Da schalt ihn sein Freund und sprach zu ihm: »Das ist doch eine Torheit von dir. Wie konntest du dich in ein Bild an der Wand verlieben, das weder sehen noch hören, weder nehmen noch versagen kann!« Der Goldschmied aber antwortete: »Der Künstler kann es nur nach der Gestalt einer schönen Frau gemalt haben.« Darauf der Freund: »Vielleicht hat der Maler das Bild frei aus sich selbst geschaffen.« »Wie dem auch sei,« erwiderte der Goldschmied, »ich sterbe vor Liebe zu ihr. Und wenn das Urbild dieser Gestalt in der Welt lebt, so flehe ich zu Allah dem Erhabenen, daß Er mich am Leben lasse, bis ich es sehe.« Als nun der Besucher gegangen war, fragte er nach dem Künstler, der das Bild gemalt hatte, und er vernahm, daß der in eine andere Stadt gereist war. Da schrieb er ihm einen Brief, worin er die Not seines Freundes beklagte und nach jenem Bilde fragte, ob er es aus freier Erfindung geschaffen oder ob er sein Urbild in der Welt gesehen habe. Der Künstler antwortete ihm: »Ich habe dieses Bild nach der Gestalt einer schönen Sängerin gemalt, die einem Wesir gehört und in der Stadt Kaschmir in Indien lebt.« Wie der Goldschmied diese Botschaft vernahm, da rüstete er sich alsbald zur Reise und zog von Persien, wo er lebte, nach dem Inderlande. Nachdem er in Kaschmir eingezogen war und sich niedergelassen hatte, ging er eines Tages zu einem Bürger der Stadt, einem Spezereienhändler, der ein kluger, verständiger und einsichtiger Mann war. Den fragte er nach dem König und seinem Wandel. Der Spezereienhändler erzählte ihm: »Unser König ist ein rechtschaffener Mann, er ist stets zur Güte bereit und übt gegen seine Untertanen Gerechtigkeit. Er verabscheut in der ganzen Welt nur die Zauberer. Wenn ein Magier oder eine Zauberin in seine Hände fällt, so wirft er sie in eine Grube außerhalb der Stadt und läßt sie dort Hungers sterben.« Und weiter fragte der Goldschmied nach den Wesiren des Königs. Da erzählte jener ihm von einem jeden Wesir, von seiner Art und seinem Wesen, bis ihr Gespräch auf die Sängerin kam. Der Spezereienhändler sagte von ihr: »Sie gehört dem Wesir Soundso.« Darauf wartete der Goldschmied einige Tage, bis er seinen Plan ersonnen hatte. Dann machte er sich in einer Regennacht, als es donnerte und gewaltig stürmte, auf den Weg, nahm Diebsgerät mit sich und begab sich zum Hause des Wesirs, dem die Sängerin gehörte. Dort hängte er mit Fanghaken eine Leiter auf, kletterte auf das Dach des Schlosses, und nachdem er oben angekommen war, stieg er in die Halle hinab. Dort sah er alle die Sklavinnen schlafen, eine jede auf ihrem Lager. Und auf einem marmornen Lager entdeckte er eine Maid, die war so schön wie der Vollmond, wenn er in der vierzehnten Nacht aufgeht. Er ging auf sie zu und setzte sich ihr zu Häupten, um die Decke aufzuheben. Die Decke aber war mit Gold bestickt; und zu ihren Häupten und zu ihren Füßen standen zwei Kerzen, jede in einem Leuchter von strahlendem Golde, und beide Kerzen waren aus Ambra hergestellt. Unter dem Kissen lag, versteckt neben ihrem Haupte, eine silberne Schatulle, worin sich alle ihre Schmucksachen befanden. Nun holte der Goldschmied ein Messer heraus, stach der Sängerin damit in das Gesäß und brachte ihr eine sichtbare Wunde bei. Voller Schrecken wachte sie auf, und als sie den Mann erblickte, fürchtete sie sich zu schreien und schwieg still, da sie meinte, er wolle ihre Habe stehlen. Dann sprach sie zu ihm: »Nimm die Schatulle und was drinnen ist. Es nützt dir nichts, wenn du mich tötest. Ich bitte dich und flehe dich an; ich bin in deiner Gewalt!« Der Mann nahm die Schatulle mit ihrem Inhalt und ging davon. Am nächsten Morgen legte er seine heimischen Kleider an, nahm das Schmuckkästchen mit sich und trat zum König jener Stadt ein. Er küßte den Boden vor ihm und sprach: »O König, als ich gestern gegen Abend diese Stadt erreichte, fand ich das Tor verschlossen, und so legte ich mich vor den Mauern zum Schlafen nieder. Wie ich nun dort halb schlafend, halb wachend lag, erblickte ich plötzlich vier Weiber. Eine von ihnen ritt auf einem Besen, die zweite auf einem Weinkrug, die dritte auf einem Feuerhaken und die vierte auf einer schwarzen Hündin. Da wußte ich, o König, daß sie Hexen waren, die in deine Stadt eindringen wollten. Eine von ihnen kam zu mir heran, stieß mich mit dem Fuße und schlug mich mit einem Fuchsschwanze so heftig, daß es mir weh tat. Da wurde ich wütend über den Schlag und stieß nach ihr mit einem Messer, das ich bei mir hatte. Ich traf sie ins Gesäß, gerade als sie sich umwandte und weggehen wollte. Wie ich sie aber verwundete, sprang sie vor mir auf und davon und ließ dies Kästchen fallen mit dem, was darinnen ist. Ich machte es auf und fand darin diesen kostbaren Schmuck. Nimm du ihn hin, denn ich bedarf seiner nicht. Siehe, ich bin ein Pilger der Wüste; ich habe die Welt aus meinem Herzen verbannt. Ich habe ihr und all ihren Gütern entsagt und suche nur das Antlitz Allahs des Erhabenen.« Mit diesen Worten legte er die Schatulle vor dem König nieder und wandte sich zum Gehen. Nachdem er davongegangen war, öffnete der König jenes Kästchen und schüttete all die Schmucksachen heraus. Dann nahm er jedes Stück in die Hand, und dabei fand er auch ein Halsband, das er dem Wesir zum Geschenk gemacht hatte, jenem, dem die Sängerin gehörte. Sogleich ließ er den Wesir kommen, und als der vor ihm erschien, fragte er ihn: »Ist dies das Halsband, das ich dir geschenkt habe?« Wie der Wesir es anschaute, erkannte er es und sprach zum König: »Jawohl. Ich habe es einer meiner Sängerinnen geschenkt.« Da rief der König: »Bringe das Mädchen sofort hierher!« Der Wesir holte die Sängerin, und als sie vor dem König stand, befahl dieser: »Decke ihr Gesäß auf und sieh nach, ob sie verwundet ist oder nicht.« Nachdem der Wesir den Befehl ausgeführt hatte, sah er eine Messerwunde und sprach zum König: »Ja, hoher Herr. Dort ist eine Wunde.« Nun sagte der König: »Sie ist eine Zauberin, wie der heilige Mann gesagt hat. Das ist ganz sicher.« Dann befahl er, sie in die Hexengrube zu werfen. Und noch am selben Tage schaffte man sie dort hin. Als es aber Nacht geworden war und der Goldschmied erfahren hatte, daß seine List geglückt war, begab er sich zu dem Wächter der Grube, in der Hand einen Beutel mit tausend Dinaren. Er setzte sich zu dem Wächter und begann, mit ihm zu plaudern und erzählte ihm schließlich seine Geschichte von Anfang bis zu Ende. Dann fügte er hinzu: »Nimm diesen Beutel. Tausend Dinare sind darin. Dafür gib mir diese Sängerin, und ich will mit ihr in mein Land reisen. Diese Dinare nützen dir mehr, als wenn du das Mädchen hier bewachst. Außerdem gewinnst du himmlischen Lohn durch uns, und wir beide werden für dein Glück und Wohlergehen beten.« Als der Wächter diese Geschichte von ihm vernahm, war er über eine solche List und ihr Gelingen aufs höchste erstaunt. Da nahm er den Beutel mit dem Gelde hin und ließ dem Goldschmied die Sängerin, indem er ihm zur Bedingung machte, daß er nicht eine einzige Stunde mit ihr in der Stadt verweile. Der Goldschmied aber nahm die Sängerin und brach sofort mit ihr auf und zog eilends mit ihr dahin, bis er in seiner Heimat ankam. So hatte er sein Ziel erreicht.

Erzählerin: Als der Räuber diese Geschichte erzählt hatte, schaute er ängstlich den Kalifen an und forschte in seinem Gesicht. Aber Harun-er-Raschid zeigte kein Zeichen des Unwillens oder der Langeweile, und der Räuber schöpfte ein wenig Hoffnung, daß vielleicht er unter allen nicht zum Tode, sondern zum Leben auserwählt sei. Inzwischen gab der Herrscher ein Zeichen, daß der nächste beginnen solle. Und also begann der zweite Räuber, um sein Leben zu erzählen.

Zweiter Räuber: Einst lebte ein Kaufmann, der sehr begütert war und auf seinen vielen Reisen in alle Städte kam. Als er wieder einmal in eine fremde Stadt reisen wollte, fragte er die Leute, die von dort kamen, und sprach zu ihnen: »Welche Art von Waren bringt dort hohen Gewinn?« Man antwortete ihm: »Sandelholz, denn es wird dort teuer verkauft.« Nun legte der Kaufmann all sein Geld in Sandelholz an und reiste nach jener Stadt. Als er aber vor ihr ankam, war es gerade Abend geworden, und da begegnete ihm eine Alte, die ihre Schafe trieb. Bei seinem Anblick fragte sie ihn: »Wer bist du, Mann?« »Ich bin ein fremder Kaufmann,« gab er ihr zu Antwort. Und sie fuhr fort: »Hüte dich vor den Bewohnern der Stadt, denn sie sind ein trügerisch' und diebisch' Volk. Und sie betrügen den Fremdling, um ihn zu übertölpeln und sein Hab und Gut zu verzehren. Ich gebe dir guten Rat.« Damit verließ sie ihn. Als es Morgen ward, begegnete ihm einer von den Einwohnern der Stadt, begrüßte ihn und fragte ihn: »O Herr, woher kommst du?« Und als es ihm der Kaufmann gesagt hatte, fragte er weiter: »Was für Waren bringst du mit dir?« »Sandelholz«, erwiderte er. »Denn ich habe gehört, daß es bei euch großen Wert hat.« Aber der Mann entgegnete ihm: »Wer dir den Rat gegeben hat, ist im Irrtum, denn wir brennen nur unter unseren Kochtöpfen jenes ›Sandelholz‹, und es hat bei uns denselben Wert wie gewöhnliches Brennholz.« Als der Kaufmann diese Worte aus dem Munde des Städters vernahm, war er betrübt und bereute sein Tun, aber er schwankte noch zwischen Glauben und Unglauben. Dann stieg er in einer der Herbergen jener Stadt ab und begann, Sandelholz unter seinem Kochtopf zu brennen. Als jener Mann das bemerkte, sprach er zu dem Kaufmann: »Willst du mir dies Sandelholz verkaufen und für jedes Maß ein Maß von etwas anderem nehmen, was deine Seele nur verlangt?« »Ich verkaufe es dir«, erwiderte der Kaufmann, und der Käufer schaffte alles Sandelholz in seine Wohnung. Der Verkäufer aber hatte die Absicht, ein gleiches Maß Gold dafür zu nehmen. Am nächsten Morgen wanderte der Kaufmann in der Stadt umher und begegnete einem blauäugigen Manne, der nur ein Auge hatte. Der hängte sich an den Kaufmann und schrie ihn an: »Du bist es, der mir mein Auge verdorben hat! Nun lass' ich dich nicht mehr los!« Der Kaufmann rief: »Das ist nicht wahr!« Doch nun versammelten sich die Leute um die beiden und baten den Einäugigen, ihm bis zum nächsten Tage Frist zu geben, damit er ihm den Preis des Auges zahlen könnte. Nachdem der Kaufmann sich einen Bürgen verschafft hatte, ließen die Leute ihn los. Dann ging er weiter. Aber seine Sandalen waren zerrissen, weil der Einäugige so heftig mit ihm gerungen hatte. Nun blieb er vor dem Laden eines Schuhflickers stehen, gab ihm die Sandalen und sprach zu ihm: »Bessere mir die aus, und ich will dir soviel geben, daß du zufrieden bist.« Auf seinem weiteren Wege sah er Leute, die beim Spiel waren, und setzte sich in seinem Harm und Gram zu ihnen. Sie luden ihn ein mitzuspielen, doch sie brachten ihn dahin, daß er verlor, und nachdem sie gewonnen hatten, stellten sie ihn vor die Wahl, entweder das Meer auszutrinken oder all sein Geld herzugeben. »Gebt mir bis morgen Frist«, sagte der Kaufmann und ging davon, betrübt über das, was geschehen war, und ohne zu wissen, was aus ihm werden sollte. An einer einsamen Stätte setzte er sich nieder und dachte über seinen Kummer nach. Da kam die Alte wieder an ihm vorbei, schaute ihn an und sprach: »Haben die Leute der Stadt dich vielleicht geprellt?« Da erzählte er ihr alles, was geschehen war, und sie riet ihm: »Was den betrifft, der dich mit dem Sandelholz betrogen hat, so wisse, daß ein Pfund davon bei uns zehn Dinare wert ist. Ich will dir aber einen Plan mitteilen, durch den du dich, wie ich hoffe, wieder befreien kannst: Geh zum südlichen Stadttor. Dort wohnt ein blinder Greis; der ist klug und erfahren. Alle Leute kommen zu ihm und tragen ihm ihre Fragen vor. Dann rät er ihnen, was ihnen zum Vorteil dient. Er ist erfahren in Trug und Zauberei und Gaunerei. Er ist ein Spitzbube, bei dem sich alle Spitzbuben des Nachts zu versammeln pflegen. Zu dem also gehe hin und verstecke dich so, daß du die Worte deiner Gegner hören kannst, ohne daß sie dich sehen, denn er wird ihnen erklären, wie man prellt und wie man geprellt wird. Und vielleicht wirst du von den Leuten etwas hören, das dir ein Mittel bietet, um dich von deinen Gegnern zu befreien.« Da begab sich der Kaufmann von ihr zu dem Orte, den sie angegeben hatte, und verbarg sich dort, nachdem er den Scheich erblickt hatte, in dessen Nähe. Es währte nicht lange, da kam auch schon die Gesellschaft, die sich bei ihm Rat zu holen pflegte. Der Kaufmann sah sie sich näher an, und siehe da, er entdeckte unter denen, die gekommen waren, auch seine vier Gegner. Der Scheich setzte den Gästen etwas Speise vor, und nachdem sie gesessen hatten, begann ein jeder, ihm zu erzählen, was ihm an jenem Tage begegnet war. Zuerst trat der Sandelholz-Mann hervor und berichtete dem Scheich, wie er von einem Manne Sandelholz ohne festen Preis gekauft habe und wie der Handel zwischen ihnen so abgeschlossen sei, daß der Verkäufer nur ein Maß von dem erhalten sollte, was er sich wünsche. »Dein Gegner hat dich geprellt«, sagte der Scheich. Und der Schelm fragte: »Wie kann er das tun?« Der Alte fuhr fort: »Wenn er nun zu dir sagt, ›Ich will das Maß voller Gold oder Silber‹: Wirst du ihm das geben?« »Jawohl«, erwiderte der andere, »das gebe ich ihm gern. Dabei gewinne ich.« »Wenn er aber«, sprach der Scheich weiter, »zu dir sagt, ›Ich will ein Maß voller Flöhe, zur Hälfte Männchen, zur Hälfte Weibchen‹, was willst du dann tun?« Da erkannte der Spitzbube, daß er der Geprellte war. Dann trat der Einäugige vor und hob an: »Ich habe heute einen Fremdling gesehen, mit dem begann ich zu streiten, hängte mich an ihn und rief: ›Du bist es, der mir mein Auge geraubt hat!‹ und ich ließ ihn nicht eher wieder los, als bis die Leute sich für ihn verbürgten, daß er wieder zu mir kommen und mich für mein Auge gebührend entschädigen würde.« »Wenn er dich prellen will, so kann er es tun«, erwiderte der Scheich. Doch der Schelm fragte: »Wie ist das möglich?« Da fuhr der Alte fort: »Er kann zu dir sagen, ›Reiß dein Auge heraus, und ich will mir eines von meinen herausreißen. Dann wollen wir die beiden wägen, jedes für sich, und wenn mein Auge das gleiche Gewicht hat wie deines, so hast du recht mit deiner Behauptung.‹ Dann wird er dir die gesetzliche Buße für dein Auge schulden, aber du wirst ganz blind sein, während er immer noch mit seinem anderen Auge sehen kann.« Nun wußte der Spitzbube, daß der Kaufmann durch diesen Vorwand über ihn den Sieg davontragen könnte. Als dritter trat der Schuhmacher vor und sprach: »Alterchen, ich habe heute mit einem Manne zu tun gehabt, der mir seine Sandalen zum Ausbessern brachte. Ich sagte zu ihm: ›Willst du mir einen Lohn geben?‹ Er antwortete, ›Bessere sie aus, ich will dir soviel zahlen, daß du zufrieden bist‹. Nun werde ich aber nur mit all seinem Gelde zufrieden sein.« Der Scheich erwiderte: »Wenn er seine Sandalen von dir erhalten will, ohne dir etwas zu zahlen, so kann er es tun.« »Wieso?« fragte der Schuhflicker. Und der Alte fuhr fort:

»Er braucht dir nur zu sagen, ›Des Sultans Feinde sind in die Flucht geschlagen, und seine Gegner sind schwach geworden. Seiner Söhne und Siege aber sind viele geworden. Bist du zufrieden oder nicht?‹ Sagst du, ›Ich bin zufrieden‹, so nimmt er seine Sandalen und geht davon. Sagst du aber, ›Ich bin nicht zufrieden‹, so wird er seine Sandalen nehmen und dir damit auf Gesicht und Nacken schlagen.« Da merkte der Schuhflicker, daß er verlieren könnte. Schließlich trat der Mann vor, der mit ihm um die Wette gespielt hatte, und begann: »Alterchen, ich habe einen Mann getroffen und im Spiele besiegt. Dann sagte ich zu ihm: ›Wenn du dieses Meer austrinkst, so trete ich dir all mein Hab und Gut ab. Wenn du es aber nicht tust, so mußt du mir deine Habe abtreten.‹« Der Scheich erwiderte: »Wenn er dich prellen will, so kann er es tun. Er braucht dir nur zu sagen, ›Halte die Mündung des Meeres mit der Hand fest und reiche sie mir, dann will ich es austrinken‹. Das wirst du nicht tun können, vermute ich.« Nachdem der Kaufmann all das gehört hatte, wußte er, wie er sich seiner Gegner entledigen konnte, und kehrte in seine Wohnung zurück. Am nächsten Morgen kam der Mann zu ihm, der mit ihm ausgemacht hatte, das Meer zu trinken. Der Kaufmann sprach zu ihm: »Reiche mir die Mündung des Meeres, dann will ich es austrinken.« So blieb er Sieger. Und nachdem der Spieler sich durch hundert Dinare losgekauft hatte, eilte er davon. Dann kam der Schuhflicker und forderte von dem Kaufmanne das, womit er zufrieden wäre. Jener erwiderte ihm: »Der Sultan hat seine Feinde besiegt und seine Gegner vernichtet, und seiner Söhne sind viele geworden. Bist du zufrieden oder nicht?« »Jawohl, ich bin zufrieden«, antwortete der Schuhflicker, ließ ihm seine Schuhe ohne Lohn und ging fort. Darauf erschien der Einäugige bei ihm und forderte das Sühnegeld für sein Auge. Der Kaufmann aber sprach zu ihm: »Reiß dir dein Auge aus, und ich will meines herausreißen. Dann wollen wir sie wägen, und wenn die beiden im Gewicht gleich sind, so hast du recht. Dann nimm das Sühnegeld für dein Auge.« Da sagte der Einäugige: »Gib mir eine Frist.« Doch dann schloß er einen Vergleich mit dem Kaufmann, zahlte hundert Dinare und machte sich davon. Zuletzt kam der zu ihm, der das Sandelholz gekauft hatte, und sprach: »Nimm den Preis für dein Sandelholz.« »Was willst du mir denn geben?« fragte der Kaufmann. Und jener antwortete: »Wir sind doch übereingekommen, daß es für jedes Maß Sandelholz ein Maß von etwas anderem sein solle. Wenn du willst, so nimm alles in Gold und Silber.« Aber der Kaufmann rief: »Ich will alles nur in Flöhen, zur Hälfte Männchen und zur Hälfte Weibchen.« »Dergleichen vermag ich nicht zu tun«, erwiderte der Spitzbube. Und so prellte der Kaufmann auch ihn, denn der Käufer mußte sich durch hundert Dinare loskaufen und obendrein das Sandelholz zurückbringen. Nun konnte der Kaufmann das Sandelholz nach Ermessen verkaufen, erhielt den wirklichen Preis dafür und reiste in seine Heimat zurück.

Erzählerin: Als nun der zweite Räuber seine Geschichte beendet hatte, schaute auch er ängstlich auf des Kalifen Gesicht, ob er ein Zeichen des Wohlwollens darin erblicken könne. Er bildete sich ein, daß der Kalif nicht unzufrieden aussehe, und meinte schon, er sei auserwählt unter allen und er allein würde leben, wenn alle anderen sterben müßten. So war sein Herz voller Hoffnung. Derweil trat der nächste vor und begann mit Zittern und Zagen seine Geschichte.

Dritter Räuber: O größter König aller Zeiten, als elender Räuber stehe ich vor dir, zum Tode verurteilt und nach Gnade lechzend. Ich will nicht erwarten, o König, daß du mir glaubst, wenn ich erzähle, daß ich einmal etwas besseres gewesen bin als ein Räuber, ich will mich auch nicht über meine Kameraden erheben, und durch nichts anderes erwarte ich deine Gnade, o König, als durch die Kurzweil meiner Geschichte. Ich muß nur, weil es zu dieser Geschichte gehört, sagen, daß ich einmal Wachthauptmann in der Stadt Kairo gewesen bin. Ja, ich hatte einen großen Ruf, und heute schäme ich mich, es zu sagen: Jeder Verbrecher fürchtete mich am meisten von allen Menschen, und wenn ich in der Stadt umherritt, so wies ein jeder auf mich mit den Fingern und mit den Blicken. Nun geschah es eines Tages, als ich im Gebäude der Wache saß, mit dem Rücken gegen die Wand gelehnt, und über mich selber nachdachte, daß mir etwas in den Schoß fiel, und siehe da, es war ein Geldbeutel, zugebunden und versiegelt. Ich nahm ihn in die Hand und zählte in ihm hundert Dirhems. Aber ich konnte niemanden finden, der ihn mir zugeworfen hatte. Danach, an einem anderen Tage, fiel wieder in gleicher Weise etwas auf mich herab und erschreckte mich, und siehe, es war ein Geldbeutel wie der erste. Ich nahm ihn und hielt das Ganze geheim, indem ich so tat, als ob ich schliefe, obwohl ich nicht schläfrig war. Und wiederum eines Tages, als ich mich schlafend stellte, fühlte ich plötzlich in meinem Schoß eine Hand, die eine Geldbörse hielt. Ich ergriff die Hand, und siehe da, es war eine schöne Frau. Zu der sprach ich: »Meine Herrin, wer bist du?« »Bei Allah, o Hauptmann«, erwiderte sie, »ich bin ein Weib, das von Sehnsuchtsqualen verzehrt wird. Ich liebe die Tochter des Kadis Amin. Das Schicksal führte uns zusammen, und die Liebe hat unser Herz erfüllt. Nun aber hat ihr Vater uns getrennt.« Ich fragte sie verwundert: »Was meinst du, was ich in der Sache tun sollte?« »Mir helfen, o Hauptmann«, gab sie zur Antwort. Da rief ich: »Wo bin ich, und wo ist die Tochter des Kadis?« Doch sie fuhr fort: »Ich weiß, du kannst gegen die Tochter des Kadis nichts mit Gewalt beginnen, aber ich habe eine List ersonnen, und sie kann nur mit deiner Hilfe gelingen. Höre: Ich will mich heute nacht aufmachen, nachdem ich mir wertvolle Schmucksachen geliehen habe, und hingehen und mich auf die Straße setzen, wo Amin der Kadi wohnt. Wenn dann die Zeit der Nachtrunde kommt und die Menschen schlafen, so geh du mit deinen Leuten bei mir vorüber. Ihr werdet mich in Schmuck und schönen Gewändern sitzen sehen und den Duft der Wohlgerüche an mir verspüren. Frage du mich, wer ich sei, und ich werde dir antworten: ›Ich komme aus der Burg und gehöre zu den Kindern der Statthalter. Eines Einkaufs halber bin ich heruntergekommen, aber die Nacht überraschte mich unversehens, und da wurden alle Tore vor mir geschlossen, und ich wußte nicht, wohin ich mich wenden sollte heute nacht. Da sah ich diese Straße, und weil sie so schön gebaut und so sauber ist, suchte ich meine Zuflucht darin bis morgen früh.‹ Wenn ich dies zu dir gesagt habe, so wird der Befehlshaber der Runde keinen Verdacht auf mich haben und wird sagen, ›Wir müssen sie doch bei jemandem lassen, der sie bis zum Morgen behütet‹. Sage du dann, ›Es wäre das Beste, wenn sie bei Amin bliebe, dem Kadi, bis die Nacht zu Ende ist, bei seinen Frauen und Kindern‹. Klopfe sofort bei Amin an, so werde ich ohne Schwierigkeiten in seinem Hause bleiben und mein Ziel erreichen.« »Bei Allah«, erwiderte ich der Frau, »das ist ein leichtes«. Als es nun dunkle Nacht war, machten wir uns auf zur Runde, begleitet von den Männern mit blanken Schwertern, und zogen überall in der Stadt umher, bis wir zu jener Straße kamen, wo die Frau war, gerade um die Mitternacht. Da rochen wir die starken Wohlgerüche und hörten das Klirren von Ringen. Ich sprach zu meinen Leuten sofort: »Es ist mir, als sähe ich dort einen Schatten.« Der Führer der Runde rief: »Seht nach, wer sich dort aufhält.« Alsbald machte ich mich auf und ging in die Gasse hinein, kam wieder und sprach: »Ich habe eine schöne Frau gesehen; sie ist von der Burg, und die Nacht hat sie überrascht. Sie hat in dieser Straße Zuflucht gesucht, weil sie meinte, sie müsse einem hohen Herrn gehören und bewacht sein.« Nun sagte der Befehlshaber der Runde zu mir: »Nimm sie mit und führe sie in dein Haus.« »Das verhüte Gott!« erwiderte ich. »Mein Haus ist kein Geldschrank! Diese Frau trägt Schmuck und kostbare Kleider. Bei Allah, wir können sie nur bei Amin dem Kadi unterbringen.« »Tu, wie du denkst«, sagte der Befehlshaber. Und nun klopfte ich an die Tür des Kadis. Einer seiner Sklaven kam heraus, und ich bat ihn um Obdach für die Frau. Da öffnete der Sklave die Tür und nahm die Frau in das Haus auf. Am nächsten Morgen aber trat vor allen anderen der Kadi Amin vor den Emir, gestützt auf zwei seiner Sklaven und schrie und flehte um Hilfe und sprach: »O Emir voll Lug und Trug! Du hast eine Frau meiner Obhut anvertraut, und sie ist durch dich in mein Haus und in meine Gemächer gekommen, und sie hat sich daran gemacht und mir die Gelder der kleinen Waisen genommen, die aus sechs großen gefüllten Beuteln bestehen. Und nun werde ich erst wieder mit dir reden, wenn wir uns vor dem Sultan sehen.« Als der Präfekt diese Worte hörte, erschrak er, und er sprang auf, setzte sich wieder, zog den Kadi an seine Seite, beruhigte ihn und ermahnte ihn zur Geduld, bis er seine Worte erschöpft hatte. Dann wandte er sich an die Hauptleute und befragte sie über die Sache. Sie schoben alles auf mich, indem sie sagten: »Wir wissen von dieser Sache nur durch ihn.« Nun hielt der Kadi sich an mich und rief: »Du hast mit der Frau gemeinsame Sache gemacht!« Ich senkte mein Haupt zu Boden und dachte: »Wie konnte ich mich nur von einem liederlichen Weibe täuschen lassen!« Da sprach der Präfekt zu mir: »Was ist es mir dir, daß du nicht antwortest?« Ich erwiderte ihm: »Mein Gebieter, es ist eine Sitte unter dem Volke, daß der, dem etwas geschuldet wird, drei Tage warten muß. Wenn bis dahin der Schuldige nicht gefunden wird, so stehe ich für das Verlorene ein.« Als die Leute meine Worte vernahmen, hielten alle sie für recht und billig, und der Präfekt wandte sich an Amin und schwor ihm, er wolle alles tun, um das gestohlene Geld und Gut wieder herbeizuschaffen, und fügte hinzu: »Sonst wird dieser Mann dir überliefert werden.« Da saß ich im selben Augenblick auf und begann, planlos in der

Welt umherzustreifen, denn ich unterstand nun dem Willen einer Frau ohne Ehre und Schamgefühl. Jenen Tag über und die ganze Nacht hindurch machte ich die Runde, aber ich fand keine Spur von der Frau. Ebenso erging es mir am zweiten Tage. Und am dritten Tage sagte ich mir: Du bist doch ein Irrsinniger oder ein Tor! Denn ich zog umher auf der Suche nach einer Frau, die mich kannte, während ich sie nicht kannte, war sie doch in Umhang und Schleier verhüllt gewesen. Doch ich zog auch am dritten Tage umher, bis zur Zeit des Nachmittagsgebetes. Da bedrückten Sorge und Gram mich immer mehr, denn ich wußte ja, daß mir vom Leben nur noch der nächsten Morgen übrig blieb, an dem der Präfekt mich vor sich fordern würde. Endlich, gegen Sonnenuntergang, zog ich eine Straße entlang; da sah ich eine Frau an einem Fenster stehen. Die klatschte in die Hände und warf mir Blicke zu, als wollte sie mir sagen »Komm herauf!« Ich ging ohne Argwohn hinauf, und als ich in ihr Zimmer trat, kam sie mir entgegen und schloß mich an ihre Brust und sagte: »Ich bin die Frau, die du bei Amin dem Kadi untergebracht hattest.« »Ach, meine Schwester«, rief ich, »nach dir suche ich immerfort. Bei Allah, du hast eine Tat getan, die man aufzeichnen wird, und du hast mich um deinetwillen in einen gewaltsamen Tod gestürzt.« »Wie kannst du das sagen?« entgegnete sie mir, und ich: »Wie sollte mir nicht angst sein, da ich mir solche Sorgen machen muß und noch dazu den ganzen Tag umherziehe und des Nachts mit den Sternen wache?« »Es wird alles gut werden«, rief sie, »und du sollst als Sieger dastehen«. Dann trat sie an eine Truhe, holte sechs Beutel voll Gold heraus und sprach zu mir: »Wenn du willst, so gib es ihm wieder, wenn nicht, so wird das Ganze dein Eigentum werden. Und wenn du noch mehr haben willst, so wisse, ich besitze große Reichtümer. Meine Absicht war, daß ich mich dir vermähle.« Darauf öffnete sie die anderen Truhen und holte viel Geld daraus hervor. Ich aber sprach zu ihr: »Schwester, nach alledem steht nicht mein Sinn. Ich habe keinen anderen Wunsch, als aus der Not, worin ich mich befinde, herauszukommen.« Sie antwortete mir: »Ich habe jenes Haus nicht verlassen, ohne an deine Rettung zu denken. Wenn morgen Amin der Kadi zu dir kommt, so warte ruhig, bis er seine Rede beendet hat. Und wenn er dann schweigt, so gib ihm keine Antwort. Sobald aber der Präfekt dich fragt, ›Was ist es mit dir, daß du nicht antwortest?‹, so erwidere ihm: ›O Herr, die beiden Worte sind nicht gleich. Ich habe bei dem Kadi eine Dame aus dem Hause des Sultans untergebracht. Kann nicht jemand in seinem Hause ein Verbrechen an ihr verübt haben? Wo ist sie? Sie trug Schmuck und Gewänder im Werte von tausend Dinaren. Hätte er seine Sklaven und Sklavinnen vernommen, so wäre er wohl auf irgendeine Spur gekommen.‹ Wenn der Kadi diese Worte von dir hört, so wird seine Aufregung noch wachsen, und er wird völlig verwirrt sein und schwören, er müsse mit dir in sein Haus gehen. Du aber sprich zu ihm: ›Ich werde es nicht tun. Ich bin der Angeklagte und noch dazu von dir verdächtigt.‹ Wenn er dann immer lauter zu Gott um Hilfe schreit und sagt, ›Du mußt gewißlich kommen‹, so antworte du: ›Ich gehe nur, wenn auch der Präfekt mitkommt.‹ Und wenn du dann in dem Hause bist, beginne damit, die Dachterrassen zu durchsuchen. Darauf durchsuche die Schatzkammer und Gemächer. Hast du dort nichts gefunden, so demütige dich, erniedrige dich und tu vor ihm, als ob du ganz gebrochen seist. Darauf tritt an die Tür und schau suchend umher, denn dort ist ein versteckter Raum. Tritt auf ihn zu mit einem Herzen härter als ein Feuerstein. Ergreife einen der Krüge, die dort stehen, und nimm ihn von seinem Platz. Darunter wirst du den Saum eines Frauenmantels finden. Den zieh vor aller Augen hervor und rufe sofort nach dem Präfekten, öffentlich vor allen Anwesenden. Öffne den Mantel, und du wirst entdecken, daß er voll von rotem frischem Blute ist und daß sich in ihm ein Paar niedrige Stiefel, eine Hose und etwas Wäsche befinden.« Nachdem sie so zu mir gesprochen hatte, erhob ich mich, um fortzugehen; aber sie fügte noch hinzu: »Nimm diese hundert Dinare. Sie werden dir von Nutzen sein, und dies ist mein Gastgeschenk für dich.« Ich nahm das Geld und ging. Am nächsten Morgen kam der Kadi Amin mit einem Gesicht, das vor Zorn blutrot angelaufen war, und rief: »Im Namen Allahs: Wo ist mein Widersacher? Wo ist mein Geld?« Und er hub an zu weinen und zu schreien und sprach zum Präfekten: »Wo ist dieser Unselige, dieser Oberdieb und Erzgauner?« Darauf wandte der Präfekt sich zu mir und fragte mich: »Warum gibst du dem Kadi keine Antwort?« Ich erwiderte: »O Emir, die beiden Häupter sind nicht gleich hoch, und ich habe keinen Helfer. Aber wenn das Recht auf meiner Seite ist, so wird es sich zeigen.« Da ward der Kadi noch zorniger und rief: »Heda, du Wicht, was für ein Recht willst du für dich ans Tageslicht kommen lassen?« Doch ich sagte: »O unser Herr Kadi, ich habe dir ein Gut anvertraut. Das war eine Frau, die wir an deiner Tür fanden und die Schmuck und kostbare Gewänder trug. Sie verschwindet, wie der gestrige Tag uns entschwunden ist, und darauf kommst du zu mir und verlangst sechstausend Dinare von mir? Bei Allah, das ist denn doch ein gewaltiges Unrecht! An ihr hat sicher jemand in deinem Hause ein Verbrechen verübt!« Nun ergrimmte der Kadi noch mehr, und er schwor mit den heiligsten Eiden, daß ich mit ihm gehen und sein Haus untersuchen müsse. »Bei Allah«, entgegnete ich, »nur dann gehe ich mit, wenn auch der Präfekt bei uns ist; denn wenn er und die Hauptleute bei uns sind, so wirst du es nicht wagen, mir Unrecht zu tun.« Wiederum schwor der Kadi und rief: »Bei dem Schöpfer der Menschheit, wir wollen nur mit dem Emir gehen!« Da begaben wir uns mit dem Präfekten zum Hause des Kadis, und wir gingen hinein und suchten, fanden aber nichts. Nun kam die Furcht über mich, und der Präfekt wandte sich zu mir mit den Worten: »Heda, du Wicht, du hast uns vor den Leuten in Verlegenheit gebracht!« Bei alledem weinte ich, und unter strömenden Tränen suchte ich weiter nach rechts und nach links, bis es nahe daran war, daß wir durch die Tür wieder hinausgingen. Da blickte ich nach jenem Orte hin und sprach: »Was ist das für ein Raum, den ich dort versteckt sehe?« Und weiter sprach ich: »Helft mir diesen Krug heben!« Sie taten es, und da man unter dem Krug etwas herauskommen sah, forschten sie nach, und siehe da, sie entdeckten einen Frauenmantel und Hosen, die voll Blut waren. Wie der Präfekt das erblickte, rief er: »Bei Allah, den Hauptmann trifft keine Schuld!« Ich aber trat dem Kadi entgegen und sprach zu ihm: »Du siehst, daß du dich hast täuschen lassen. Dies ist aber keine kleine Sache, denn die Sippe dieser Frau wird sich nicht über sie beruhigen.« Da erbebte dem Kadi das Herz, denn er wußte nun, daß der Verdacht sich wider ihn gewandt hatte, und seine Farbe ward gelb, und seine Glieder zitterten. Nun zahlte er aus seinem eigenen Gelde noch einmal soviel, wie er verloren hatte, damit wir dieses Feuer für ihn löschten. Dann gingen wir in Frieden von ihm fort. Ich aber wartete noch drei Tage, dann begab ich mich zu dem Hause der Frau. Aber ich fand die Tür verschlossen und schon mit Staub bedeckt. Ich fragte nach ihr, und es ward mir gesagt: »Seit langer Zeit ist dieses Haus ohne Bewohner!« Da ging ich mit einem der Nachbarn hinein und fand den Raum, wo ich mit ihr gesprochen hatte. Aber alles war voller Staub, und es war klar, daß seit vielen Wochen oder Monaten kein Mensch mehr in dem Hause gewesen war. Ich aber hatte die Frau doch vor vier Tagen gesehen! Hatte ich nun geträumt, oder was war mit mir geschehen? Und ich verließ das Haus und die Straße und kehrte verwirrten Sinnes heim. Von der Frau aber habe ich nie wieder vernommen.

Erzählerin: Während der dritte Räuber seine Geschichte erzählte, stand der vierte in Angst und Schrecken da. Er bewunderte seine Kameraden, wie gut sie erzählen konnten, denn ihm schien es beinahe leichter zu sterben, als eine Geschichte zu erzählen. Er hatte in seinem ganzen Leben noch keine erzählt, sondern immer nur zugehört. Aber als nun der dritte geendet hatte und der Blick des Kalifen auf ihn fiel, dachte er: Geschehe, was da wolle! Und er trat vor, faßte sich ein Herz und erzählte eine von den Geschichten, die er einmal gehört und sich gemerkt hatte.

Vierter Räuber: Ein Dummkopf ging einmal seines Weges dahin, in der Hand ein Seil, woran er einen Esel hinter sich herzog. Da erblickten ihn zwei Leute aus der Zunft der Schelme, und einer sprach zum andern: »Ich will dem Kerl da den Esel abnehmen.« Jener fragte: »Wie willst du das machen?« Der antwortete ihm: »Folge mir nur, ich will es dir schon zeigen.« Der zweite Schelm folgte nun dem ersten, und der trat an den Esel heran, machte ihn von dem Seile los und gab das Tier seinem Genossen. Dann legte er das Seil um seinen Hals und ging hinter dem Dummkopfe her, bis er wußte, daß sein Kumpan sich mit dem Esel aus dem Staube gemacht hatte. Da blieb er stehen. Der Dummkopf zog nun an dem Seil; aber weil der Schelm nicht vorwärts ging, wandte er sich nach ihm um und entdeckte nun das Seil am Kopf eines Mannes. »Wer bist du denn?« rief er aus. Und der Schelm erwiderte: »Ich bin dein Esel. Aber mit mir hat sich eine seltsame Geschichte zugetragen. Ich habe eine alte fromme Mutter, und ich bin eines Tages betrunken zu ihr gekommen. Als sie damals zu mir sagte, ›Mein Sohn, kehre von diesem bösen Treiben zu Allah dem Erhabenen zurück‹, da nahm ich meinen Stock und schlug sie damit. Sie aber fluchte mir, und Allah verwandelte mich in einen Esel und fügte es so, daß ich in deine Hände kam. Heute jedoch hat meine Mutter sich meiner erinnert, und da ihr Herz von Sehnsucht nach mir erfüllt ist, so hat sie für mich gebetet, und Allah hat mich wieder zu einem menschlichen Wesen gemacht, so wie ich es früher war.«

Da rief der Mann: »Um Gottes willen, mein Bruder, sprich mich von den Sünden frei, die ich an dir begangen habe, indem ich auf dir ritt und dich prügelte!« und er ließ den Schelm seiner Wege gehen. Und er, der gewesene Besitzer des Esels, kehrte nach Hause zurück wie trunken vor Traurigkeit und Herzeleid. Als seine Frau ihn fragte, »Was hat dich betroffen, und wo ist der Esel?« gab er ihr zur Antwort: »Ach, du weißt nicht, was mit diesem Esel war.« Und er erzählte ihr die Geschichte. Da rief sie: »Wehe uns um der Strafe willen von Allah dem Erhabenen! Wie konnten wir diese ganze Zeit hindurch einen Menschen uns als Tier dienen lassen?« Und sie gab Almosen und flehte zu Gott um Verzeihung. Nach einigen Tagen aber ging der Mann auf den Markt, um wieder einen Esel zu kaufen, und siehe da, auch sein Esel stand unter den anderen. Nachdem er ihn erkannt hatte, trat er dicht an ihn heran, legte den Mund an sein Ohr und flüsterte ihm zu: »Weh dir, Unseliger! Du bist wohl wieder betrunken nach Hause gekommen und hast deine Mutter geschlagen. Aber, bei Allah, ich kaufe dich nie wieder!« Und er verließ ihn und ging davon.

Erzählerin: Während der vierte Räuber erzählte, erging es dem fünften womöglich noch schlechter. Auch er hatte in seinem ganzen Leben noch nie eine Geschichte erzählt und, was viel schlimmer war, er wußte auch keine; zumindesten fiel ihm keine ein, soviel er sich auch das Gehirn zermarterte, während seine vier Kameraden erzählten. Er wäre auch ganz gern derjenige gewesen, der am Leben blieb, aber was sollte man tun, wenn man sich an keine einzige Geschichte erinnerte? Da begriff er, daß er eine erfinden müsse. Leider war die Geschichte des vierten Räubers sehr kurz, und als der aufhörte, war ihm noch nichts eingefallen. Es war ihm auch noch nichts eingefallen, als der Kalif ihn anblickte und er vortreten mußte. Und es war ihm auch noch nichts eingefallen, als er den Mund aufmachte, um seine Erzählung zu beginnen. Erst als er den Mund schon eine ganze Weile offen hatte und der Kalif ihn schon etwas verwundert anschaute, da, plötzlich, aus heiterem Himmel, fiel ihm etwas ein. Und das erzählte er nun.

Fünfter Räuber: Einst lebte ein Mann in Bagdad, der verlor sein Geld und konnte sein Dasein nur durch schwere Arbeit fristen. Eines Nachts legte er sich von Sorgen niedergedrückt schlafen, und da sah er im Traume eine Gestalt, die zu ihm sprach: »Wisse, dein Glück ist in Kairo. Such es und geh ihm nach!« Alsbald zog er nach Kairo, und gerade als er dort ankam, überraschte ihn die Nacht. So legte er sich in einer Moschee zum Schlafen nieder. In der Nähe der Moschee aber war ein Haus, und der Ratschluß Allahs des Erhabenen hatte es so gefügt, daß eine Diebesbande in die Moschee kam und von dort aus in jenes Haus einbrach. Da erwachten die Hausbewohner durch das Geräusch, das die Diebe machten, und sie begannen laut zu schreien. Sofort kam der Wachthauptmann mit seinen Leuten ihnen zu Hilfe. Die Räuber machten sich auf und davon. Aber der Wachthauptmann kam in die Moschee und fand den Mann aus Bagdad, der dort schlief. Er ließ ihn ergreifen und ihm so schmerzhafte Rutenhiebe verabfolgen, daß er beinahe starb. Dann warf er ihn ins Gefängnis. Dort blieb der Mann drei Tage. Dann ließ ihn der Wachthauptmann kommen und fragte ihn: »Aus welchem Lande bist du?« »Aus Bagdad«, gab der Mann zur Antwort. Weiter fragte er: »Was für ein Grund hat dich bewogen, nach Kairo zu kommen?« Der Mann erwiderte: »Ich habe im Traum eine Gestalt gesehen, die sprach zu mir, ›Wisse, dein Glück ist in Kairo. Suche es und geh ihm nach‹. Als ich also in Kairo ankam, da fand ich das Glück, das mir jene Rutenhiebe einbrachte, die ich von dir geschenkt erhielt.« Da lachte der Wachthauptmann aus vollem Halse, so daß man seine Backenzähne sehen konnte, und sprach zu ihm: »Du Dummkopf! Ich habe dreimal im Traum eine Gestalt gesehen, die zu mir sprach, ›In Bagdad in dem und dem Stadtviertel steht ein Haus, das so und so aussieht; in dessen Hof ist ein Garten, und an dessen unterem Ende ist ein Springbrunnen, und in ihm ist ein gewaltiger, großer Schatz versteckt. Geh dort hin und hole ihn!‹ Ich bin nicht dort hingegangen. Aber du bist in deiner Dummheit von Ort zu Ort gereist um eines Gesichts willen, das nur aus Irrgängen von Träumen bestand.« Dann gab er ihm etwas Geld und fügte hinzu: »Verhilf dir damit zu deiner Rückkehr in die Heimat.« Jener nahm es und kehrte nach Bagdad zurück. Nun war aber das Haus in Bagdad, das der Hauptmann ihm geschildert hatte, sein eigenes Haus. Und als er in seiner Wohnung ankam, grub er unter dem Springbrunnen nach – und entdeckte einen großen Schatz. So kam er auf dem Umweg über Kairo zu seinem Glück.

Erzählerin: Als der Kalif Harun-er-Raschid die Geschichten der fünf Räuber vernommen hatte, da fragte er seinen Wesir: »Welche Geschichte war die beste?« »Die erste«, antwortete der Wesir. Nun fragte der König einen der Großen des Reiches: »Welche Geschichte war die beste?« »Die zweite«, antwortete der Emir. Und der dritte meinte: »Die dritte!« Und ein anderer meinte: »Die vierte.« Und noch ein anderer: »Die fünfte.« Da fragte der Wesir: »Erhabener König, welche Geschichte aber meinst du, sei die beste gewesen?« Und der König sagte: »Ich fand keine besser oder schlechter als die andere. Und nun bin ich in einer königlichen Verlegenheit: Wen ich auch begnadige, den anderen tue ich damit Unrecht.« Da sagte der Wesir: »O Kalif, aus einer königlichen Verlegenheit gibt es nur einen königlichen Ausweg!« Harun-er-Raschid nickte, und die fünf Räuber wußten nicht, wie ihnen geschah: Sie wurden alle fünf begnadigt. Freilich: Die Prügel bekamen sie, und die hatten sie auch verdient.

Die Geschichte von Hasan
dem Seiler

Sad: Laßt mich von mir und meinem Freunde Sadi erzählen! Ich selbst heiße Sad, und wir beide wohnen in der Stadt Bagdad, der Stätte des Friedens. Ich bin ein armer Mann, Sadi hingegen hat viel Geld und Gut. Doch zwischen uns ist eine feste Freundschaft und eine herzliche Neigung entstanden. Wir pflegen auch nie über etwas zu streiten, außer über eine einzige Sache. Sadi nämlich ist der Ansicht, daß ohne Reichtum niemand in dieser Welt glücklich und unabhängig sein könne; und ferner, daß ohne schwere Mühe und Arbeit und ohne Wachsamkeit und Weisheit es obendrein unmöglich sei, reich zu werden. Ich aber bin anderer Meinung und behaupte, Wohlstand werde dem Menschen nur zuteil durch den Spruch des Schicksals und das Gebot des Glückes und Geschickes. Er also verläßt sich nur auf Überlegung und Vorbedacht, ich aber füge mich in das Verhängnis und in des Menschen Los. Eines Tages begab es sich, daß Sadi, als wir beisammen saßen und wieder über die Frage plauderten, behauptete: »Das ist ein armer Mann, der entweder als Armer geboren ist und alle seine Tage in Bedürftigkeit und Mangel zubringt, oder der in Reichtum und Wohlstand geboren ist, aber alles, was er hat, in seinen Mannesjahren vergeudet und in arge Not gerät und dann nicht mehr die Kraft hat, seine Reichtümer wiederzugewinnen und durch seinen Verstand und Fleiß in Behaglichkeit zu leben.« Ich antwortete und sprach: »Weder Verstand noch Fleiß nützen einem irgend etwas, sondern allein das Schicksal macht es einem möglich, Reichtümer zu erwerben und zu bewahren. Elend und Mangel sind nur Zufälle, Überlegung ist nichts. Gar mancher Arme ist wohlhabend geworden durch die Gunst des Geschicks, und viele Reiche sind trotz ihrem Wissen und Wohlstand in Elend und an den Bettelstab geraten.« Da sagte Sadi: »Du redest töricht. Aber wir wollen doch einmal die Sache richtig erproben und uns einen Handwerksmann suchen, der nur spärliche Mittel hat und von seinem täglichen Verdienst leben muß; den wollen wir mit Geld versehen, dann wird er ohne Zweifel sein Vermögen vermehren und in Ruhe und Behaglichkeit leben, und dann wirst du dich überzeugen, daß meine Worte wahr sind.« Als wir nun unseres Weges dahingingen, kamen wir durch eine Gasse, in der das Haus eines Seilers stand, und wir sahen, wie er Seile drehte. Aus dem Zustand seines Hauses und seiner Kleidung schlossen wir, daß er ein bedürftiger Mann war; so wies ich denn meinen Gefährten auf ihn hin und sprach: »Wenn du unsere Streitfrage durch einen Versuch erproben möchtest, so sieh den Mann dort! Er wohnt hier seit vielen Jahren, und durch sein Seilerhandwerk verdient er einen dürftigen Unterhalt für sich und die Seinen. Sein Vater und sein Großvater und viele Geschlechter vor ihm haben das gleiche Handwerk ausgeübt. Ich kenne seine Lage seit langer Zeit; er ist der rechte Mann für den Versuch; drum gib ihm einige Goldstücke und erprobe die Sache!« »Recht gern«, erwiderte Sadi, »aber laß uns zuerst genauer mit ihm bekannt werden.« So gingen denn wir beide auf ihn zu, und er verließ seine Arbeit und begrüßte uns. Wir erwiderten seinen Gruß und Sadi sagte: »Mit Verlaub, wie ist dein Name?« Er antwortete: »Mein Name ist Hasan, aber die Leute in meinem Viertel nennen mich wegen meines Handwerks einfach den Seiler.« Weiter fragte Sadi ihn: »Wie geht es dir bei diesem Gewerbe? Mich deucht, du bist vergnügt und ganz mit ihm zufrieden. Du hast lange und tüchtig gearbeitet, und ohne Zweifel hast du eine große Menge Hanf und andere Vorräte angehäuft. Deine Vorfahren haben dies Handwerk viele Jahre schon betrieben und müssen dir viel Geld und Gut hinterlassen haben, das du gut verwertet hast, und in dieser Weise hast du deinen Besitz gewißlich sehr vermehrt.« Doch der Seiler gab zur Antwort: »Ach, hoher Herr, ich habe in meinem Beutel kein Geld, von dem ich glücklich leben oder mir auch nur genug zu essen kaufen könnte. Mit mir steht es so, daß ich jeden Tag von früh bis spät damit verbringe, Seile zu machen, und ich habe keinen einzigen Augenblick Zeit, um mich auszuruhen; dennoch fällt es mir sehr schwer, nur das trockene Brot für mich und meine Familie herbeizuschaffen. Ich habe eine Frau und fünf kleine Kinder, die noch zu jung sind, um mir zu helfen, dies Gewerbe zu betreiben; es ist aber keine leichte Sache, für ihre täglichen Bedürfnisse zu sorgen; wie kannst du also glauben, ich wäre imstande, einen großen Vorrat an Hanf und anderen Dingen aufzuspeichern? Die Seile, die ich täglich drehe, verkaufe ich sofort, und von dem Geld, das ich dafür erhalte, gebe ich einen Teil für unsere Bedürfnisse aus, und für das übrige kaufe ich Hanf, aus dem ich am nächsten Tage Seile drehe. Doch Allah der Erhabene sei gepriesen, daß Er uns trotz dieser meiner armseligen Lage mit soviel Brot versorgt, wie es für unsere Bedürfnisse genug ist!« Nachdem er so seine Lage genau geschildert hatte, hub Sadi wieder an: »O Hasan, jetzt bin ich über deine Lage unterrichtet; sie ist wirklich anders als ich gedacht hatte. Wenn ich dir nun einen Beutel mit zweihundert Goldstücken gebe, so wirst du dadurch deinen Verdienst gewißlich sehr vermehren und in Ruhe und Wohlstand leben können; was sagst du dazu?« Der Seiler erwiderte: »Wenn du mir gütigst so viel Geld geben willst, so könnte ich hoffen, reicher zu werden als alle meine Zunftgenossen insgesamt, obgleich Bagdad so begütert wie bevölkert ist.« Sadi, der den Seiler für treu und vertrauenswürdig hielt, zog darauf aus seiner Tasche einen Beutel mit zweihundert Goldstücken und reichte ihn dem Mann mit den Worten: »Nimm dies Geld und treib Handel damit! Möge Allah dich fördern; doch gib acht, daß du dies Geld mit aller Vorsicht verwendest, und vergeude es nicht in Torheit und Gottlosigkeit! Ich und mein Freund Sad, wir werden hocherfreut sein, von deinem Wohlergehen zu hören; und wenn wir wiederkommen und dich in Glück und Gedeihen finden, so wird es uns beiden eine große Genugtuung sein.« Daraufhin nahm der Seiler den Beutel voll Gold mit großer Freude und dankbarem Herzen an, legte ihn in seine Tasche und dankte Sadi, indem er ihm den Saum seines Gewandes küßte; dann gingen wir fort.

Hasan: Als ich nun die beiden aufbrechen sah, fuhr ich in meiner Arbeit fort; doch ich war in großer Verlegenheit und ganz ratlos, wo ich den Beutel unterbringen sollte, da in meinem Hause kein Schrank und keine Truhe war. Ich nahm ihn jedoch mit nach Hause und hielt die Sache vor meiner Frau und vor meinen Kindern geheim. Und als ich allein und unbeobachtet war, nahm ich zehn Goldstücke für meine Ausgaben heraus; dann verschloß ich die Öffnung des Beutels mit einer Schnur, band ihn fest in die Falten meines Turbans und wand mir das Tuch um den Kopf. Darauf ging ich in die Marktstraße und kaufte mir einen Vorrat an Hanf, und auf dem Heimwege erstand ich etwas Fleisch zum Nachtmahl; denn es war lange her, seit wir Fleisch gekostet hatten. Während ich so, das Fleisch in der Hand, den Weg dahinschritt, stieß plötzlich eine Weihe herab, und sie hätte mir das Fleisch aus der Hand gerissen, wenn ich den Vogel nicht mit der andern Hand fortgescheucht hätte. Dann wollte er das Fleisch von der andern Seite packen, aber ich trieb ihn wieder weg, und wie ich nun in wilder Verzweiflung mich abmühte, den Vogel fernzuhalten, fiel zum Unglück mein Turban auf den Boden. Sofort stieß jene verruchte Weihe hinunter und flog davon, indem sie ihn in den Krallen hielt; ich lief hinterher und schrie laut. Als die Leute im Basar mein Schreien hörten, Männer und Frauen und eine Schar von Kindern, taten sie, was sie nur konnten, um den gräßlichen Vogel zu erschrecken, damit er seine Beute fallen ließe; doch vergebens schrien sie und warfen mit Steinen. Die Weihe wollte den Turban nicht fallen lassen und flog bald ganz außer Sicht davon. Ich war sehr bekümmert und schweren Herzens, weil ich die Goldstücke verloren hatte, als ich mich nach Hause begab mit dem Hanf und der Zehrung, die ich gekauft hatte; besonders aber war ich ärgerlich und betrübt im Geiste und wollte vor Scham sterben, wenn ich daran dachte, was Sadi sagen würde; zumal da ich erwog, wie er an meinen Worten zweifeln und die Geschichte nicht für wahr halten würde, wenn ich ihm erzählte, eine Weihe hätte meinen Turban mit den Goldstücken fortgerafft, und wie er vielmehr glauben müßte, ich hätte irgendeinen Betrug verübt und zur Entschuldigung ein lächerliches Märchen erdacht. Immerhin hatte ich noch große Freude an dem, was mir von den zehn Goldstücken übrig geblieben war, und ich lebte einige Tage herrlich mit meiner Frau und meinen Kindern. Als dann aber alles Gold ausgegeben war und nichts mehr davon übrig blieb, ward ich wieder so arm und bedürftig wie zuvor; doch ich war zufrieden und dankbar gegen Allah den Erhabenen und schalt mein Los nicht. Er hatte mir in Seiner Gnade diesen Beutel mit Gold unversehens gesandt, und nun hatte Er ihn wieder genommen, und so war ich dankbar und zufrieden; denn was Er tut, ist immerdar wohlgetan. Meine Frau, die von der Geschichte mit den Goldstükken nichts wußte, bemerkte bald, daß ich aufgeregt war, und um der Ruhe meines Lebens willen war ich gezwungen, sie in mein Geheimnis einzuweihen. Dazu kamen auch noch die Nachbarn herbei, um mich nach meinem Ergehen zu fragen; allein es widerstrebte mir sehr, ihnen alles zu erzählen, was geschehen war, denn sie konnten das Verlorene doch nicht wiederbringen, und sicherlich hätten sie über mein Unglück Schadenfreude empfunden. Jedoch, als sie sehr in mich drangen, erzählte ich ihnen alles; einige dachten, ich hätte gelogen, und spotteten meiner, andere meinten, ich wäre toll und nicht recht bei Sinnen, und meine Worte wären das wirre Geschwätz eines Irrsinnigen oder das Gefasel von Traumphantasien. Die jungen Leute machten sich unmäßig lustig über mich und lachten über den Gedanken, daß ich, der ich in meinem ganzen Leben noch nie eine Goldmünze gesehen hatte, behaupten wollte, ich hätte so viele Goldstücke erhalten, und eine Weihe sei mit ihnen davongeflogen. Nur meine Frau schenkte meiner Erzählung vollen Glauben, und sie weinte und schlug sich die Brust vor Kummer. So gingen sechs Monate über uns dahin.

Sad: Nun begab es sich eines Tages, daß wir beiden Freunde, Sadi und Sad, in das Stadtviertel des Seilers kamen, und dort sagte ich zu Sadi: »Schau, da ist die Straße, wo Hasan, der Seiler wohnt! Wohlan, laß uns hingehen und sehen, wie er sein Vermögen vermehrt hat und wie er zu Wohlstand gekommen ist durch die zweihundert Goldstücke, die du ihm gegeben hast!« »Wohl gesprochen«, erwiderte Sadi, »in der Tat, wir haben ihn seit vielen Tagen nicht mehr gesehen; ich möchte ihn gern aufsuchen und würde mich freuen, zu hören, daß es ihm gut ergangen ist.« So schritten wir denn beide weiter auf das Haus des Seilers zu, und da sagte ich zu Sadi: »Fürwahr, ich sehe, daß er noch immer der gleiche zu sein scheint, arm und dürftig wie zuvor; er trägt noch alte und zerfetzte Gewänder, nur sein Turban ist vielleicht etwas neuer und sauberer. Sieh doch genau hin und überzeuge dich selbst, ob es so ist, wie ich sagte!« Darauf trat Sadi näher zu dem Seiler heran, und auch er sah ein, daß die Lage des Mannes unverändert war; und alsbald sprachen wir ihn an. Nach der üblichen Begrüßung fragte ich: »Hasan, wie geht es dir? Und wie steht es mit deinem Gewerbe? Haben die zweihundert Goldstücke dir gut genützt und dein Geschäft verbessert?« Darauf gab er zur Antwort: »Ach, meine Herren, wie kann ich euch von dem schweren Unglück erzählen, das mich betroffen hat? Ich wage vor lauter Scham nicht zu reden, doch kann ich das Geschehnis nicht verborgen halten. Wahrlich ein wunderbar und seltsam Ding ist mir widerfahren, und der Bericht darüber wird euch mit Verwunderung und Verdacht erfüllen; denn ich weiß recht wohl, daß ihr mir nicht glauben werdet, und daß ich vor euch dastehen werde wie einer, der sich mit Lügen abgibt. Dennoch muß ich euch das Ganze erzählen, so ungern ich es tue.« Darauf berichtete er uns jede Einzelheit, die ihm begegnet war, von Anfang bis zu Ende, besonders wie es ihm mit der Weihe ergangen war; doch Sadi beargwöhnte ihn und mißtraute ihm und rief: »O Hasan, du sprichst nur im Scherz und willst uns hintergehen. Die Geschichte, die du erzählst, ist schwer zu glauben. Weihen fliegen sonst nicht mit Turbanen davon, sondern nur mit solchen Dingen, die sie fressen können. Du möchtest uns überlisten, und du bist einer von denen, die alsbald, wenn ihnen ein unvorhergesehenes Glück zuteil wird, ihre Arbeit und ihr Geschäft verlassen und dann, wenn sie alles für Vergnügungen verschwendet haben, wieder arm werden, und hinfort, mögen sie wollen oder nicht, ihr Dasein fristen müssen, so gut sie können. Dies scheint mir besonders der Fall zu sein mit dir; du hast in aller Eile unsere Gabe vergeudet und bist nun so bedürftig wie zuvor.« »O mein guter Herr, nicht so«, rief der Seiler, »diesen Vorwurf und diese harten Worte verdiene ich nicht; denn ich bin gänzlich unschuldig an all dem, was du mir zur Last legst. Das sonderbare Mißgeschick, von dem ich dir berichtet habe, ist die reinste Wahrheit, und ich kann beweisen, daß es keine Lüge ist, denn alle Leute in der Stadt haben Kenntnis davon; aber solche wunderbaren und merkwürdigen Mißgeschicke können den Menschen widerfahren, zumal denen, die ein unglücklich Los haben.«

Ich nahm mich seiner Sache an und sprach: »O Sadi, oftmals haben wir gesehen oder gehört, wie Weihen mancherlei andere Dinge forttragen als nur eßbare Sachen; darum braucht seine Geschichte nicht ganz und gar der Vernunft zu widersprechen.« Darauf zog Sadi aus seiner Tasche einen Beutel voll Goldstücke, zählte dem Seiler weitere zweihundert ab, und gab sie ihm mit den Worten: »Hasan, nimm diese Goldstücke, doch gib acht, daß du sie mit aller Sorgfalt und allem Fleiß aufbewahrst; hüte dich, ich sage dir noch einmal, hüte dich, daß du sie nicht verlierst wie die andern! Gib sie in solcher Weise aus, daß du vollen Nutzen von ihnen hast und wohlhabend wirst, wie deine Nachbarn wohlhabend sind.«

Hasan: Ich nahm das Geld von ihm und überschüttete sein Haupt mit Danksprüchen und Segenswünschen; und als sie ihre Wege gingen, kehrte ich zu meiner Reeperbahn zurück und ging von dort zur rechten Zeit nach Hause. Meine Frau und meine Kinder waren ausgegangen; so nahm ich wieder zehn Goldstücke von den zweihundert und band die übrigen sicher in ein Tuch. Dann schaute ich umher, einen Ort zu finden, an dem ich meinen Schatz so verbergen könnte, daß meine Frau und meine Kinder nichts davon erführen und auch nichts davon in die Hände bekämen. Und alsbald erblickte ich einen großen irdenen Krug voll Kleie, der in einem Winkel des Zimmers stand; Darin verbarg ich das Tuch mit den Goldmünzen, und fälschlich glaubte ich dort sei es sicher vor Weib und Kind verborgen. Nachdem ich die Goldstücke unten in dem Kleiekrug versteckt hatte, kam meine Frau herein; aber ich sagte ihr nichts von den beiden Freunden, noch irgendetwas von dem, was geschehen war, sondern ich ging auf den Markt, um Hanf zu kaufen. Doch kaum hatte ich das Haus verlassen, so wollte es das Unheil, daß ein Mann vorbeikam, der Walkererde verkaufte, mit der sich die ärmeren Frauen die Haare zu waschen pflegen. Meine Frau wollte gern etwas davon kaufen, aber sie hatte keine einzige Kaurimuschel noch auch eine Mandel bei sich, die man bei uns als Kleingeld verwendet. Deshalb dachte sie nach und sprach bei sich selber: »Dieser Kleiekrug da ist nutzlos; ich will ihn für die Tonerde eintauschen.« Auch der Händler willigte in diesen Tausch ein, und er ging weiter, nachdem er den Kleiekrug als Preis für die Wascherde erhalten hatte. Bald darauf kam ich zurück mit einer Last Hanf auf dem Kopfe und anderen fünf Lasten auf den Köpfen von ebensoviel Trägern, die mich begleiteten; ich half ihnen ihre Bündel abnehmen, und nachdem wir den Vorrat in einem Zimmer aufgestapelt hatten, bezahlte ich sie und entließ sie. Danach streckte ich mich auf dem Boden aus, um ein wenig der Ruhe zu pflegen, und wie ich dabei in den Winkel schaute, wo der Krug vorher gestanden hatte, entdeckte ich, daß er verschwunden war. Die Worte versagen mir, o Beherrscher der Gläubigen, um den Aufruhr der Gefühle zu schildern, die mein Herz bei diesem Anblick erfüllten. Ich sprang auf, so rasch ich vermochte, rief meine Frau und fragte sie, wohin der Krug gekommen wäre. Sie erwiderte mir, sie hätte ihn für ein wenig Walkererde vertauscht. Da rief ich laut: »O du Unglückselige, was hast du getan! Du hast mich und deine Kinder zugrunde gerichtet!« Dann erzählte ich ihr alles, was geschehen war. Als sie das hörte, weinte sie bitterlich und raufte sich das Haar, indem sie rief: »Wo kann ich nun den Händler finden? Es ist ein Fremder, ich habe ihn nie zuvor in unserm Stadtviertel gesehen.« Dann wandte sie sich zu mir und fuhr fort: »Du hast sehr töricht gehandelt, daß du mir nicht von der Sache erzähltest; dann wäre das Unglück nicht über uns gekommen!« Dann klagte sie laut und bitterlich, also daß ich sprach: »Mach nicht solchen Lärm, sonst hören dich unsere Nachbarn und machen sich über uns lustig, wenn sie von unserm Mißgeschick erfahren. Es geziemt uns, daß wir uns in den Willen Allahs ergeben.« Die zehn Goldstücke, die ich von den zweihundert genommen hatte, genügten mir zwar, einige Zeitlang mein Handwerk leichter fortzuführen und in größerer Behaglichkeit zu leben; aber ich grämte mich immer und wußte keinen Rat, was ich Sadi sagen sollte, wenn er wiederkäme. Denn da er mir schon beim ersten Male nicht geglaubt hatte, war ich überzeugt, daß er mich nun laut einen Lügner und Betrüger schelten würde.

Sad: Eines Tages kamen wir beide, Sadi und ich, wieder einmal zu dem Hause des Seilers. Als er uns von ferne sah, verließ er seine Arbeit und ging ins Haus. Wir bemerkten das wohl, ahnten aber den Grund nicht. Deshalb traten wir in seine Wohnung, boten ihm den Gruß und fragten ihn, wie es ihm ergangen sei. Er erwiderte den Gruß mit gesenkter Stirn. Da bemerkten wir seine klägliche Verfassung und fragten verwundert: »Geht alles gut bei dir? Weshalb bist du in diesem Zustande? Hast du keinen guten Gebrauch von dem Golde gemacht, oder hast du deinen Reichtum in liederlichem Leben verschwendet?« »Ach, meine Herren«, seufzte der Seiler und er erzählte die Geschichte der Goldstücke, wie er sie nach Hause gebracht, zehn davon weggenommen und die übrigen in den irdenen Krug getan hatte. Wie dann seine Frau in ihrer Unwissenheit den Krug mit der Kleie gegen die Walkererde vertauscht hatte und der Mann nun verschwunden war. »Wenn ihr nun fragt«, so fuhr der Seiler fort, »warum hast du die Sache nicht deiner Frau anvertraut und ihr gesagt, daß du das Geld in den Krug getan hattest? – so erwidere ich, daß ihr mir strengen Befehl gabt, das Geld diesmal mit äußerster Sorgfalt und Vorsicht aufzubewahren. Mir schien jener Ort der sicherste zu sein, um das Gold zu verwahren, und es widerstrebte mir, das Geheimnis meiner Frau anzuvertrauen, damit sie nicht etwa einiges von dem Gelde nähme und es im Haushalt verwende. Ach, meine Herren, ich bin von eurer Güte und Gnädigkeit überzeugt, aber Armut und Elend stehen für mich im Buche des Schicksals geschrieben, wie kann ich da noch auf Güter und auf Gedeihen hoffen? Doch nimmer, solange ich noch den Odem des Lebens atme, werde ich diese eure hochherzige Huld vergessen.« Da sagte Sadi: »Mir scheint, ich habe vierhundert Goldstücke nutzlos ausgegeben, indem ich sie dir schenkte; doch die Absicht, in der ich sie dir gab, war die, daß du Nutzen davon haben solltest, nicht die, von dir Lob und Dank zu beanspruchen.« Beide hatten wir nun Mitleid mit seinem Unglück und sprachen ihm unsere Teilnahme aus. Ich zog eine Bleimünze hervor, die ich von der Straße aufgelesen hatte und noch in meiner Tasche trug. Die zeigte ich Sadi und dann sprach ich zu dem Seiler: »Siehst du dieses Stückchen Blei? Nimm es, und durch die Gunst des Geschicks sollst du erfahren, welchen Segen es dir bringen wird.«

Als Sadi es sah, lachte er laut auf und machte sich darüber lustig und sagte spottend: »Welchen Vorteil wird Hasan davon haben?« Doch ich sagte zu Hasan: »Achte nicht auf das, was Sadi sagen mag! Laß ihn nur lachen, wenn es ihm beliebt! Eines Tages wird es vielleicht, so Allah der Erhabene will, geschehen, daß du hierdurch ein reicher und vornehmer Mann wirst!« Der Seiler nahm das Stückchen Blei und tat es in seine Tasche. Wir aber sagten ihm Lebewohl und gingen unserer Wege.

Hasan: Sobald Sad und Sadi fortgegangen waren, begann ich wieder Seile zu drehen, bis die Nacht herankam; und als ich mein Gewand ablegte, um zu Bett zu gehen, fiel die Bleimünze, die Sad mir gegeben hatte, aus meiner Tasche heraus; ich hob sie auf und legte sie achtlos in eine kleine Wandnische. In eben jener Nacht traf es sich nun, daß ein Fischer, einer meiner Nachbarn, eine kleine Münze nötig hatte, um etwas Zwirn zu kaufen, womit er sein Schleppnetz ausbessern wollte, wie er es in den dunklen Stunden zu tun pflegte; dann konnte er vor Tagesanbruch die Fische fangen und von dem Erlös seiner Beute Lebensmittel für sich und seinen Haushalt kaufen. Da er also gewohnt war aufzustehen, ehe die Nacht ganz verstrichen war, befahl er seiner Frau, bei allen Nachbarn die Runde zu machen und eine Kupfermünze zu borgen, damit er den nötigen Zwirn kaufen könnte. Die Frau ging überall hin, von Haus zu Haus, aber sie konnte nirgends einen Heller entleihen, und zuletzt kam sie müde und enttäuscht nach Hause. Da fragte der Fischer sie: »Bist du auch bei Hasan gewesen?« Sie antwortete: »Der ist am weitesten entfernt. Und meinst du denn, bei dem bekäme ich etwas?« »Fort mit dir, o du faulste unter den Weibern«, rief der Fischer, »fort mit dir in diesem Augenblick! Vielleicht hat er doch eine Kupfermünze, die er uns leihen kann.« So ging denn die Frau murrend und brummend fort, und als sie zu meiner Wohnung kam, kopfte sie an die Tür und rief: »O Seiler, mein Mann braucht dringend einen Heller, um etwas Zwirn dafür zu kaufen!« Da ich mich nun an die Münze erinnerte, die Sad mir gegeben hatte und auch an den Ort, wohin ich sie gelegt hatte, rief ich ihr zu: »Warte, meine Frau wird zu dir hinauskommen und dir geben, was du brauchst!« Als meine Frau von all diesem Lärm erwachte, sagte ich ihr, wo das Geldstück zu finden war und sie gab es der Fischersfrau. Die war hocherfreut und sagte: »Ich verspreche euch, daß alle Fische, die mein Mann beim ersten Wurf des Netzes fängt, euch gehören.« Als darauf die Frau das Geldstück ihrem Manne brachte und ihm erzählte, welches Versprechen sie gegeben hatte, war er ganz einverstanden und sprach zu ihr: »Du hast recht und verständig gehandelt.« Nachdem er also etwas Zwirn gekauft und alle seine Netze ausgebessert hatte, erhob er sich vor Tagesanbruch und eilte zum Fluß hinab. Als er das Netz zum ersten Wurf in den Strom geworfen hatte und wieder einholte, fand er, daß es nur einen einzigen Fisch enthielt, der aber ungefähr eine Spanne dick war; den legte er als meinen Anteil beiseite. Dann warf er das Netz wieder und wieder aus, und bei jedem Wurf fing er viele Fische, große und kleine, doch keiner kam dem an Größe gleich, den er zuerst im Netz herausgeholt hatte. Sowie der Fischer heimgekehrt war, kam er alsbald zu mir und brachte den Fisch, den er für mich gefangen hatte, indem er sprach: »Lieber Nachbar, meine Frau versprach in der letzten Nacht, du solltest alle Fische haben, die beim ersten Wurf des Netzes eingebracht würden. Dies ist nun der einzige Fisch, den ich dabei fing. Hier ist er; bitte nimm ihn hin als Gabe des Dankes für deine Güte und als Erfüllung des Versprechens! Wenn Allah der Erhabene mir ein ganzes Schleppnetz voll von Fischen gewährt hätte, so wäre alles dein gewesen; aber es war dein Schicksal, daß nur dieser eine beim ersten Wurf ans Land kam.« Ich erwiderte: »Das Scherflein, das ich dir gab, war nicht von solchem Werte.« So weigerte ich mich, den Fisch anzunehmen, aber er bestand darauf, daß er mir gehöre. Schließlich willigte ich ein, ihn zu behalten, und brachte ihn meiner Frau. Sie war enttäuscht, als sie nur den einen Fisch sah, und sagte: »Wie soll ich ihn zubereiten? Ich glaube, es wäre das beste, ihn zu zerschneiden und für die Kinder zu braten, zumal wir keinerlei Spezereien und Gewürze haben, mit denen ich ihn anders bereiten könnte.« Als sie nun den Fisch aufschnitt und säuberte, fand sie in seinem Bauche einen großen Diamanten, den sie für ein Stück Glas oder Kristall hielt; denn sie hatte zwar oft von Diamanten reden hören, aber nie mit eigenen Augen einen gesehen. Daher gab sie ihn dem jüngsten der Kinder zum Spielen, und als die andern ihn sahen, wollten sie ihn alle haben wegen seines hellen und glänzenden Scheines, und abwechselnd behielt ihn jeder eine Weile; und wie die Nacht kam und die Lampe angezündet wurde, drängten sie sich um den Stein und starrten seine Schönheit an und jauchzten und schrien vor Entzücken. Nachdem meine Frau den Tisch gebreitet hatte, setzten wir uns zum Nachtmahl nieder, und der älteste Knabe legte den Diamanten auf die Tafel; doch sobald wir mit dem Essen fertig waren, stritten und balgten sich die Kinder wieder darum wie zuvor. Erst achtete ich nicht auf ihr Lärmen und Toben; doch wie es allzu laut und lästig wurde, fragte ich meinen ältesten Jungen, aus welchem Grunde sie stritten und solchen Lärm machten. Da sagte er: »Der Lärm und der Streit drehen sich um ein Stück Glas, von dem ein Licht ausgeht so hell wie das der Lampe.« Er zeigte es mir und ich wunderte mich sehr, wie ich seinen funkelnden Glanz sah; aber ebenso wie meine Frau hielt ich es für nichts anderes als Glas. Dann befahl ich den Kindern, die Lampe hinter dem Herde zu verbergen, und als sie das getan hatten, war der Glanz so hell, daß wir sehr gut ohne ein anderes Licht sehen konnten; deshalb legte ich ihn auf den Herd, damit wir bei seinem Schein arbeiten könnten, und sprach bei mir selber: »Die Münze, die Sad mir hinterließ, hat doch diesen Nutzen gebracht, daß wir keine Lampe mehr brauchen; wenigstens erspart sie uns das Öl.« Als die Kleinen sahen, daß ich die Lampe auslöschte und das Glas an ihrer Statt gebrauchte, sprangen und tanzten sie vor Freude und schrien und jauchzten vor Entzücken, so daß alle Nachbarn ringsum sie hören konnten; deshalb schalt ich sie und schickte sie ins Bett, und auch wir gingen zur Ruhe und schliefen alsbald ein. Am nächsten Morgen wachte ich beizeiten auf und begab mich an meine Arbeit, ohne weiter an das Stück Glas zu denken. Nun wohnte dicht bei uns ein reicher Jude, ein Juwelier, der alle Arten von Edelsteinen kaufte und verkaufte; und wie er und seine Frau in jener Nacht schlafen wollten, wurden sie durch das Lärmen und Schreien auf viele Stunden hin gestört, und der Schlaf mied ihre Augen. Als es Morgen ward, kam die Frau des Juweliers zu unserem Hause, um sich in ihrem und ihres Gatten Namen über den Lärm und das Geschrei zu beklagen. Ehe sie aber ein Wort des Tadels hatte sagen können, erriet meine Frau schon die Absicht, in der sie kam, und richtete die Worte an sie: »Rahil, ich fürchte, meine Kinder haben dich in der letzten Nacht durch ihr Lachen und Schreien belästigt. Ich bitte dich dafür um Nachsicht! Komm herein und sieh dir die Ursache ihrer Aufregung an, wegen deren du mich mit Recht zur Rede stellen willst!« Sie tat es und schaute das Stück Glas an, wegen dessen die Kleinen solches Getöse und solchen Lärm gemacht hatten; und als sie, die eine lange Erfahrung in Edelsteinen jeglicher Art besaß, den Diamanten betrachtete, war sie von Staunen erfüllt. Dann erzählte meine Frau ihr, wie sie ihn in dem Bauch des Fisches gefunden hatte, und darauf sagte die Jüdin: »Dies Stück Glas ist besser als alle anderen Sorten von Glas. Ich habe auch ein solches Stück wie dies, und ich pflege es manchmal zu tragen; wenn du es verkaufen willst, so will ich dir dies Ding gern abkaufen.« Als die Kinder hörten, was sie sagte, fingen sie an zu schreien und riefen: »Liebe Mutter, wenn du es nicht verkaufst, versprechen wir dir, nie mehr Lärm zu machen.« Da die Frauen einsahen, daß die Kleinen sich auf keinen Fall davon trennen wollten, sprachen sie nicht mehr darüber, und bald darauf ging die Jüdin fort; doch ehe sie Abschied nahm, flüsterte sie meiner Frau ins Ohr: »Sieh zu, daß du niemandem davon erzählst, und wenn du Lust hast, es zu verkaufen, so laß es mich sofort wissen!« Der Jude saß gerade in seinem Laden, als seine Frau zu ihm kam, und ihm von dem Glasstück erzählte. Da sagte er: »Geh sogleich zurück und biete einen Preis dafür. Fang mit einem kleinen Gebot an und biete immer höher, bis du es bekommst!« Darauf kehrte die Jüdin zu meinem Haus zurück und bot zwanzig Goldstücke; das schien meiner Frau eine hohe Summe zu sein für eine solche Kleinigkeit, aber sie wollte den Handel doch nicht abschließen. In diesem Augenblick verließ ich gerade meine Arbeit, und als ich zum Mittagsmahle heimkam, sah ich die beiden Frauen redend an der Schwelle stehen. Meine Frau hielt mich an und sagte: »Unsere Nachbarin bietet zwanzig Goldstücke als Preis für das Stück Glas, aber ich habe ihr bis jetzt noch keine Antwort gegeben. Was sagst du dazu?« Da gedachte ich dessen, was Sad mir gesagt hatte, nämlich, daß mir durch diese Bleimünze großer Reichtum zuteil werden sollte. Als die Jüdin sah, wie ich zögerte, glaubte sie, ich wolle nicht in den Preis einwilligen, und so sprach sie: »Lieber Nachbar, wenn du dich für zwanzig Goldstücke nicht von dem Stück Glas trennen willst, will ich dir sogar fünfzig geben.« Nun überlegte ich mir, wenn die Jüdin ihr Angebot so bereitwillig von zwanzig auf fünfzig Goldstücke erhöhte, so müßte dies Glas sicher von großem Werte sein; deshalb schwieg ich und erwiderte ihr kein Wort. Da rief sie: »So nimm denn hundert, das ist sein voller Wert. Ich weiß nicht einmal, ob mein Mann mit einem so hohen Preis einverstanden sein wird.« Ich gab zur Antwort: »Gute Frau, warum so töricht schwätzen? Ich verkaufe es nicht für weniger als hunderttausend Goldstücke, und du kannst es zu dem Preise erhalten, doch nur deshalb, weil du unsere Nachbarin bist.« Sie steigerte ihr Gebot nach und nach bis zu fünfzigtausend Goldstücken und sagte dann: »Bitte warte bis morgen und verkaufe es nicht vorher, damit mein Mann kommen und es ansehen kann!« Am nächsten Tage kam der Jude und ich zog den Diamanten heraus und zeigte ihn. Da glänzte und glitzerte er in meiner Hand mit einem Lichte, das so hell war wie von einer Lampe. So überzeugte er sich, daß alles, was seine Frau ihm von seinem gleißenden Schein erzählt hatte, ganz der Wahrheit entsprach, und er nahm ihn in die Hand, prüfte ihn, wandte ihn hin und her und wunderte sich gar sehr über seine Schönheit. Dann sagte er: »Meine Frau hat dir fünfzigtausend Goldstücke geboten; schau, ich will dir noch zwanzigtausend dazulegen.« Ich erwiderte: »Von meinem Preise lasse ich kein Deut und kein Tüttelchen ab. Wenn du mir nicht hunderttausend Goldstücke zahlen willst so muß ich den Stein einem andern Juwelier verkaufen.« Schließlich willigte er ein und so kam er am folgenden Tage zu mir und wägte mir die volle Summe von hunderttausend Goldstücken ab, die er unter seinen Freunden und Geschäftsteilhabern aufgebracht hatte. Darauf gab ich ihm den Diamanten, der mir so übermäßigen Reichtum eingetragen hatte, und dankte ihm und pries Allah den Erhabenen für dies große Glück, das mir so unerwartet zuteil geworden war, und ich hoffte sehr, bald meine beiden Freunde Sad und Sadi wiederzusehen, um auch ihnen zu danken. Ich brachte nun zunächst mein Haus in Ordnung und gab meiner Frau einiges Geld, das sie für die Bedürfnisse des Hauses und für ihre eigene Kleidung und die der Kinder ausgeben sollte; dann aber kaufte ich mir ein schönes Wohnhaus und stattete es aufs beste aus. Darauf sprach ich zu meiner Frau, die an nichts anderes dachte als an prächtige Kleider und an gutes Essen und ein Leben in Herrlichkeit und Freuden: »Es geziemt uns nicht, dies unser Handwerk aufzugeben; wir müssen etwas Geld beiseite legen und das Geschäft weiterführen.« Ich ging also zu allen Seilern der Stadt, kaufte mit vielem Gelde verschiedene Werkstätten und ließ darin arbeiten. Über jede Werkstatt setzte ich einen Aufseher, einen verständigen und vertrauenswürdigen Mann, und bald gab es in der ganzen Stadt Bagdad keinen Bezirk und kein Viertel, wo sich nicht Reeperbahnen und Seilereien von mir befanden. So kam es, daß ich eine Menge von Reichtümern aufhäufte. Schließlich kaufte ich ein anderes Haus; das war ein zerfallener Bau, an den genügend viel Land angrenzte, aber ich ließ das alte Gemäuer niederreißen und erbaute an seiner Statt ein großes und geräumiges Gebäude. Dort finden alle meine Arbeiter ihr Unterkommen, und dort werden meine Geschäftsbücher und Rechnungen geführt; es enthält außer meinem Warenhaus auch noch Gemächer, versehen mit einfachem Hausrat, wie er für mich und die Meinen genügt. So konnte ich nach einiger Zeit meine alte Heimstätte, wo Sad und Sadi mich hatten arbeiten sehen, verlassen und in das neue Haus ziehen und dort wohnen.

Sad: Eines Tages dachten wir daran, wieder einmal Hasan, den Seiler zu besuchen. Wir wunderten uns, als wir an seine alte Werkstatt kamen und ihn dort nicht fanden, und wir fragten die Nachbarn: »Wo wohnt der Seiler Hasan? Lebt er noch oder ist er tot?« Die Leute antworteten: »Er ist jetzt ein reicher Kaufherr, hat sich ein prächtiges Haus gebaut und wohnt in demunddem Stadtviertel.« Darauf gingen wir hin, um ihn zu suchen.

Wir waren über die gute Botschaft erfreut; doch Sadi wollte sich auf keine Weise davon überzeugen lassen, daß all dieser Reichtum, wie ich behauptete, von der kleinen Bleimünze herrührte. Er sagte zu mir: »Es freut mich, von all diesem Glück zu hören, das Hasan widerfahren ist, obgleich er mich zweimal getäuscht und mir vierhundert Goldstücke abgenommen hat, durch die er zu solchem Reichtum gekommen ist. Doch ich vergebe ihm und trage ihm nichts nach.« Ich erwiderte: »Du bist im Irrtum. Ich kenne Hasan von alters her als einen guten und wahrhaften Mann. Ich glaube ihm, was er uns erzählt hat, und ich bin in meinem Innern davon überzeugt, daß er all dies Geld und Gut durch die Blechmünze erworben hat. Allein, wir werden ja bald hören, was er uns sagt.« Unter solchen Gesprächen kamen wir in die Straße, wo Hasan jetzt wohnte, und als wir dort ein großes und prächtiges, neu errichtetes Gebäude sahen, ahnten wir, daß es das seine wäre. Deshalb pochten wir an, und wie der Pförtner öffnete, wunderten wir uns ob solcher Pracht und ob der vielen Leute, die darinnen saßen, und wir fürchteten schon, wir seien vielleicht, ohne es zu wissen, in das Haus irgendeines Emirs eingedrungen. Doch wir faßten uns ein Herz und fragten den Pförtner: »Ist dies die Wohnung von Meister Hasan, dem Seiler?« »Ja«, antwortete der Pförtner, »er ist zuhause und sitzt in seiner Kanzlei. Bitte tretet ein, einer der Sklaven wird ihm euer Kommen melden!« Darauf gingen wir hinein, und sowie Hasan uns sah, erhob er sich, lief uns entgegen und begrüßte uns herzlich. Er führte uns in einen großen und geräumigen Saal und setzte uns auf die höchsten Ehrenplätze. Als er uns gegenüber Platz genommen hatte, sprach Sadi: »Mein Herz ist über die Maßen erfreut, da ich dich in diesem Wohlstand sehe; denn Allah hat dir alles gegeben, was du nur wünschen konntest. Ich zweifle nicht daran, daß du all diesen Reichtum und Überfluß durch die vierhundert Goldstücke gewonnen hast, die ich dir einst. gab. Nun sage mir aber ehrlich, warum hast du mich zweimal getäuscht und mir die Unwahrheit gesagt?« Ich hörte diesen Worten mit stiller Entrüstung zu, und ehe der Seiler noch etwas erwidern konnte, hub ich an: »O Sadi, wie oft habe ich dir versichert, daß alles, was Hasan früher über den Verlust der Goldstücke gesagt hat, keine Lüge, sondern die Wahrheit ist?« Da begannen wir miteinander zu streiten, bis der überraschte Seiler ausrief: »Ach, meine Herren, wozu dieser Streit? Entzweit euch nicht um meinetwillen, ich flehe euch an! Alles, was mir früher widerfahren ist, habe ich euch mitgeteilt, und ob ihr meinen Worten glaubt oder nicht, ändert nichts an der Wahrheit. Vernehmt nun meine ganze Geschichte!« Dann erzählte er uns die Geschichte von dem Bleistück, das er dem Fischer gegeben hatte, und von dem Diamanten, der sich im Bauche des Fisches fand. Nachdem Sadi das alles vernommen hatte, sagte er: »O Hasan, es erscheint mir über die Maßen seltsam, daß ein so großer Diamant sich in dem Bauche eines Fisches finden sollte; und ich halte es auch für ein unmöglich Ding, daß eine Weihe mit deinem Turban fortgeflogen oder daß deine Frau den Krug mit Kleie für die Walkererde weggegeben haben könnte. Du sagst, die Geschichte sei wahr; dennoch kann ich deinen Worten keinen Glauben schenken und ich zweifle nicht daran, daß die vierhundert Goldstücke dir all diesen Reichtum verschafft haben.«

Als wir beide nun aufstanden, um Abschied zu nehmen, sprach der Seiler: »Hohe Herren, ihr habt mir die Gunst erwiesen, daß ihr mich in meiner armen Hütte zu besuchen geruhet. Ich bitte euch nun herzlich, kostet auch von meiner Speise und verweilet hier diese Nacht unter dem Dache eures Dieners; denn morgen möchte ich euch gern auf dem Flusse in ein Landhaus führen, das ich vor kurzem erworben habe.« Wir willigten ein, und nachdem Hasan die Anordnungen für das Nachtmahl gegeben hatte, führte er uns im Hause umher und zeigte uns die Einrichtung, indem er uns mit gefälligen Worten und heiterem Geplauder unterhielt, bis ein Sklave kam und meldete, daß die Abendmahlzeit aufgetragen sei. Da geleitete er uns in den Saal, in dem die Platten aufgereiht waren, beladen mit mancherlei Gerichten; auf allen Seiten standen Kerzen, die nach Kampfer dufteten, und vor dem Tische waren Spielleute versammelt, die sangen und auf mancherlei Instrumenten der Fröhlichkeit und Freude spielten, während am oberen Ende des Saales Männer und Frauen tanzten und allerlei zum Zeitvertreib aufführten. Als wir zu Nacht gegessen hatten, gingen wir zu Bett; dann standen wir beizeiten wieder auf, sprachen das Frühgebet und bestiegen ein großes und gut ausgerüstetes Boot, und die Ruderer ruderten mit der Strömung und landeten uns bald bei Hasans Landsitz. Als wir dort ins Haus traten, zeigte er uns die Umbauten und wir betrachteten alles mit größter Verwunderung. Im Garten fanden wir, in Reihen an den Wegen gepflanzt, Fruchtbäume jeglicher Art, die sich unter den reifen Früchten beugten; sie wurden mit Wasser vom Strom her durch Kanäle aus Ziegelsteinen bewässert. Ringsum standen blühende Büsche, deren Duft dem Zephir Freude machte; hie und da ließen Springbrunnen ihre Wasserstrahlen hoch in die Luft steigen, und mit süßen Stimmen sangen die Vöglein zwischen den laubreichen Zweigen Loblieder dem Einen, dem Ewigen. Kurz, der Anblick und die Wohlgerüche erfüllten die Seele mit Freude und Fröhlichkeit. Wir schritten erfreut und entzückt umher und dankten Hasan, daß er uns an einen so herrlichen Ort geführt hatte. Zuletzt führte er uns an den Fuß eines hohen Baumes, nahe einer der Gartenmauern, und dort zeigte er uns ein kleines Sommerhaus, wo er sich auszuruhen und zu erfrischen pflegte. Der Raum war mit Kissen, Polstern und Diwanen ausgestattet, die mit reinem Golde bestickt waren. Dort ließen wir uns nieder.

Hasan: Nun traf es sich, als wir in jenem Sommerhause der Ruhe pflegten, daß zwei meiner Söhne, die ich mit ihrem Erzieher des Luftwechsels halber zu meinem Landsitz geschickt hatte, im Garten umherstreiften und nach Vogelnestern suchten. Da entdeckten sie ein großes Nest, hoch im Gipfel, und versuchten, den Stamm hinaufzuklettern, um es zu holen; aber sie wagten sich doch nicht so hoch hinauf, weil sie nicht so stark und geübt waren, und deshalb befahlen sie einem jungen Sklaven, der sie immer begleitete, den Baum zu erklimmen. Er tat nach ihrem Geheiß; aber als er in das Nest hineinschaute, staunte er über die Maßen, weil er sah, daß es zum großen Teile aus einem alten Turban gemacht war. Dann brachte er das Nest herunter und hielt es den Knaben hin. Mein ältester Sohn nahm es ihm aus den Händen und brachte es in die Laube, um es mir zu zeigen; und indem er es mir zu Füßen legte, rief er in heller Freude: »Vater, schau hier, dies Nest ist aus Zeug gemacht!« Sad und Sadi waren über diesen Anblick höchlichst erstaunt, und das Staunen wuchs noch um so mehr, als ich das Nest näher ansah und darin eben den Turban erkannte, auf den die Wehe sich gestürzt hatte und der mir von jenem Vogel geraubt war. Darauf sagte ich zu meinen beiden Freunden: »Seht euch diesen Turban näher an und überzeugt euch selbst, daß er genau derselbe ist, den ich auf dem Kopfe trug, als ihr mich zum ersten Male mit eurem Besuch beehrtet!« Sad sagte: »Ich kenne ihn nicht.« Und Sadi sprach: »Wenn du in ihm die hundertundneunzig Goldstücke findest, so kannst du gewiß sein, daß es wirklich dein Turban ist.« »Lieber Herr«, erwiderte ich, »ich weiß ganz genau, daß dies derselbe Turban ist.« Und als ich ihn in meiner Hand hielt, fand ich, daß er schwer von Gewicht war; dann entfaltete ich ihn und fühlte, daß in einem Zipfel des Tuches etwas eingebunden war. Rasch rollte ich die Wickel auf, und siehe da – ich fand den Beutel mit den Goldstücken. Ich zeigte ihn Sadi und rief: »Kannst du diesen Beutel nicht wiedererkennen?« Und er gab zur Antwort: »Dies ist wirklich derselbe Beutel mit Goldstücken, den ich dir gab, als wir einander zum ersten Male sahen.« Dann öffnete ich ihn und schüttete das Gold in einem Haufen auf den Teppich aus und hieß ihn sein Geld zählen; er zählte es, Münze auf Münze, und stellte fest, daß es einhundertundneunzig Goldstücke waren. Tief beschämt und verwirrt rief er nun: »Jetzt glaube ich deinen Worten; indessen du wirst doch zugeben, daß du die Hälfte dieses deines ungeheuren Reichtums durch die zweihundert Goldstücke erworben hast, die ich dir bei unserm zweiten Besuche gab, und nur die andere Hälfte durch das

Scherflein, das du von Sad erhieltest.« Darauf gab ich keine Antwort, doch meine Freunde ließen nicht ab, darüber zu streiten. Dann setzten wir uns nieder zu Speise und Trank, und als wir gesättigt waren, gingen ich und meine beiden Freunde in der kühlen Laube zur Ruhe. Und als die Sonne dem Untergang nahe war, saßen wir auf und ritten nach Bagdad zurück, während die Diener uns folgen sollten. Doch nachdem wir die Stadt erreicht hatten, fanden wir alle Läden geschlossen und konnten nirgends Korn und Futter für unsere Pferde finden. Deshalb sandte ich zwei junge Sklaven, die neben uns her gelaufen waren, auf die Suche nach Futter. Einer von ihnen fand im Laden eines Kornhändlers einen Krug voll Kleie, und nachdem er für den Inhalt bezahlt und versprochen hatte, er würde das Gefäß am nächsten Tage zurückbringen, brachte er die Kleie samt dem Krug. Dann begann er die Kleie im Dunkeln herauszuholen, Handvoll auf Handvoll, und sie den Pferden vorzuwerfen. Plötzlich aber traf seine Hand auf ein Tuch, worin etwas Schweres war. Er brachte es mir so, wie er es gefunden hatte, und sagte: »Sieh, ist dies Tuch nicht gerade das, von dessen Verlust du oft zu uns gesprochen hast?« Ich nahm es und erkannte zu meinem höchsten Erstaunen, daß es dasselbe Stück Zeug war, in das ich die hundertundneunzig Goldstücke eingebunden hatte, ehe ich sie in dem Kleiekrug verbarg. Dann aber sprach ich zu meinen Freunden: »Liebe Herren, es hat Allah dem Erhabenen gefallen, ehe wir uns voneinander trennen, meine Worte zu bezeugen und zu beweisen, daß ich euch nichts als die lautere Wahrheit erzählt habe.« Dann fuhr ich fort, indem ich mich zu Sadi wandte: »Schau hier die andere Summe Geldes, das heißt, die hundertundneunzig Goldstücke, die ich, nachdem du sie mir gegeben hattest, in ebendies Tuch einband, das ich nun wiedererkenne.« Sogleich ließ ich den Tonkrug bringen, damit sie ihn sehen könnten; und ich befahl, ihn auch zu meiner Frau zu tragen, damit sie ebenfalls Zeugnis ablegte, ob es derselbe Kleiekrug war, den sie damals für die Walkererde hingegeben hatte. Sie schickte uns alsbald Bescheid und ließ uns sagen: »Jawohl, ich erkenne ihn genau. Dies ist derselbe Krug, den ich mit Kleie gefüllt hatte.« Jetzt endlich gab Sadi zu, daß er im Unrecht war, und er sagte zu Sad: »Nun weiß ich, daß du recht hast, und ich bin überzeugt, daß Reichtum nicht durch Reichtum kommt, sondern allein durch die Gnade Allahs des Erhabenen.«

Und mit dieser Lehre, daß unser aller Geschick in Allahs Händen ruht, ist die Geschichte von Hasan, dem Seiler, seiner Armut und seinem Reichtum, zu Ende.

Dschaudars Abenteuer

Mutter: Bevor Omar der Kaufmann starb, der mein Mann gewesen war, hatte er sein Geld und Gut in vier Teile teilen lassen. Je einen Teil bekamen die drei Söhne Salim, Sadi und Dschaudar, einen Teil bekam ich. Als Omar nun tot war, waren Salim und Sadi nicht zufrieden mit ihrem Teil. Sie gingen zu Dschaudar, dem Jüngsten, und sagten: »Du hast uns um unser Erbe betrogen.« Die Sache kam vor Gericht und nachdem alle, die bei der Teilung zugegen gewesen waren, Zeugnis abgelegt hatten, wies der Richter die Brüder auseinander. Aber Dschaudar verlor viel Geld und ebenso auch seine Brüder durch den Streit vor Gericht. Die beiden ließen ihn eine Weile in Ruhe; dann aber begannen sie von neuem, Ränke wider ihn zu spinnen, sodaß er zum zweiten Mal mit ihnen vor Gericht ging. Und wiederum verloren sie viel Geld durch die Richter. Dennoch ließen die beiden nicht ab, nach Dschaudars Schaden zu trachten, indem sie ihn von Tyrann zu Tyrann schleppten, und so büßten die drei immer mehr Geld ein, bis sie alles an die Blutsauger vergeudet hatten. Nun waren die drei zu armen Leuten geworden. Salim und Sadi kamen darauf zu mir, verhöhnten mich, nahmen mir mein Geld weg, schlugen mich und jagten mich fort. Da ging ich zu Dschaudar, erzählte es ihm und fluchte seinen Brüdern. Dschaudar aber sprach: »Liebe Mutter, fluche ihnen nicht! Allah wird jedem nach seinem Tun vergelten. Du aber bleibe bei mir, und ich will das Brot, das ich esse, mit dir teilen.« So also blieb ich bei ihm. Er aber holte sich ein Fischernetz und begann, zum Strom und zu den Teichen zu gehen. Er fischte genug, daß wir von dem Erlös gut essen und trinken konnten. Salim und Sadi hingegen betrieben weder Handel noch Handwerk, und so kam über sie, was da sengt und bedrängt, die Not, und sie verloren auch das, was sie mir abgenommen hatten. Schließlich wurden sie zu elenden nackten Bettlern. Da kamen sie manchmal zu mir und klagten über ihren Hunger. Ich gab ihnen zu essen, aber ich hatte Angst, daß Dschaudar es bemerken und mir zürnen würde. Wirklich geschah es eines Tages, als sie beim Essen saßen, daß Dschaudar eintrat. Ich ward von banger Scheu erfüllt, senkte mein Haupt zu Boden und stand beschämt da. Dschaudar aber sprach: »Willkommen, meine Brüder!« Und er umarmte sie und nahm sie liebevoll auf und sprach zu ihnen: »Ich hatte nicht geglaubt, daß ihr mich so lange allein lassen und auch eure Mutter nicht besuchen würdet.« Er söhnte sich mit ihnen aus und sie blieben in seinem Hause. Am nächsten Morgen nahm Dschaudar sein Netz über die Schulter und ging fort. Auch Salim und Sadi gingen fort und blieben bis zum Mittag aus. Als sie zurückkehrten, trug ich ihnen das Mittagsmahl auf. Am Abend kam Dschaudar und brachte ihnen Fleisch und Gemüse. So lebten wir alle davon, daß Dschaudar Fische fing und verkaufte. Und die beiden aßen und führten ein fröhliches Leben.

Dschaudar: Eines Tages, als ich am See Karun das Netz auswerfen wollte, kam plötzlich ein Maure auf mich zu, der ein Maultier ritt; er trug prächtige Gewänder, und auf dem Rücken des Maultieres lagen gestickte Satteltaschen, und alles Geschirr des Tieres war mit Gold durchwirkt. Der Maure sprang ab von dem Maultier und rief: »Friede

sei mit dir, o Dschaudar, Sohn Omars!« »Auch mit dir sei
Friede!« erwiderte ich. Dann fuhr der Maure fort: »Hör,
Dschaudar, ich habe ein Anliegen an dich, und wenn du
mir willfährst, so wirst du viel Gut gewinnen.« »Sag mir,
was du im Sinn hast«, erwiderte ich. Jener holte eine seidene Schnur hervor und sagte: »Fessele mir die Hände
auf dem Rücken, binde sie ganz fest und wirf mich in diesen See; dann warte ein wenig, und wenn du siehst, daß
ich die Hände aus dem Wasser emporstrecke, ehe ich selber erscheine, so wirf das Netz nach mir aus und zieh
mich rasch heraus. Wenn du aber siehst, daß ich die Füße
herausstrecke, so wisse, daß ich tot bin; dann verlaß
mich, nimm das Maultier und die Satteltaschen und geh
zum Basar der Kaufleute. Dort wirst du einen Juden finden namens Schamaja. Gib ihm das Maultier und er wird
dir hundert Dinare geben. Nimm sie, bewahr das Geheimnis und geh deiner Wege!« Ich weigerte mich, das zu
tun, aber der Maure drang so lange in mich, bis ich ein-
willigte. Nun band ich ihm die Hände ganz fest, während
der Maure immer sagte: »Noch fester!« Schließlich sagte
er: »Jetzt stoß mich in den See!« Da stieß ich den Mauren
vorwärts und stürzte ihn in den See, sodaß er unterging.
Eine Weile stand ich wartend da, aber dann erschienen
des Mauren Füße über dem Wasser, und so wußte ich,
daß er tot war. Da nahm ich das Maultier, ließ den Mauren, wo er war, und begab mich zum Basar der Kaufleute;
dort sah ich den Juden auf einem Stuhl an der Tür seines
Vorratshauses sitzen. Kaum hatte er das Maultier erkannt, da rief er auch schon: »Ja, der Mann ist umgekom-
men! Nur die Habgier hat ihn umgebracht.« Er nahm
mir das Maultier ab und gab mir hundert Dinare, indem

er mir einschärfte, das Geheimnis zu wahren. Ich ging zum Bäcker und zum Fleischer und holte Gemüse. Dann ging ich heim, und meine Brüder fielen über die Speisen her wie gefräßige Dämonen. Ich gab das Geld meiner Mutter und sagte: »Wenn Salim und Sadi kommen, so gib ihnen etwas, damit sie sich Speise kaufen können, wenn ich abwesend bin.« Am nächsten Morgen nahm ich das Netz und ging wieder zum See Karun. Gerade als ich es auswerfen wollte, erschien plötzlich ein zweiter Maure, reitend auf einem Maultier, und noch prächtiger ausgestattet als jener, der ertrunken war; auch er hatte Satteltaschen, und in jeder der beiden Taschen befand sich ein Kästchen. Der rief: »Friede sei mit dir, o Dschaudar!« »Auch mit dir sei Friede, Herr Pilgersmann!« erwiderte ich, und der Maure fuhr fort: »Ist gestern ein Maure zu dir gekommen, der ein Maultier wie dieses ritt?« Ich erschrak und sagte: »Ich habe niemanden gesehen.« Der Maure beruhigte mich: »Hab keine Furcht! Es war mein Bruder, und du sollst mit mir das gleiche tun, was du mit ihm getan hast!« Und auch er zog eine seidene Schnur heraus. »Wenn es mir ergeht wie meinem Bruder«, fügte er hinzu, »so nimm das Maultier, führe es zu dem Juden und laß dir von ihm hundert Dinare geben.« Nun band ich ihm die Hände fest und stieß ihn in den See. Nach einer Weile kamen die Füße heraus, und ich nahm das Maultier und zog zum Basar der Kaufleute. Als mich der Jude erblickte, rief er: »Ist der zweite auch tot? Solches ist der Lohn der Habgierigen!« und er nahm das Maultier und gab mir hundert Dinare. Nun geschah es aber, daß auch am dritten Tage ein Maure erschien, gerade als ich am See Karun fischen wollte. Wie die andern ritt er auf einem Maultier mit Satteltaschen und war noch prächtiger ausgerüstet als die ersten. Er rief: »Friede sei mit dir, o Dschaudar, Sohn Omars!« »Woher kennen die mich alle?« dachte ich im Stillen, aber ich erwiderte den Gruß und nun fuhr der Maure fort: »Sind Mauren hier vorbeigekommen?« »Zwei«, sagte ich, »ich habe sie gefesselt und in den See geworfen, und ich vermute, daß du nach dem gleichen Schicksal begierig bist.« »Du hast recht«, sagte er, »jedes Leben hat seine Zeit. Tu mit mir, wie du mit den andern getan hast!« Ich fesselte ihn, warf ihn in den See und wartete. Plötzlich aber hielt der Maure seine Hände empor und rief: »Wirf das Netz aus!« Da warf ich das Netz über ihn und zog ihn heraus, und siehe da, er hatte zwei Fische in den Händen, in jeder Hand einen, die waren rot wie Korallen. Dann gebot er mir: »Öffne die Kästchen, die in den Satteltaschen sind!« Ich tat es, und der Maure legte in jedes einen Fisch hinein und verschloß es wieder. Dann zog er mich an seine Brust, küßte mich auf die rechte Wange und auf die linke und sprach: »Bei Allah, hättest du nicht das Netz über mich geworfen und mich herausgezogen, so hätte ich diese beiden Fische festgehalten, während ich im Wasser versank, so lange bis ich ertrunken wäre und nicht mehr aus dem See hätte herauskommen können.« »Herr Pilgersmann«, erwiderte ich, »ich beschwöre dich, tu mir die Wahrheit kund über die beiden, die ertrunken sind, und über den Juden und über diese beiden Fische!«

Maure: Wisse, o Dschaudar, die beiden Ertrunkenen waren meine Brüder. Auch der Jude ist mein Bruder, und er ist in Wirklichkeit ein Muslim. Unser Vater hatte uns gelehrt, geheime Dinge zu erkennen, Schätze zu heben und zu zaubern. Als er gestorben war, teilten wir die Schätze, die Reichtümer und die Talismane, doch wegen eines Buches erhob sich Streit zwischen uns, denn in diesem Buch, das da heißt »Die Legenden der Alten«, ist alles geheime Wissen verzeichnet, und jeder von uns wollte es besitzen, um alles zu erfahren, was darinnen stand. Da riefen wir, um den Streit zu schlichten, einen Scheich herbei, der unsern Vater erzogen und in Zauber und Magie unterwiesen hatte. Dem gaben wir das Buch und er entschied so: »Ich vermag keinem von euch unrecht zu tun. Wer also das Buch erhalten will, der hebe den Schatz von Schamardal und bringe mir die Himmelsscheibe, die Schminkbüchse, den Siegelring und das Schwert. Wer den Siegelring besitzt, wider den wird kein König und kein Sultan etwas vermögen, ja, wenn er will, kann er durch ihn die ganze Welt beherrschen weit und breit. Wer aber das Schwert trägt, der kann, wenn er es zückt und gegen ein Heer schwingt, alsbald das Heer in die Flucht schlagen. Wer die Himmelsscheibe besitzt, kann alle Länder von Ost nach West darin erblicken, er kann in die entferntesten Städte schauen, als wandle er in ihren Straßen. Was endlich die Schminkbüchse anlangt, so kann jeder, der sich aus ihr die Augen schminkt, die Schätze der Erde erkennen. Wer mir die vier Kleinodien bringt, der soll dieses Buch erhalten.« Wir waren mit der Bedingung einverstanden, und er fuhr fort: »Wisset, meine Söhne, daß der Schatz von Schamardal unter der Herrschaft der Söhne des Roten Königs steht. Diese aber hausen im See Karun im Lande Ägypten. Nun habe ich die Sterne berechnet, und es steht in ihnen geschrieben, daß dieser Schatz nur durch einen Jüngling aus Kairo gehoben werden könne, der den Namen Dschaudar ibn Omar führe. Dschaudar muß dem Schatzsucher die Hände auf dem Rücken fesseln und ihn in den See stoßen. Darauf werden die Söhne des Roten Königs mit ihm kämpfen. Wer kein Glück hat, der wird umkommen und seine Füße werden sich über dem Wasser zeigen. Wer aber Glück hat und die Geistersöhne packen kann, bei dem werden zuerst die Hände erscheinen. Dann muß Dschaudar das Netz über ihn werfen und ihn aus dem See herausziehen.« Als wir das gehört hatten, da sagten zwei meiner Brüder und ich: »Wir wollen dahin gehen, auch wenn wir den Tod finden!« Aber unser Bruder, der jetzt als Jude verkleidet ist, sagte: »Ich trage kein Verlangen danach.« Deshalb verabredeten wir mit ihm, er solle sich nach Kairo begeben, damit er, wenn einer von uns umkäme, sein Maultier und seine Satteltaschen in Empfang nähme und dem Überbringer hundert Dinare gäbe. Die Söhne des Roten Königs haben zwei meiner Brüder umgebracht, mich aber haben sie nicht übermocht und so habe ich sie gefangen.

Dschaudar: Gefangen? Wo sind deine Gefangenen?

Maure: Hast du nicht gesehen, wie ich sie in die Kästchen einsperrte?

Dschaudar: Das waren ja Fische.

Maure: Es sind keine Fische, es sind Dämonen in Fischgestalt. Nun aber, Dschaudar, wisse, daß der Schatz nur durch dich gehoben werden kann. Willst du meinen Wunsch erfüllen und mit mir nach der Stadt Fes ziehen? Dort wollen wir den Schatz heben, und hernach will ich dir alles geben, was du verlangst. Du sollst immerdar vor Allah mein Bruder sein und sollst fröhlichen Herzens zu den Deinen zurückkehren.

Dschaudar: Mein Herr Pilgersmann, an meinem Halse hängen meine Mutter und meine beiden Brüder. Wenn ich mit dir gehe, wer soll ihnen das Brot geben?

Maure: Das ist ein nichtiger Vorwand. Wir wollen deiner Mutter tausend Dinare geben. Davon kann sie leben, bis du wieder zurückkommst. In spätestens vier Monaten bist du wieder hier.

Dschaudar: Als ich Abschied von meiner Mutter genommen hatte, sagte der Maure: »Sitz hinter mir auf!«, und dann ritten wir dahin, von Mittag bis zur Zeit des Nachmittagsgebetes. Da wurde ich hungrig und weil ich bei dem Mauren keine Zehrung sah, so sprach ich zu ihm: »Herr Pilgersmann, hast du vielleicht vergessen, für uns etwas mitzunehmen, was wir unterwegs essen können?« »Bist du hungrig?« fragte der Maure, und wir stiegen ab und er nahm die Satteltaschen herunter. »Was möchtest du essen?« »Irgend etwas«, erwiderte ich. »Vielleicht gebratene Hühnchen?« »Warum nicht gebratene Hühnchen!« »Vielleicht auch Reis mit Honig?« Und er fragte immer weiter: »Magst du dies?« und »Magst du das?«, bis er mir vierundzwanzig Gerichte genannt hatte. Ich dachte mir im Stillen, daß er irre sei. Woher wollte er mir all die Gerichte bringen, zumal er weder Koch noch Küche hatte? Da steckte er seine Hand in die Satteltasche und zog eine goldene Schüssel heraus, auf der zwei heiß gebratene Hühnchen lagen. Dann griff er zum zweiten Male hinein und holte eine goldene Schüssel mit Röstfleisch heraus. So zog er unablässig eins nach dem andern hervor, bis die vierundzwanzig Gerichte beisammen waren. Ich sagte: »Hast du etwa in diese Satteltaschen eine Küche getan und Leute, die da kochen?« Lachend erwiderte der Maure: »Das sind Zaubertaschen, man kann jedes Gericht aus ihnen nehmen.« Nun aßen wir uns satt und ritten weiter, unermüdlich. Morgens holte der Maure das Frühmahl aus den Satteltaschen, abends das Nachtmahl. Um Mitternacht stiegen wir ab und schliefen. So ging es viele Tage dahin, bis wir in Fes ankamen. Dort aber wohnte ich im Hause des Mauren, das war wie ein Palast und kostbar ausgestattet mit Teppichen und Geräten und Ampeln aus Edelsteinen und Truhen aus Ebenholz. Zwanzig Tage blieb ich dort und er kleidete mich jeden Tag in ein neues Gewand. Wir aßen immer aus den Satteltaschen, er brauchte nichts zu kaufen, weder Fleisch noch Brot, auch kochte er nicht, sondern alles, was er brauchte, kam aus den Zaubertaschen, selbst die verschiedenen Arten von Früchten. Am einundzwanzigsten Tage aber sprach er: »Dschaudar, dies ist der Tag, der vorherbestimmt ist für die Hebung des Schatzes von Schamardal.« Und wir machten uns auf und gingen bis ans Ende der Stadt; draußen vor dem Tor aber bestiegen wir jeder ein Maultier und ritten bis zur Mittagszeit. An einem Fluß machten wir halt und stiegen ab. Dort winkte der Maure und zwei Sklaven erschienen, nahmen unsere Maultiere am Zügel und gingen von dannen. Nach einer Weile kehrte einer von ihnen mit einem Zelt zurück und schlug es auf, der zweite brachte einen Teppich und breitete ihn im Zelte aus, ringsherum legte er Polster und Kissen. Darauf holte einer die beiden Kästchen mit den Fischen, der andere holte die Satteltaschen. Nun setzten wir uns im Zelte nieder und aßen. Danach nahm der Maure die beiden Kästchen und sprach Beschwörungen über sie. Da erklangen von drinnen Stimmen, die riefen:

»Zu deinen Diensten, o größter Zauberer der Welt! Hab Erbarmen mit uns!« Und sie schrien um Hilfe. Er aber sprach noch mehr Zauberformeln, bis die beiden Kästchen in Stücke zersprangen und die Trümmer umherflogen. Zwei Männer mit gefesselten Händen traten heraus und riefen: »Gnade!« Der Maure sagte: »Ich will euch beide verbrennen, es sei denn, daß ihr mir helft, den Schatz von Schamardal zu heben.« »Das wollen wir tun«, riefen sie. Sie schwuren es ihm und er ließ sie frei. Dann holte er ein Rohr und Tafeln aus rotem Karneol und legte die Tafeln auf das Rohr; ferner nahm er ein Kohlenbekken, tat Kohlen hinein und hauchte sie mit einem einzigen Atemzuge an, sodaß sich das Feuer darin entzündete. Schließlich holte er Weihrauch und dann sprach er zu mir.

Maure: Dschaudar, jetzt will ich die Beschwörungen sprechen und den Weihrauch hineinwerfen; und wenn ich mit dem Zauber begonnen habe, so darf ich nicht mehr reden, sonst wird er zunichte. Darum will ich dich jetzt lehren, was du zu tun hast, um dein Ziel zu erreichen. Wisse also, wenn ich den Zauber gesprochen und den Weihrauch aufs Feuer geworfen habe, so wird das Wasser im Flusse austrocknen und du wirst eine goldene Tür erblicken, so groß wie das Tor einer Stadt, mit zwei ehernen Ringen. Poch leise an die Tür und warte eine Weile. Dann poche zum zweiten Mal, lauter als zuvor und warte wieder eine Weile. Dann poche dreimal hintereinander in rascher Folge. Darauf wirst du eine Stimme hören: »Wer klopft an das Tor der Schätze an, ob er gleich die Geheimnisse nicht lösen kann?« Du aber sprich: »Ich bin Dschaudar, der Fischer, der Sohn des Omar.« Dann wird sich das Tor auftun, und eine Gestalt tritt heraus, mit dem Schwert in der Hand, und sagt zu dir: »Wenn du der Mann bist, so strecke deinen Nacken vor, auf daß ich dir den Kopf abschlage.« Halte ihm ruhig deinen Nacken hin. Denn wenn er seine Hand mit dem Schwerte erhebt, so stürzt er vor dir nieder, und nach einer kleinen Weile siehst du ihn als lebloses Wesen liegen. Wenn du dich aber widersetzt, tötet er dich. Hast du seinen Zauber durch deinen Gehorsam gebrochen, so geh hinein, bis du ein zweites Tor erblickst. Klopfe an, so wird ein Reiter zu dir herauskommen, mit einer Lanze auf der Schulter und er wird die Lanze wider dich schütteln. Du aber halt ihm die bloße Brust hin und er wird nach dir stoßen und im selben Augenblick zu Boden sinken. Wenn du anders tust, tötet er dich. An der dritten Tür wird ein Bogenschütze dir entgegentreten und wird auf dich zielen. Entblöße die Brust vor ihm, dann schießt er und stürzt vor dir nieder ohne Leben, du aber bleibst unverletzt. Geh weiter zur vierten Tür. Ein Löwe von riesiger Größe wird sich auf dich stürzen und seinen Rachen aufsperren, als wollte er dich verschlingen. Fürchte dich nicht und fliehe nicht, sondern reiche ihm die Hand, wenn er vor dir steht, so wird er auf der Stelle niedersinken und dir wird kein Leid geschehen. An der fünften Tür findest du zwei Drachen, die den Rachen aufsperren und sich auf dich stürzen. Halte ihnen deine beiden Hände entgegen und jeder wird nach einer schnappen. Es geschieht dir nichts. Tust du aber anders, so beißen sie dich tot. Bist du durch das fünfte Tor gekommen, so hast du alle Geheimnisse gelöst und alle Zauber gebrochen und du bist deines Lebens sicher. Tritt in die Schatzhöhle ein und du wirst das Gold in Haufen liegen sehen. Doch achte auf nichts davon, sondern suche nach einer Kammer auf der inneren Seite der Höhle, die durch einen Vorhang verdeckt ist. Dort wirst du den Zauberer Schamardal auf einem goldenen Bette ruhen sehen. Zu seinen Häupten leuchtet etwas Rundes wie der Mond, das ist die Himmelsscheibe; das Schwert hat er umgehängt, an seinem Finger ist ein Ring, und um den Hals hat er eine Kette, an der sich eine Schminkbüchse befindet. Bring die vier Kleinodien; hüte dich, irgendetwas von dem zu vergessen, was ich dir gesagt habe, und unterlasse nichts; sonst wirst du bereuen und in großer Gefahr sein.

Dschaudar: Dann wiederholte er mir alle die Anweisungen noch einmal und zum zweiten, dritten und vierten Male, bis ich sagte: »Ich habe sie behalten und vertraue auf Allah.« Alsdann warf der Maure Weihrauch aufs Feuer und murmelte Beschwörungen. Plötzlich verschwand das Wasser, das Flußbett ward sichtbar und die Tür des Schatzes zeigte sich. Da ging ich hinab und klopfte an das erste Tor. Alles geschah wie mir der Maure es gesagt hatte und ich durchschritt die fünf Tore, trat in die Kammer, wo der Zauberer Schamardal lag und nahm die vier Kleinodien an mich. Als ich die Schatzhöhle verlassen hatte und wieder bei dem Mauren war, hörte er auf zu beschwören und zu räuchern und zog mich in seiner großen Freude an die Brust. Ich gab ihm die Kleinodien und erbat mir die Satteltaschen dafür. Er aber schenkte mir außer den Zaubertaschen noch ein zweites Paar, voll von Gold und Edelsteinen und gab mir für die Reise ein Maultier und einen Sklaven mit. Als ich nun all diese Abenteuer hinter mich gebracht hatte, und durch das

Nordosttor in Kairo einritt, da sah ich meine Mutter im Staub sitzen und sie rief: »Um Allahs Willen, eine kleine Gabe!« Darüber ward ich wie von Sinnen, sprang von meinem Maultier herab und hob meine Mutter herauf. Da erkannte sie mich und weinte.

Mutter: Dschaudar schritt am Steigbügel dahin bis wir nach Hause kamen. Als wir eingetreten waren, fragte er mich: »Mutter, wie geht es meinen Brüdern Salim und Sadi?« »Es geht ihnen gut«, antwortete ich, und er fuhr fort: »Weshalb bettelst du denn am Wege?« »Mein Sohn, weil ich hungrig bin.« »Ehe ich abreiste, gab ich dir tausend Dinare.« »Mein Sohn, deine Brüder haben mir das Geld abgenommen und sagten, sie wollten Waren dafür kaufen. Als sie das Geld in Händen hatten, jagten sie mich fort und mir blieb nichts anderes als zu betteln.« »Mutter«, sagte er, »sorge dich nicht mehr, ich bin reichlich versehen mit allem Guten.« »So geh, mein Sohn, hole uns Brot, die ganze Nacht hat mich der Hunger gequält.« »Ich habe alles in diesen Satteltaschen«, sagte er und lächelte, »darum wünsche dir etwas Gutes!« »Mein Sohn, etwas warmes Brot und ein Stückchen Käse!« »Liebe Mutter, das ziemt sich nicht für deinen Stand! Höre, was du essen sollst: Gebratenes Fleisch, geröstete Hühnchen, Reis mit Pfeffer, Würstchen, gefüllten Kürbis, gespicktes Lamm, gefüllte Rippchen, süße Nudeln mit zerriebenen Mandeln, Honig und Zucker, Honigkuchen und Nußtörtchen.« Da rief ich: »Weh, weh! Was ist dir geschehen? Träumst du oder bist du irre?« Nun erklärte er mir das Geheimnis der Satteltaschen und wir aßen und tranken. Siehe aber, da traten Salim und Sadi ein, die von der Ankunft Dschaudars und seinem Reichtum gehört hatten.

Dschaudar begrüßte sie, als wäre nichts geschehen, und er sprach zu ihnen: »Setzt euch nieder und eßt!« Da blieben sie gleich zehn Tage bei uns und aßen und tranken ohne Unterlaß. Am elften Tage aber, als Dschaudar nicht zu Hause war, verlangten sie Essen von mir, und ich trug ihnen auf. »Mutter«, fragten sie nun, »diese Speise ist warm, aber du hast doch nicht gekocht, nicht einmal Feuer angeblasen.« Da lachte ich und erzählte ihnen, woher die Speisen kamen, aber ich fügte hinzu: »Bewahrt das Geheimnis!« »Das Geheimnis soll bewahrt bleiben«, erwiderten sie. Dann aber setzten sie sich zusammen in einen Winkel und flüsterten und ich verstand nicht, was sie sagten. Nun geschah es, daß Dschaudar einige Tage später, als ich ihn morgens wecken wollte, von seinem Lager verschwunden war und auch nicht mehr zurückkehrte. Ich dachte: »Allah wird ihn auf dem rechten Weg leiten und ihn bewahren.« Aber die Trennung war hart für mich und ich weinte immerzu. Darüber waren Salim und Sadi erzürnt und sie fuhren mich an: »Du Verruchte, verschwendest du all diese Liebe an Dschaudar? Wenn wir fort sind, trauerst du nicht um uns; und wenn wir da sind, freust du dich nicht über uns. Sind wir nicht auch deine Söhne?« Ich entgegnete: »Wohl seid ihr meine Söhne, aber seit dem Tage, da euer Vater starb, habe ich nichts Gutes von euch erfahren. Dschaudar aber hat mir Liebe erwiesen und hat mein Herz getröstet.« Als die beiden solche Worte hörten, schmähten und schlugen sie mich. Danach gingen sie im Hause umher und suchten die Satteltaschen, und sie nahmen alles an sich und sagten: »Das ist unsers Vaters Gut!« »Nein, bei Allah«, rief ich, »das ist das Gut eures Bruders Dschaudar, er hat es aus dem Lande der Mauren mitgebracht.« Aber sie schalten mich: »Du lügst!« und sie verteilten die Schätze untereinander. Aber wegen der Zaubertaschen erhob sich Streit zwischen ihnen, und sie zankten miteinander bis zum Abend und die ganze Nacht hindurch. Da hörte sie ein Mann von der Wache des Königs, der im Hause neben uns eingeladen war; denn das Fenster war offen. Und der Wächter schaute aus dem Fenster hinaus und hörte den ganzen Streit mit an, wie sie redeten und teilten. Am nächsten Morgen berichtete der Wächter dem König davon. Dieser ließ die Brüder Salim und Sadi herbeiholen, warf sie ins Gefängnis und nahm die Schätze Dschaudars an sich. Mir aber bestimmte er ein tägliches Einkommen, so viel, daß ich gerade davon leben konnte. Nun saß ich allein und trauerte um meine Söhne im Gefängnis und um Dschaudar, von dem ich nicht wußte, wo er war.

Dschaudar: Mich aber hatten meine Brüder betäubt und mich an Bord eines Schiffes geschleppt, das einem Sklavenhändler gehörte. Ich ward nach Sucz gebracht und tat die Arbeit von Gefangenen und Sklaven, ein volles Jahr lang. Da erhob sich eines Tages, als ich auf See war, ein widriger Wind und warf das Schiff gegen einen Felsen. Da zerbarst es und alles, was darauf war, versank, nur ich konnte schwimmend das Land erreichen. Landeinwärts gehend, gelangte ich zu einem Beduinenlager. Dort befand sich bei den Leuten ein Kaufmann aus Dschidda, der hatte Mitleid mit mir und sprach: »Willst du bei mir in Dienst treten, Ägypter? Ich will dich kleiden und mit mir nehmen.« Da ward ich sein Diener und reiste mit ihm nach Dschidda. Nach einiger Zeit nun wollte mein Herr die Pilgerfahrt machen und nahm mich mit nach Mekka. Als wir dort angekommen waren, ging ich hin, um im heiligen Bezirk das Haus Allahs zu umschreiten. Während ich den Umgang vollzog, erblickte ich plötzlich meinen Freund, den Mauren, der auch um die Kaaba schritt. Da begrüßten wir uns und ich erzählte ihm mein Mißgeschick. Er aber sprach: »Jetzt ist das Ende deiner Leiden gekommen, o Dschaudar.« Ich verließ meinen Dienst bei dem Kaufmann aus Dschidda und blieb mit dem Mauren zusammen, bis wir beide die Pflichten der Pilgerfahrt erfüllt hatten. Da gab mir der Maure den Ring, den er aus dem Schatz von Schamardal besaß und sagte: »Sooft du etwas begehrst, reibe den Ring, dann wird ein Geist erscheinen und alles tun, was du ihm befiehlst.« Ich dankte dem Mauren, nahm Abschied von ihm und rieb den Ring. Alsbald erschien der Geist und ich befahl ihm: »Bring mich nach Kairo.« Da nahm der Geist mich auf den Rücken und setzte mich im Hofe des Hauses meiner Mutter nieder. Ich trat ein, da weinte meine Mutter vor Freude und Schmerz und erzählte, was sich begeben hatte. Nun hatte ich Sorge um meine Brüder, deshalb rieb ich den Ring und befahl dem Geist, die beiden aus dem Gefängnis zu befreien und herbeizuschaffen. Da traten sie ein und ich rief ihnen zu: »Seid mir gegrüßt meine Brüder!« Sie aber ließen die Köpfe hängen und weinten. Ich sagte: »Wie konntet ihr so an mir handeln? Nun bereut vor Allah und bittet ihn um Vergebung, Er ist der Barmherzige. Ich selbst habe euch schon verziehen und heiße euch willkommen!« So tröstete ich sie, bis ihre Herzen sich beruhigt hatten. Dann erzählten wir uns, was uns alles geschehen war. Ich ergrimmte über den König und rieb meinen Ring. Dem

Geist befahl ich, die Schatzkammer des Königs auszuräumen, daß auch nicht das geringste mehr darinnen bliebe, und alles zu mir zu schaffen. Nachdem der Geist das getan hatte und nun auch die Satteltaschen wieder in meinem Besitz waren, befahl ich ihm weiter »Bau mir in dieser Nacht ein hohes Schloß, schmücke es ganz mit Goldglanz und statte es mit prächtigem Hausrat aus. Wenn der Tag anbricht, muß alles fertig sein.« Der Geist versprach das alles, dann holten wir Speisen aus den Satteltaschen, aßen, waren guter Dinge und legten uns zum Schlafe nieder.

Mutter: Am Morgen aber stand das Schloß in all seinem Schmuck vollendet, und als Dschaudar mit Salim, Sadi und mir hinging, sahen wir, daß es nicht seinesgleichen hatte und durch die Schönheit seines Baues die Sinne verwirrte. Nun ließ Dschaudar durch den Geist Schmuck, Gewänder und Dienerschaft herbeischaffen und wir alle nahmen Wohnung im Schloß. Inzwischen hatte aber der Schatzmeister des Königs, als er in die Schatzkammer kam, entdeckt, daß sie leer war. Da wurde es ihm schwarz vor den Augen und er rannte zum König. Als er erfuhr, was geschehen war, wurde es ihm ebenso schwarz und er ergrimmte in majestätischem Zorn. Und wie ihm noch der Schaum vorm Mund stand und er nach Worten rang, kam ein Wächter hereingelaufen und sprach: »O größter König unserer Zeit, die ganze Nacht hindurch habe ich zugeschaut, wie Baumeister einen Bau errichteten. Und als es Tag ward, sah ich ein Schloß errichtet, das seinesgleichen nicht hat. Und wie ich danach fragte, ward mir gesagt, Dschaudar sei gekommen und habe dies Schloß gebaut, und er habe Mamluken und

Sklaven; er habe auch seine Brüder aus dem Kerker befreit und jetzt throne er in seinem Schlosse wie ein Sultan.« Da rief der König: »Mein Widersacher ist entdeckt. Wer Salim und Sadi aus dem Kerker befreit hat, der hat auch meinen Schatz geraubt. Wesir, schicke einen Emir wider ihn mit fünfzig Mann, auf daß sie ihn und seine Brüder ergreifen, all seinen Besitz versiegeln und mir die drei bringen, damit ich sie aufhängen kann!« Und er war rot im Gesicht vor Zorn und die Adern schwollen ihm und alles lief im Schloß hastig durcheinander, um seine Befehle zu erfüllen und seinen Zorn nicht zu vergrößern. Als nun der Emir mit seinen fünfzig Mann vom Schloß herabstieg, sah er schon von weitem vor Dschaudars Schloß einen Wächter auf einem Stuhl sitzen. Als er nun ankam, erhob sich der Wächter nicht vor ihm, sondern tat als sähe er niemanden, obwohl doch der Emir fünfzig Bewaffnete bei sich hatte. Da herrschte der Emir den Wächter an: »Sklave, wo ist dein Herr?« »Im Hause«, antwortete der Wächter, indem er sich mit dem Arm aufstützte. Da ergrimmte der Emir und rief: »Elender Sklave, ich spreche mit dir und du flegelst dich hin wie ein Galgenstrick!« »Geh weg, mach nicht viel Worte!« brummte der Sklave. Kaum hatte der Emir diese Worte vernommen, da kam die Wut über ihn, er zog seine Keule und wollte den Wächter schlagen; denn er wußte nicht, daß der ein Dämon war. Jener aber sprang empor, entriß ihm die Keule und versetzte ihm drei Schläge. Als die fünfzig Mann das sahen, zogen sie ihre Schwerter und wollten den Wächter töten. Der aber stürzte sich auf sie und verprügelte sie alle mit der Keule und das ging wie ein Wirbelwind und sie liefen eilig und schmählich davon. Er aber setzte sich wieder auf seinen Stuhl, als wäre nichts geschehen. Als nun der Emir dem König berichtete, ließ dieser hundert Mann ausziehen. Aber Dschaudars Wächter schlug auch die hundert Mann in die Flucht. Da ließ der König zweihundert Mann ausziehen, und als auch die nichts ausrichteten, fünfhundert. Aber der Wächter verprügelte die fünfhundert und setzte sich wieder gemächlich auf seinen Stuhl. »Die Fliegen sind heute arg«, sagte er. Als der König das erfuhr, sagte er zum Wesir: »Ich beauftrage dich, daß du mit tausend Mann ausziehest und mir diesen Wächter bringst, dazu auch dessen Herrn Dschaudar und seine Brüder.« Doch der Wesir erwiderte ihm: »Ich habe keine Krieger nötig. Ich will allein und unbewaffnet gehen.« »Tu, was du für richtig hältst!« sagte der König. Der Wesir tat alle Waffen von sich, legte ein weißes Gewand an, nahm einen Rosenkranz in seine Hand und schritt allein dahin, bis er zum Tore Dschaudars gelangte. Dort sah er den Sklaven sitzen und sprach zu ihm: »Friede sei mit dir!« »Auch mit dir sei Friede!« erwiderte der Wächter. Der Wesir fuhr fort: »Bitte geh zu deinem Herrn und sage ihm, der König entbiete ihm seinen Gruß und er möge ihn durch sein Kommen ehren und von seiner Speise essen.« Der Wächter sagte: »Bleib hier, ich will ihn fragen!« Er ging ins Haus und als er zurückkam bat er den Wesir einzutreten. Da ging der Wesir hinein und wiederholte vor Dschaudar die Einladung des Königs. Dschaudar erwiderte: »Da der König mein Freund ist, so grüße ihn und sage ihm, er möchte zu mir kommen.« »Er wird es gern tun,« sagte der Wesir.

Dschaudar: Da nun der König zu mir zum Gastmahl

kommen sollte, rieb ich den Ring und sagte dem Geist: »Ich wünsche, daß du mir einige von den Dämonen bringst, die deinem Befehl unterstehen, die sollen in Menschengestalt Krieger sein und im Hofe des Schlosses stehen, so daß der König sie sieht. Sie werden ihm Furcht und Schrecken einjagen, sein Herz wird erbeben, und er wird erkennen, daß meine Macht größer ist als seine.« Da brachte mir der Geist zweihundert Dämonen als Krieger verkleidet, mit prächtigen Waffen gerüstet, starke und kräftige Gestalten. Als nun der König ankam, erschrak sein Herz vor ihnen. Dann schritt er hinauf in den Palast und trat zu mir ein. Er sah mich sitzen und begrüßte mich und verbeugte sich vor mir. Aber ich erhob mich nicht vor ihm, erwies ihm auch keine Ehren, sagte nicht zu ihm: »Nimm Platz!«, sondern ließ ihn stehen. Nach einigen Augenblicken sagte ich: »O König, es ziemt sich nicht für deinesgleichen, den Menschen Gewalt anzutun und ihnen ihr Hab und Gut zu nehmen.« »Hoher Herr«, erwiderte der König, »zürne mir nicht! Die Habgier trieb mich dazu, und das Schicksal mußte sich erfüllen. Und gäbe es keine Sünde, so gäbe es auch keine Verzeihung.« So entschuldigte er sich bei mir ob des Vergangenen, bis ich zu ihm sprach: »Allah vergebe dir!« und ihn sich setzen ließ. Dann ward das Mahl aufgetragen. Es hatte vierunddreißig Gänge und endete mit Torten aus Mandelmilch. Der König wischte sich die Krumen aus dem Bart, strich sich über den Bauch und hatte seiner Lebtag noch keine solche Mahlzeit gehabt. Deshalb kam er jetzt auch jeden Tag zu mir, und er, seine Wesire und Emire nahmen gewaltig zu an Leibesumfang in wenigen Wochen. Er gewöhnte sich auch daran, seine Staatsversammlung in meinem Hause abzuhalten und oft befragte er mich um meine Meinung. So wuchs unsere Vertraulichkeit und Freundschaft.

Mutter: Eines Tages nun war Dschaudar seinerseits beim König zum Mahle geladen und sie blieben in trautem Beisammensein bis zum Abend in dem Saale. Da ging, im prächtigsten Schmuck, die Prinzessin, die Tochter des Königs, an der Tür des Saales vorüber. Als aber Dschaudar sie erblickte, sie, die an Schönheit und Anmut nicht ihresgleichen hatte, richtete er die Augen fest auf sie und seufzte: »Aah!« Es war ihm, als ob seine Glieder sich verrenkten und seine Kehle sich zusammenschnürte. Und als der König das sah, war er wohl zufrieden, denn er hatte die Prinzessin veranlaßt, an der Tür vorbeizugehen, damit Dschaudar sie erblickte. Und er gab dem Wesir einen Wink und tat so als hörte er kein Wort, als der Wesir Dschaudar fragte: »Der Himmel behüte dich, o mein Gebieter, warum muß ich sehen, daß du die Farbe wechselst und Schmerzen leidest?« Dschaudar erwiderte: »O Wesir, wessen Tochter ist diese Maid? Sie hat mein Herz gefangen und mir den Verstand geraubt.« Da gab der Wesir zur Antwort: »Sie ist die Tochter deines Freundes, des Königs. Wenn sie dir gefallen hat, so will ich mit dem König sprechen, daß er sie dir vermähle.« »Ich bitte dich darum«, sagte Dschaudar, und der Wesir flüsterte dem König zu: »O König, dein Freund Dschaudar wünscht dein Verwandter zu werden, und er wendet sich durch mich an dich, du mögest ihn mit deiner Tochter vermählen. Drum enttäusche mich nicht und nimm meine Vermittlung an; er wird dir als Morgengabe für sie alles geben, was du nur immer verlangst.« Der König erwiderte darauf: »Die Morgengabe habe ich bereits erhalten, und die Tochter ist seine Dienstmagd; ich gebe sie ihm zum Weibe, und er ist gütig, wenn er sie annimmt.« Die Nacht über blieben sie zusammen, am nächsten Morgen aber berief der König eine Staatsversammlung, zu der er hoch und niedrig entbot. Da erbat Dschaudar die Prinzessin zur Gemahlin; und als der König sprach: »Die Morgengabe habe ich bereits erhalten,« ward der Ehevertrag geschrieben. Nun ließ Dschaudar die Satteltaschen mit den Juwelen herbeibringen und gab sie dem König als Morgengabe für die Prinzessin. Trommelwirbel hallte und Flötenklang erscholl, und die Hochzeit ward prächtig gefeiert. So kam es, daß ich die Mutter des Königs Eidam wurde und die Schwiegermutter einer Prinzessin, obwohl ich doch als Tochter eines Gerbers geboren und länger in Armut als in Reichtum gelebt hatte. Aber ich ward noch viel mehr. Denn einige Jahre danach starb der König, – unter uns gesagt, ich glaube, weil er zuviel aß. Jedenfalls verlangten die Truppen Dschaudar zum Sultan, und obwohl er sich dessen weigerte, drangen sie so lange in ihn, bis er nachgab und sie ihn zum Sultan ausriefen. Nun machte er Salim zum Wesir zur Rechten und Sadi zum Wesir zur Linken. So hatte ich also zwei Wesire und einen Sultan als Söhne, und es wird nicht viele Frauen geben, die das erreichen. Ich bete zu Allah, daß Er mein Glück währen lasse, bis ich sterbe, und daß es noch lange dauern möge, bis Der zu meinen Kindern kommt, der die Freundesbande zerreißt und die Freuden schweigen läßt. Doch wie Allah es vorgesehen hat, muß es geschehen, ob es uns gefällt oder nicht. Gepriesen sei Er.

Sindbad der Seefahrer

Erster Gast: Einen Becher für Sindbad den Lügner! *(Gelächter)*

Zweiter Gast: Noch eine Geschichte im Ranzen, Sindbad?

Erster Gast: Als ich noch der reiche Kaufmann Sindbad in Basra war –, nicht wahr, so fangen sie doch alle an, deine Geschichten!?

Zweiter Gast: Einen Becher für Sindbad, den reichen Kaufmann aus Basra!

Erster Gast: Einen Becher für den reichen Kaufmann, der in Lumpen herumläuft und bettelt!

Zweiter Gast: Basra ist weit, Sindbad, wir können dir nichts nachrechnen. Warum also so wenig? Was ist ein reicher Kaufmann? Warum nicht Wesir? Warum nicht Sultan?

Sindbad: Ihr redet viel, während ich die Becher zusammenzähle. Drei sind es bisher und ich sehe keinen einzigen vor mir. Euer Maul ist großmütig, euer Beutel geizig.

Erster Gast: Sollen wir uns das sagen lassen?

Zweiter Gast: Wirt, drei Becher für Sindbad!

Sindbad: Endlich! Und nun will ich euch erzählen, wie mir einmal der Wein das Leben gerettet hat!

Erster Gast: Wieder eine von deinen wahren Geschichten.

Sindbad: Eine von meinen wahren Geschichten, jawohl. Wollt ihr sie hören?

Zweiter Gast: Wenn wir schon drei Becher Wein für dich zahlen!

Sindbad: Eines Tages also ward ich schiffbrüchig. Wie das kam, ist eine andere Geschichte, kurzum: das Schiff ward zertrümmert, und alles, was sich darauf befand, fiel ins Wasser. Ich begann um meine Rettung zu ringen, da das Leben doch so süß ist, und Allah bescherte mir eine von den Planken des Schiffes. An die klammerte ich mich und dann kletterte ich auf sie hinauf und begann, mit meinen Beinen zu rudern. Wind und Wellen waren mir günstig auf meiner Fahrt; und da das Schiff in der Nähe einer Insel untergegangen war, so warf mich das Geschick mit Willen Allahs des Erhabenen an eben jenes Eiland. Lange blieb ich am Strande liegen, bis mein Geist sich erholt und mein Herz beruhigt hatte. Dann ging ich umher auf der Insel, und sah, daß sie einem Paradiesesgarten glich. Da gab es Bäume mit reifen Früchten, Bäche, Vögel, Blumen, und ich aß von den Früchten und trank von dem klaren Wasser, bis Hunger und Durst gelöscht waren. Doch kein menschliches Wesen erblickte ich. Als der Tag zur Rüste ging, legte ich mich ins Gras um zu schlafen und schlief weit in den nächsten Morgen hinein. Dann machte ich mich wieder auf und wanderte zwischen den Bäumen dahin. Plötzlich sah ich ein Schöpfwerk bei einer Quelle, und neben dem Schöpfwerk saß ein alter Mann von würdigem Aussehen, der mit einem Schurz aus Baumblättern bekleidet war. Ich trat an ihn heran und grüßte ihn. Er aber erwiderte meinen Gruß durch ein Zeichen und sprach kein Wort. Darauf sagte ich zu ihm: »Alterchen, warum sitzest du hier?« Er schüttelte das Haupt und seufzte und gab mir durch Zeichen mit der Hand zu verstehen, ich sollte ihn auf meine Schultern heben und ihn von dort auf die andere

Seite der Schöpfrinne tragen. Ich trat also an ihn heran, hob ihn auf meine Schultern und trug ihn an den Ort, den er mir bezeichnet hatte. Dort sagte ich zu ihm: »Steig langsam herunter!« Aber er stieg nicht herunter, sondern wand mir seine Beine um den Hals. Und wie ich seine Beine anschaute, da sahen sie aus wie das Fell eines Büffels, schwarz und rauh. Darüber erschrak ich und ich wollte ihn von meinen Schultern abschütteln. Doch er preßte seine Beine noch fester um meinen Hals und würgte mich so heftig, daß mir schwarz vor den Augen wurde. Mein Bewußtsein schwand und ich fiel ohnmächtig wie tot zu Boden. Da hob er seine Schenkel und schlug mich mit den Füßen auf meinen Rücken und auf meine Schultern; und das tat mir so weh, daß ich wieder aufsprang, obgleich er noch immer auf mir saß und ich unter seiner Last ermüdete. Dann gab er mir mit der Hand ein Zeichen, ich sollte ihn unter die Bäume zu den besten Früchten tragen; und wenn ich mich weigerte, so schlug er mich mit den Füßen ärger als mit Peitschenhieben. In einem fort wies er mit der Hand auf jede Stelle, die er erreichen wollte, sodaß ich ihn dorthin tragen mußte. Wenn ich säumte oder langsam ging, so schlug er mich; und so war ich bei ihm wie ein Gefangener. Während ich mit ihm nun mitten auf der Insel unter den Bäumen dahinlief, fing er auch noch an, mir die Schultern zu nässen und zu beschmutzen. Tag und Nacht stieg er nicht herab, und wenn er schlafen wollte, so wickelte er seine Beine fest um meinen Hals und schlief eine kleine Weile. Wenn er dann wieder aufwachte, schlug er mich von neuem, und ich mußte eilends aufstehen und durfte ihm nicht zuwiderhandeln, weil ich sonst schwer von ihm zu leiden hatte. Nun machte ich mir selber Vorwürfe, daß ich mich seiner erbarmt und ihn auf meine Schulter gehoben hatte, und ich bat zu jeder Zeit, zu jeder Stunde Allah den Erhabenen, Er möchte mich sterben lassen, denn ich konnte die schweren Anstrengungen und Qualen nicht mehr ertragen. Dennoch mußte ich lange so weiter leben, bis ich schließlich eines Tages mit ihm zu einer Stelle auf der Insel kam, an der viele Kürbisse wuchsen. Manche davon waren trocken, und so nahm ich mir einen großen, trockenen Kürbis, schnitt ihn oben auf und höhlte ihn aus. Dann trug ich ihn zu einem Rebstock, füllte ihn dort mit Traubensaft, schloß die Öffnung und stellte ihn in die Sonne. Nachdem ich ihn dort eine Reihe von Tagen hatte stehen lassen, war der Saft zu starkem Wein geworden. Und nun begann ich jeden Tag davon zu trinken, um mich dadurch gegen die Qualen zu stärken, die ich von diesem Satan auf meinen Schultern erlitt. Und jedesmal, wenn ich von dem Weine trunken war, faßte ich neuen Mut. Doch eines Tages, als er mich trinken sah, fragte er mich durch ein Zeichen mit der Hand, was das sei. Ich antwortete ihm: »Dies ist etwas Gutes, das dem Herzen Kraft verleiht und das Gemüt neu belebt.« Darauf lief ich mit ihm unter den Bäumen umher und begann zu tanzen; und in der Trunkenheit, die über mich kam, klatschte ich mit den Händen, sang und war ganz ausgelassen. Wie er mich in diesem Zustande sah, machte er mir ein Zeichen, ich solle ihm den Kürbis geben, damit er auch trinken könne. Da ich Angst vor ihm hatte, reichte ich ihm die Schale hin. Und er trank alles, was noch darin war, sofort aus und warf sie weg. Nun wurde er lustig und begann auf meinen Schultern hin und her zu wackeln. Schließlich aber wurde er trunken, und ein so schwerer Rausch kam über ihn, daß seine Glieder und Muskeln ganz schlaff wurden und er auf meinen Schultern zu schwanken begann. Sobald ich bemerkte, daß er trunken und seiner Sinne nicht mehr mächtig war, streckte ich meine Hand nach seinen Füßen aus, löste sie von meinem Halse, beugte mich dann mit ihm vornüber und setzte mich, während er auf die Erde fiel. Als ich den Satan von meinen Schultern abgeworfen hatte, konnte ich es noch kaum glauben, daß ich mich befreit hatte, und meiner Not entronnen war. Und also war es der Wein, der mich gerettet hatte.

Erster Gast: Und als der Alte erwachte?

Sindbad: Er erwachte nicht mehr.

Zweiter Gast: Und du, wie wurdest du gerettet?

Sindbad: Ein Schiff kam. Wie man eben gerettet wird: Immer kommt irgendein Schiff und nimmt einen mit.

Erster Gast: Bloß hier kommt kein Schiff für dich.

Sindbad: Bloß hier nicht.

Zweiter Gast: Er will nichts mehr erzählen, merkst dus? Er wird einsilbig.

Erster Gast: Drei Becher sind ihm zu wenig.

Zweiter Gast: Eine so kurze Geschichte ist auch nicht viel.

Erster Gast: Ich würde sagen: Höchstens zwei Becher.

Zweiter Gast: Also wie ist es: Kommt noch eine Geschichte oder nicht?

Sindbad: Einen Käse brauchte ich und ein Brot.

Erster Gast: Das ist Wucher.

Sindbad: Ich weiß, was meine Geschichten wert sind. Gute Nacht!

Zweiter Gast: He, Sindbad, hiergeblieben! Wirt, ein Stück Brot und Käse für Sindbad.

Erster Gast: Ich habe nie einen so gefräßigen Bettler gesehen.

Sindbad: Seid froh, daß ihr es mit mir zu tun habt, und nicht mit dem König Dschuwamard.

Zweiter Gast: Ist das eine Geschichte?

Sindbad: Es ist eine, und da geht es um anderes als um Brot und Käse.

Erster Gast: Los! Erzählen!

Sindbad: Sagtet ihr nicht, alle meine Geschichten fingen so an: Als ich noch der reiche Kaufmann Sindbad in Basra war –? Nun gut, so will ich das also weglassen und fange gleich mit dem Schiffbruch an.

Zweiter Gast: Ah, – Schiffbruch, Planke, einsame Insel!

Sindbad: Ganz recht. Willst du es weiter erzählen?

Erster Gast: Jetzt laß ihn!

Zweiter Gast: Also du wurdest mutterseelenallein von der tobenden See an den Strand der Insel geworfen –

Sindbad: Keineswegs. Sondern mit mir waren noch eine ganze Menge Kaufleute, die auch gerettet waren. Und wir wanderten auf der Insel umher, und plötzlich leuchtete uns in der Ferne ein Gebäude, und wir gingen darauf zu und es war ein Schloß, und aus der Tür kam eine Schar nackter Männer heraus. Die sagten kein Wort zu uns, sondern ergriffen uns und schleppten uns vor ihren König.

Erster Gast: Der aber hieß Dschuwamard.

Sindbad: Der gab uns ein Zeichen, daß wir uns setzen sollten; und als wir das getan hatten, brachte man uns eine Speise, die wir nicht kannten und derengleichen wir noch nie gesehen hatten. Meine Seele warnte mich davor, und so aß ich nichts von ihr, obgleich meine Gefährten es taten. Daß ich mich des Essens enthielt, ist die Ursache, daß ich heute noch am Leben bin.

Zweiter Gast: Hörst dus! Aber bei Brot und Käse warnt ihn seine Seele nicht.

Erster Gast: Und ebendeswegen ist er heute noch am Leben.

Zweiter Gast: Der Kerl macht uns arm mit seinen Geschichten.

Erster Gast: Aber er wird auch nicht reich davon, das ist das, was ich nicht verstehe.

Sindbad: Als meine Gefährten von jener Speise gegessen hatten, entfloh ihnen der Verstand, und sie begannen wie die Wahnsinnigen zu schlingen, und ihr ganzes Aussehen veränderte sich. Danach brachten die Wilden ihnen Kokosnußöl, gaben es ihnen zu trinken und rieben sie damit ein. Kaum hatten meine Gefährten von jenem Öl getrunken, so verdrehten sie die Augen im Kopf und begannen von neuem jene Speise zu verschlingen, ganz anders als sie sonst zu essen pflegten. Da machte ich mir große Sorge um ihren Zustand, und nicht weniger fürchtete ich für mein eigenes Leben. Denn diese Menschen, zu denen wir geraten waren, waren ein heidnisches Volk und ihr König Dschumaward war ein Dämon. Jeden, der in ihr Land kam, führten sie zu ihrem König, gaben ihm von jener Speise zu essen und salbten ihn mit jenem Öl. Dann erweiterte sich sein Magen, sodaß er viel verschlingen konnte, sein Verstand umnebelte sich, seine Gedanken wurden völlig verwirrt und er ward wie ein blöder

Narr. Darauf gaben sie ihm noch mehr von jener Speise zu essen und von jenem Öl zu trinken, bis er dick und feist war und sie ihn schlachteten und für ihren König zubereiteten. Die Leute des Königs aber fraßen das Menschenfleisch roh. Als mir solches kund ward, graute mir fürchterlich um meiner Gefährten und um meinetwillen. Sie wußten jetzt, da ihre Sinne ganz umnebelt waren, schon gar nicht mehr, was mit ihnen geschah, und sie wurden einem Burschen übergeben, der sie jeden Tag zur Weide brachte, wie man Vieh weidet. Ich war jedoch durch Furcht und Hunger schwach und siech geworden und mein Fleisch war auf den Knochen eingeschrumpft. Als die Wilden mich in diesem Zustand sahen, ließen sie mich in Ruhe und vergaßen mich ganz, sodaß ich eines Tages durch eine List jener Stätte entschlüpfen konnte.

Zweiter Gast: He, he, he! So plötzlich? Die Geschichte ist zu schnell zu Ende.

Sindbad: Das liegt nicht an der Geschichte, sondern am Brot und am Käse.

Erster Gast: Willst du uns nicht einmal erzählen, wie du von der Insel wieder weggekommen bist?

Sindbad: Wie man eben von einer Insel wegkommt: Mit einem Schiff.

Zweiter Gast: Immer kommt irgendein Schiff und nimmt einen mit, bloß –

Sindbad: Bloß hier nicht.

Erster Gast: Du kannst froh sein, daß du hier bist! Wer zahlte dir anderswo Brot, Käse und Wein!

Zweiter Gast: Er selber natürlich. Du vergißt, daß er ein reicher Kaufmann aus Basra ist! *(Gelächter)*

Erster Gast: Hand aufs Herz, Sindbad: Bist du überhaupt schon einmal zur See gefahren?

Sindbad: Erzähl ich euch nicht jeden Tag davon?

Zweiter Gast: Ach Sindbad, du Lügner! Wir wissen doch, daß du hinter einem Kehrichthaufen zur Welt gekommen bist und nichts anderes in deinem Leben gesehen hast als Kehrichthaufen!

Sindbad: Wartet nur, wenn das Schiff kommt, und der Kapitän ruft: »Sindbad, eins von deinen Schiffen ist gekommen, um dich nach Basra zu führen! Was weilst du in der Ferne, unter Leuten, die deiner nicht würdig sind?« *(Gelächter)*

Erster Gast: Einen Ziegenschlauch voll Wein sollst du haben, wenn dieses Schiff kommt und dieser Kapitän!

Sindbad: Lieber einen Becher jetzt.

Zweiter Gast: So? Hast du noch was vorrätig?

Sindbad: Immer.

Erster Gast: Noch eine Insel vielleicht?

Sindbad: Inseln soviel ihr wollt.

Zweiter Gast: Also!

Sindbad: Also!

Erster Gast: Warum fängst du nicht an?

Sindbad: O daß ihr den zarten Wink, die feine Anspielung nicht versteht! Ihr seid Elefanten, was das Gefühlsleben betrifft.

Zweiter Gast: Was meint er?

Sindbad: Habt ihr es schon erlebt, daß ich mit trockenem Munde erzähle?

Erster Gast: Wirt, wieso ist Sindbads Becher leer?

Sindbad: Eines Tages, als wir auf dem Meere dahinsegelten, kamen wir zu einer Insel –

Zweiter Gast: Wie? Ganz ohne Schiffbruch?

Sindbad: – einer Insel, die so schön war, daß sie einem Paradiesesgarten glich.

Erster Gast: Er wiederholt sich.

Sindbad: Der Kapitän machte dort mit uns halt; und nachdem er die Anker ausgeworfen hatte, legte er die Landungsplanke an, und alle, die sich auf dem Schiffe befanden, gingen auf der Insel an Land. Aus Steinen errichteten sie sich Herde, zündeten Feuer darin an und machten sich an Arbeiten mancherlei Art. Die einen kochten, die anderen wuschen, wieder andere schauten sich um. Ich gehörte zu denen, die auf der Insel umhergingen. Als dann alle Reisenden bei Essen und Trinken, Kurzweil und Spiel versammelt waren, rief plötzlich der Kapitän, der an Bord des Schiffes stand, uns Ahnungslosen mit lauter Stimme zu: »Ihr Leute, rettet euer Leben! Lauft, kommt an Bord und beeilt euch! Laßt eure Sachen im Stich! Flieht, solang ihr noch lebt, rettet euch vor dem Verderben! Die Insel, auf der ihr seid, ist keine Insel! Sie ist ein großer Fisch, der mitten im Meere feststeht. Sand hat sich auf ihm abgelagert, sodaß er nun wie eine Insel aussieht und Bäume auf ihm gewachsen sind. Da ihr Feuer angezündet habt, hat er die Hitze bemerkt, und er bewegt sich! Merkt ihr es nicht? In diesem Augenblick wird er mit euch in die Tiefe versinken, und dann werdet ihr alle ertrinken. Kommt, kommt!« So schrie er, und als wir das hörten, liefen wir um unser Leben und ließen alles im Stich, Kleider und Kessel und Speisen, denn schon fing die Insel an sich zu bewegen. Einige erreichten das Schiff noch, andere kamen zu spät, und die Insel verschwand in der Tiefe und darüber schloß sich das tosende Meer mit den brandenden Wogen ringsum.

Zweiter Gast: Und du gehörtest zu denen, die das Schiff erreichten.

Erster Gast: Sonst wäre er nicht hier, Dummkopf!

Sindbad: Ich war einer von denen, die auf der Insel zurückbleiben mußten.

Zweiter Gast: Ah!

Sindbad: Aber das ist eine andere Geschichte.

Erster Gast: Eine andere Geschichte! Hört ihr das? Das heißt: Wieder ein Becher Wein. Du bist unverschämt, Sindbad. Man kann nicht seine Geschichten zerteilen wie einen Apfel.

Zweiter Gast: Keinen Wein mehr, bevor du nicht zu Ende erzählt hast!

Sindbad: Ach, es war dann eigentlich nichts Besonderes mehr. Ich bekam einen Zuber zu fassen und setzte mich darauf und dann ruderte ich mit den Beinen.

Erster Gast: O Sindbad, das ist freilich nichts Besonderes.

Zweiter Gast: Mir scheint, dir fällt nichts mehr ein.

Erster Gast: Du wirst schwach im Kopf.

Zweiter Gast: Ein bißchen mehr mußt du schon bieten.

Erster Gast: Sonst lohnt sich der Wein nicht.

Sindbad: Ich habe euch immer gut bedient.

Zweiter Gast: Bisher ja, aber heute bist du schwach.

Erster Gast: Wie war das zum Beispiel: Wohin kamst du nun auf dem Zuber?

Sindbad: Das wollte ich erzählen. Aber ihr unterbrecht mich. Ich kam –

Zweiter Gast: Nun?

Sindbad: Ich wage es nicht zu sagen.

Erster Gast: O Sindbad, gibt es denn auf der ganzen Welt nur Inseln?

Sindbad: Als ich nun auf dieser Insel umherging, sah ich, daß sie –

Zweiter Gast: – einem Paradiesesgarten glich.

Sindbad: Hatte ich das schon erzählt?

Erster Gast: Nein, zum Teufel, es ist ganz neu.

Zweiter Gast: Weiter!

Sindbad: Damit ich besser Umschau halten könne, kletterte ich auf einen hohen Baum. Doch ich sah nichts als Himmel und Meer, Bäume und Vögel, Inseln und Dünen. Als ich aber schärfer ausspähte, erblickte ich auf der Insel etwas Weißes von großem Umfang. Sofort stieg ich vom Baum hinab und ging darauf zu, immer geradeaus, bis ich es erreichte; und siehe, es war eine große weiße Kuppel, die hoch in die Luft emporragte und einen weiten Umfang hatte. Ich trat an sie heran und ging herum, aber ich fand keine Tür darin, noch auch hatte ich die Kraft und Gelenkigkeit, hinaufzuklettern, weil sie so überaus glatt war. Darauf machte ich mir ein Zeichen an der Stelle, wo ich stand, und schritt ganz um die Kuppel herum, weil ich ihren Umfang messen wollte; und es stellte sich heraus, daß er fünfzig starke Schritte betrug. Als ich nun über ein Mittel nachsann, um in sie hineinzudringen, zumal der Tag schon zur Neige ging und die Sonne sich dem Untergange näherte, da verschwand die Sonne ganz plötzlich, und der Himmel verfinsterte sich. Und weil ich die Sonne garnicht mehr sehen konnte, so glaubte ich, eine Wolke sei vor sie getreten. Ich hob meinen Blick gen Himmel, und was sah ich da? Einen Vogel von riesiger Gestalt, von gewaltigem Leibesumfang und mit weithin gebreiteten Flügeln. Der war es, der die Sonne verhüllte und ihr Licht von der Insel fernhielt. Nun erinnerte ich mich an eine Geschichte, die mir früher einmal Pilger und Reisende erzählt hatten, nämlich daß es auf einer Insel einen riesenhaften Vogel gäbe, Vogel Ruch geheißen, der seinen Jungen Elefanten als Futter in den Schnabel stecke. Da kam mir in den Sinn, daß jene Kuppel ein Ei des Vogels Ruch sein müsse; und ich bewunderte die Werke Allahs des Erhabenen. Wie ich aber noch so dastand, kam plötzlich jener Vogel auf die Kuppel herab, breitete seine Schwingen zum Brüten über sie aus, streckte seine Füße hinter sich auf den Boden und schlief ein – Preis sei Ihm, der nimmer schläft! Da nahm ich meinen Turban vom Kopfe, wickelte ihn auseinander, faltete ihn und drehte ihn zu einem Strick; den legte ich mir eng um die Hüften und band mich mit ihm an die Füße jenes Vogels fest, denn ich sagte mir: »Vielleicht bringt er mich wohin, wo Menschen wohnen, das wäre besser als wenn ich auf dieser Insel sitzen bliebe.« Die Nacht über tat ich kein Auge zu, weil ich fürchtete, der Vogel könne, während ich schliefe, mit mir davonfliegen. Als aber das Frührot aufstieg und der Morgen leuchtete, erhob sich der Vogel von dem Ei und stieß einen lauten Schrei aus. Dann stieg er mit mir gen Himmel empor, immer höher und höher, bis ich glaubte, er habe die Wolken des Himmels erreicht. Darauf ließ er sich langsam wieder hinab und landete mit mir auf dem Erdboden, wo er sich auf den Gipfel eines hohen Berges niedersetzte. Sowie ich den Boden unter mir fühlte, band ich mich eilends von seinen Füßen los, da ich Angst vor ihm hatte, obgleich er nichts von mir wußte und mich gar nicht spürte. Bald stieg er wieder auf, während ich mich auf und davon machte. Ich entdeckte, daß ich auf einer Klippe war, unter der sich ein langes, breites und tiefes Tal hinzog, während auf ihrer anderen Seite ein mächtiges Gebirge so hoch in die Luft ragte, daß wegen der weiten Entfernung niemand seine Spitze sehen konnte. Da schalt ich mich selbst und dachte: »Wäre ich doch auf der Insel geblieben! Dort hatte ich Früchte zum Essen und Wasser zum Trinken, aber hier findet sich kein Baum, keine Frucht noch ein Bach.« Dennoch faßte ich mir ein Herz und ging in jenes Tal und fand, daß der Boden ganz mit Diamanten bedeckt war. Zugleich aber gab es Schlangen und Vipern in diesem Tal und ich schritt voller Ängste dahin. Wie ich nun so weiterging, fiel plötzlich ein großes geschlachtetes Tier vor mir nieder, ohne daß ich einen Menschen gesehen hatte. Darüber war ich sehr erstaunt, und nun erinnerte ich mich an eine Geschichte, die ich früher einmal von den Kaufleuten und Reisenden und Pilgern gehört hatte, daß nämlich das Diamantgebirge voll fürchterlicher Schrecken wäre und daß niemand dorthin gehen könne; daß aber die Diamantenhändler ein Mittel hätten, um welche von den kostbaren Steinen zu bekommen; und zwar nähmen sie ein Schaf, schlachteten es und häuteten es ab und zerlegten es, dann würfen sie die Stücke von dem Berge dort in das Tal hinab, und weil das Fleisch noch frisch wäre, so blieben manche von den Steinen daran kleben. Sie ließen es bis zum Mittag dort liegen, und dann kämen die Raubvögel, Adler und Geier, zu den Fleischstücken, packten sie mit ihren Krallen und flögen auf den Gipfel des Berges. Darauf liefen die Kaufleute mit lautem Geschrei herbei, die Vögel flögen von den Fleischstücken fort, und so könnten die Männer näher herankommen und die Steine, die an dem Fleische klebten, abnehmen.

Erster Gast: He, he, he, Sindbad!

Sindbad: Was ist?

Erster Gast: Halt ein, Sindbad, du gehst zu weit! Wer soll dir das noch glauben!

Zweiter Gast: Ich habe ihm schon den Vogel Ruch nicht geglaubt.

Sindbad: Als ob es mir darauf ankäme, ob ihr mir glaubt oder nicht! Habt ihr nicht gesagt: »Einen Becher für Sindbad den Lügner!«? Und auf einmal wollt ihr die Wahrheit hören?

Erster Gast: Wir wollen die Lüge so hören, daß sie sich wie die Wahrheit anhört.

Sindbad: Geht vor Gericht! Ich habe nur Wahrheiten, die sich wie Lügen anhören. Für den Vogel Ruch habe ich in Basra viele Zeugen.

Zweiter Gast: In Basra.

Sindbad: Habe ich nicht vorhin einen Schiffbruch ausgelassen? Also hört zu, ich hole ihn nach, ganz ohne Wein, ohne Käse, ohne Brot! Auf einer meiner Fahrten nämlich kamen wir – hm, wie soll ich sagen –

Erster Gast: Zu einer Insel!

Sindbad: Danke. Zu einer öden, unbewohnten. Einige meiner Mitfahrer stiegen nun aus und gingen darauf umher. Ich aber hatte damals von allen Inseln so genug wie ihr jetzt. Deshalb blieb ich auf dem Schiff. Wäre ich doch nicht darauf geblieben! Dann hätte ich das Unheil verhindern können. Denn meine Gefährten fanden eine große weiße Kuppel auf der Insel –

Zweiter Gast: Ein Ei des Vogels Ruch!

Sindbad: Das aber wußten sie nicht. Ich hätte es gewußt, aber ich war nicht dabei. Sie aber schlugen mit Steinen darauf los, da zerbrach es und es floß viel Wasser heraus. Drinnen zeigte sich das Junge des Ruchs. Sie zerrten es aus dem Ei hervor, und nachdem sie es geschlachtet hatten, nahmen sie viel Fleisch davon mit. Und ich wußte von alledem nichts. Plötzlich rief mir einer zu: »Du, Sindbad, komm doch herunter und sieh dir das Ei an, das wir für eine Kuppel hielten!« Da ging ich hin und sah mit Entsetzen, was sie getan hatten. Und auf einmal verschwand die Sonne vor unsern Augen und der helle Tag ward zur Finsternis; wie eine Wolke, die den ganzen Himmel verdunkelte, zog es über uns hin. Wir hoben unsere Blicke empor, um zu sehen, was zwischen uns und die Sonne gekommen sei, und wir sahen den Ruch. Als aber der Vogel näher kam, und sah, daß sein Ei zerbrochen war, fing er an zu schreien; nun kam auch sein Weibchen, und die beiden begannen, über dem Schiffe zu kreisen, indem sie dabei mit Stimmen, die lauter als der Donner dröhnten, auf uns hernieder schrien. Da rief ich dem Kapitän und den Matrosen zu: »Stoßt ab und sucht die Rettung in der Flucht, ehe wir des Todes sind!« Die Kaufleute stürzten an Bord und der Kapitän machte eiligst das Schiff los, und wir fuhren von der Insel fort. Als der Ruch bemerkte, daß wir auf dem Meere fuhren, flog er davon und verschwand eine kurze Weile, während wir so schnell wie möglich fuhren, in der Absicht, den beiden Vögeln zu entrinnen und aus ihrem Bereich herauszukommen. Aber da waren sie schon wieder hinter uns und kamen uns näher, und jeder von ihnen hielt einen großen Felsblock in den Krallen. Zuerst ließ das Männchen den Felsen, den es trug, auf uns herunterfallen. Aber der Kapitän lenkte das Schiff rasch zur Seite, sodaß jener Block uns gerade noch um ein kleines verfehlte. Er sauste ins Meer und unter das Schiff mit solcher Gewalt, daß unser Fahrzeug sich hob und dann wieder so tief hinabschoß, daß wir den Meeresgrund sehen konnten; mit solcher Kraft war der Felsen heruntergekommen. Dann ließ auch das Weibchen den Felsblock, den es trug, herunterfallen; der war wohl etwas kleiner als der erste, aber er traf nach der Bestimmung des Schicksals das Heck des Schiffes und zertrümmerte es, sodaß unser Steuerruder in zwanzig Stücke auseinanderflog, und alles, was sich auf dem Schiffe befand, ins Wasser fiel.

Erster Gast: Und dieser Schiffbruch also ist ein Beweis?

Sindbad: Die Kaufleute, die mit mir gerettet wurden, könnten den Vogel Ruch beschwören.

Zweiter Gast: Den Vogel, der Elefanten frißt! O Sindbad, Sindbad!

Sindbad: Er frißt noch ganz anderes als Elefanten. Habt ihr einmal von Nashörnern gehört?

Erster Gast: Nashörner?

Sindbad: Ein Tier, das sich von Gras und von Blättern der Bäume nährt, an Gestalt noch größer als ein Kamel. Ein seltsames Ungeheuer ist es, denn es hat ein dickes Horn mitten auf dem Kopfe, das wohl zehn Ellen lang ist und worin sich das Bild eines Menschen befindet. Es kann geschehen, daß dieses Nashorn einen großen Elefanten auf seinem Horn davonträgt und am Ufergelände weidet, ohne etwas davon zu bemerken; dann verendet jedoch der Elefant auf dem Horn, und sein Fett, das in der Sonnenhitze schmilzt, fließt dem Nashorn auf den Kopf und dringt ihm in die Augen, sodaß es blind wird und sich am Strande niederlegen muß. Darauf kommt der Vogel Ruch herbei, hebt es in seinen Fängen hoch und bringt es seinen Jungen. Denen steckt er es samt dem Elefanten, der auf dem Horn aufgespießt ist, in den Schnabel.

Zweiter Gast: (unter Gelächter) Oh, oh, oh!

Sindbad: Merkt ihr, wie edelmütig ich bin? Schon mit dem Schiffbruch, spätestens, war der Wein bezahlt.

Erster Gast: Ich glaube, es genügt jetzt.

Sindbad: Ich hätte noch eine Schlange.

Zweiter Gast: Eine Schlange? Was meinst du zu einer Schlange?

Erster Gast: Wenn sie nicht zu lang ist.

Sindbad: Fünfzig Ellen.

Zweiter Gast: Sagen wir: Ein Becher vom billigsten.

Sindbad: Dann dürft ihr euch nicht wundern, wenn auch die Geschichte billig wird.

Erster Gast: Wir lassens darauf ankommen.

Zweiter Gast: Den Becher für Sindbad, Wirt!

Erster Gast: Und laß den Schiffbruch weg und wie ihr auf die Insel kamt. Es ist doch immer das gleiche.

Sindbad: Ihr wißt die Perlen nicht zu schätzen, die ich euch vorwerfe. Und es ist keineswegs immer das gleiche. Denn diesmal blieben wir zu dritt am Leben. Das Boot aber trieb mit uns – ihr wißt schon! Dann gingen wir auf der Insel umher, bis der Tag sich neigte; und als die Dunkelheit über uns hereinbrach, legten wir uns in unserer Verzweiflung nieder, um zu schlafen. Aber nach einer kurzen Weile wachten wir aus unserem Schlafe auf, und da sahen wir eine Riesenschlange, die eine gewaltige Länge und einen dicken Leib hatte. Sie hatte sich im Kreis um uns geringelt, und schon schoß sie auf einen von uns los und verschlang ihn bis zu den Schultern; dann verschluckte sie das übrige; und wir hörten wie seine Rippen in ihrem Leibe zerbrochen wurden; und danach kroch sie davon. Das alles erfüllte uns mit Grauen und wir dachten nach, wie wir uns vor diesem abscheulichen Ungeheuer retten könnten. Am nächsten Abend suchten wir uns einen mächtigen hohen Baum, kletterten hinauf und legten uns dort schlafen; ich aber war auf den höchsten Ast gestiegen. Kaum war die Nacht hereingebrochen und die Zeit der Dunkelheit gekommen, da kroch auch die Schlange wieder heran, blickte nach rechts und nach links und schoß dann auf jenen Baum zu, in dessen Krone wir uns befanden. Sie kroch bis zu meinem Gefährten empor, verschlang ihn bis zu den Schultern und ringelte sich um ihn, oben auf dem Baume, während ich hörte, wie seine Knochen in ihrem Leibe zerbrachen; dann verschlang sie ihn ganz, vor meinen sehenden Augen. Zuletzt aber glitt sie wieder von dem Baume hinunter und kroch davon. Ich blieb die ganze Nacht hindurch auf dem Baume, doch als der Tag anbrach, stieg ich hinunter, wie tot vor Schrecken und Angst. Und nun band ich mir ein breites Brett quer vor die Füße, ein anderes band ich an meine linke Seite, ein ebensolches an die rechte Seite, ein viertes auf meinen Bauch, und ein langes und breites band ich mir quer über den Kopf, ein gleiches wie jenes, das unter meinen Füßen war. In diesem Gerüst lag ich nun, so daß es mich von allen Seiten umgab; ich hatte es ganz fest zugebunden und mich dann mit dem Ganzen der Länge nach auf die Erde geworfen. Und ich blieb in meinem Holzgestell liegen wie in einem rings geschlossenen Verlies. Als es nun Abend ward, kam jene Schlange wie gewöhnlich ihres Wegs, erblickte mich und kroch auf mich zu. Aber sie konnte mich nicht verschlingen, da ich ja so auf allen Seiten von meinen Brettern umgeben war. Darauf kroch sie immer um mich herum, ohne daß sie an mich herankam, während ich ihr zusah und vor Schrecken und Grausen fast umkam. Dann entfernte sich die Schlange von mir, kehrte aber wieder zurück, und so tat sie immerfort; jedesmal, wenn sie auf mich losschoß, um mich zu verschlucken, waren ihr die Bretter, die ich überall an mich festgebunden hatte, im Wege. Von Sonnenuntergang bis Tagesanbruch ließ sie nicht davon ab; als es aber hell ward, und die Sonne schien, da endlich ging sie ihrer Wege, so wütend und grimmig, wie sie nur sein konnte. Nun reckte ich meine Hand aus und machte mich frei von meinem Holzkäfig.

Erster Gast: Und?

Sindbad: Wie? Ihr wißt nicht, was dann kam?

Zweiter Gast: Das Schiff natürlich.

Erster Gast: Das hier nie kommt.

Zweiter Gast: Fandest du wirklich, Sindbad, daß diese Geschichte mehr als einen Becher vom billigen wert war?

Sindbad: Ich will euch nicht übervorteilen.

Erster Gast: Nein, danke. Wir haben schon die ganze Nacht hier versessen. Das Morgenrot zieht schon herauf.

Sindbad: Wie? Ihr wollt gehen? Ich habe euch noch nicht erzählt, wie ich aus dem Diamantental wieder hinauskam!

Zweiter Gast: Erzähls, wem du willst. Gute Nacht.

Erster Gast: Und guten Morgen.

(Sie gehen hinaus. Die Tür fällt zu.)

Sindbad: Fort! Und lassen mich mit einer angefangenen Geschichte allein! Barbaren! Wirt, ich muß sie dir erzählen, obwohl du es nicht verdienst. Erstens, weil du noch Geld einnimmst dafür, daß ich erzähle. Und zweitens, weil du schläfst! Wie kann man schlafen, wenn Sindbad erzählt! Also erzähl ichs unseren Schatten, dem Keller hier, dem Morgenrot, ganz gleich, wem! Hört also zu!

Als nun im Tal der Diamanten das geschlachtete Tier vor mir niedergefallen war, erinnerte ich mich daran, was ich über die Listen der Diamantenhändler gehört hatte. Deshalb nahm ich von den Diamanten soviel nur in meine Taschen, meinen Gürtel, meinen Turban und alle Falten meiner Kleidung hineinging; und wie ich noch damit beschäftigt war, fiel eine zweite große Fleischmasse herab. An die band ich mich mit meinem Turban fest, streckte mich auf dem Rücken aus und legte das Fleisch auf meine Vorderseite, indem ich mich daran festhielt. Da kam auch schon ein Adler heruntergeflogen, packte das Fleisch mit seinen Krallen und schwebte damit in die Luft empor, während ich daran festhing. Bis zum Gipfel des Berges flog er dahin; dort setzte er sich nieder und wollte darauf loshacken. Aber da erscholl plötzlich ein gewaltiger Lärm hinter dem Adler, Geschrei und Gerassel von Hölzern, die gegen den Fels geschlagen wurden.

Der Adler erschrak darob und flog in seiner Furcht hoch empor, ich aber machte mich von dem Fleische los; und während ich mit blutbesudelten Kleidern neben dem toten Tiere stand, kam plötzlich der Kaufmann, der hinter dem Adler geschrien hatte, herbeigelaufen. Wie er meiner gewahr wurde, ward er von Furcht gepackt. Dennoch trat er an das Fleisch heran, drehte es um, und als er keinen Stein daran fand, schrie er laut auf: »O welch ein Jammer, welche Enttäuschung!« Ich ging zu ihm heran und sagte: »Sei nicht enttäuscht und hab keine Furcht vor mir! Ich bin Sindbad, ein Kaufmann aus Basra, und dir soll Freude von mir zuteil werden. Ich habe eine Menge von Diamanten bei mir, und ich will dir so viele davon abgeben, daß du genug hast! Jedes Stück, das ich habe, ist besser als das, was du sonst hättest erhalten können. Ich bin reich, sehr reich –

(*Die Tür wird hastig aufgestoßen. Die beiden Gäste kommen zurück.*)

Erster Gast: Sindbad, Sindbad!

Sindbad: Wie? Ihr kommt zurück? Tut es euch doch leid, daß ihr die Geschichte versäumt habt?

Zweiter Gast: Sindbad, Sindbad!

Sindbad: Aber ihr kommt zu spät. Eben habe ich die letzten Sätze erzählt.

Erster Gast: Ein Schiff, Sindbad!

Zweiter Gast: Ein Schiff, Sindbad!

Sindbad: Kommen hier nicht öfter Schiffe?

Erster Gast: Aber nie eins für dich.

Sindbad: Eben.

Zweiter Gast: Aber dieses –

Erster Gast: Dieses ist für dich.

Sindbad: (lacht schallend) Ein Schiff für mich.

Zweiter Gast: Ein Schiff, wie es immer auf den Inseln anlegt und dich mitnimmt. Jetzt nimmt es dich von hier mit.

Sindbad: Hört auf mit dem dummen Gerede!

Erster Gast: Sindbad, der Kapitän und die Matrosen ziehen durch die Stadt und rufen laut: »Wir suchen Sindbad, den Kaufmann aus Basra, den Herrn unserer Schiffe, daß wir ihn heimführen!«

Sindbad: Ich bin jetzt auch müde. Wir wollen uns schlafen legen.

Zweiter Gast: Sindbad, glaubst du es nicht? Hör doch!

(Die folgenden Rufe aus der Ferne)
Kapitän: Wir suchen Sindbad!

Erster Matrose: Den Kaufmann aus Basra!

Zweiter Matrose: Den Herrn unserer Schiffe!

Dritter Matrose: Daß wir ihn heimführen!

Erster Gast: Glaubst du es nun?

Sindbad: Ein Scherz, nicht wahr?

Zweiter Gast: Was ist dir, Sindbad, du wirst blaß?

Erster Gast: (geht hinaus und ruft dem Kapitän und den Matrosen) Hier ist Sindbad! Kommt hier herein!

Sindbad: Nicht! Laß sie vorbeigehen! Um Allahs willen, laß sie vorbeigehen!

Zweiter Gast: Was ist dir, Sindbad?

Sindbad: Sie sollen mich nicht finden!

(Kapitän und Matrosen kommen in die Schenke.)
Kapitän: Hier ist er.

Zweiter Gast: Du zitterst, Sindbad!

Sindbad: Was wollt ihr, wer seid ihr?

Kapitän: Wie? Kennst du uns nicht? Herr, ich bin doch einer deiner Schiffskapitäne.

Erster Matrose: Wir fahren seit sechs Jahren durch alle Meere, um dich zu suchen.

Zweiter Matrose: Endlich haben wir dich gefunden.

Dritter Matrose: Basra wartet auf dich, Herr!

Sindbad: Wer seid ihr? Ich kenne euch nicht.

Kapitän: Deine Häuser, deine Gärten, deine Vorratshäuser, – alles wartet auf dich.

Erster Matrose: Deine Frauen, deine Kinder, deine Sklaven –

Sindbad: Ihr lügt. Ich kenne euch nicht.

Erster Gast: Natürlich kennst du sie nicht, Sindbad. Du warst so lange Jahre in der Fremde, du hast die Gesichter vergessen.

Zweiter Gast: Außerdem hast du uns doch erzählt, wieviel Schiffe, wieviel Kapitäne, wieviel Matrosen du hast, – du kannst nicht alle Gesichter kennen.

Sindbad: Ihr habt mir immer gesagt, daß ich lüge. Wie kommt ihr jetzt dazu, an das alles zu glauben? An Schiffe, Kapitäne, Matrosen, Basra, den reichen Kaufmann Sindbad?

Erster Gast: Woher sollten wir wissen, daß du die Wahrheit sprachst?

Zweiter Gast: Jetzt wissen wir es.

Sindbad: Nicht wahr, ihr macht einen Scherz mit mir? Ihr habt Leute gemietet, die einen Scherz mit mir machen sollen? Das ist kein Kapitän, das sind keine Matrosen! Niemand sucht mich!

Erster Gast: Ich schwöre dir, Sindbad! Und das Schiff liegt am Kai! Und dein Name steht am Heck geschrieben.

Sindbad: Das Schiff am Kai? Mein Name am Heck?

Zweiter Matrose: Komm, Herr, wir wollen an Bord gehen! Der Wind ist günstig.

Sindbad: Laß mich los!

Zweiter Gast: Hast du Fieber, Sindbad? Du zitterst?

Dritter Matrose: Ja, deswegen erkennt er uns nicht.

Erster Gast: Komm an den Kai, sieh dir das Schiff an. Wir begleiten dich.

Sindbad: Ich bin nie in Basra gewesen, ich bin kein Kaufmann, ich bin nicht reich. Ich bin ein Bettler und Geschichtenerzähler. Was wollen diese von mir!

Zweiter Gast: Komm, komm ins Freie!

(Draußen)

Kapitän: Dein Schiff, Sindbad.

Sindbad: Fahrt und habt guten Wind!

Erster Matrose: Hier ist die Laufplanke.

Sindbad: Fahrt ohne mich!

Zweiter Matrose: Wir können aber nicht ohne dich fahren.

Dritter Matrose: Bedenke: Jetzt, wo wir dich gefunden haben.

Sindbad: Ich kenne euch nicht. – Ich will euch nicht kennen.

Kapitän: Wirklich? Kennst du uns nicht? Sieh mich doch genauer an!

Sindbad: (nachdem er ihn angeschaut hat) Doch, du kommst mir bekannt vor. Aber wo habe ich dich schon gesehen?

Kapitän: Erinnere dich, wie ich dich über das Meer trug!

Sindbad: Über das Meer trug?

Kapitän: Mit großen Flügeln, die die Sonne verdunkelten.

Sindbad: Jetzt erkenne ich dich.

Kapitän: Willkommen, Sindbad!

Sindbad: Was willst du von mir, Ruch? O ich weiß, du willst mich töten.

Kapitän: Dich töten, wenn ich doch erst durch dich lebe?

Erster Matrose: Kennst du mich, Sindbad?

Sindbad: (ihn langsam erkennend) Oh – ja! Muß ich dich wieder auf die Schulter nehmen?

Erster Matrose: Hast du mich wirklich getragen, Sindbad?

Sindbad: Nein, das ist wahr, ich habe dich nicht getragen. Und dafür wirst du dich jetzt rächen, nicht wahr?

Zweiter Matrose: Sindbad, wir sind gekommen, um dir zu danken. Wir sind alle deine Geschöpfe. Hab keine Furcht! Wir wollen nichts Böses von dir. Fahr mit uns in die Meere und zu all den Inseln, die nur du weißt! Kennst du mich?

Sindbad: Du bist der Fisch, auf dem Bäume und Gras wuchsen, und der im Meer versank.

Dritter Matrose: Und ich?

Sindbad: (lachend) Du bist das Nashorn.

Dritter Matrose: Siehst du, wie gut du uns kennst!

Kapitän: Komm über die Laufplanke!

Erster Matrose: Zieht die Segel auf!

Zweiter Matrose: Der Wind ist günstig.

Dritter Matrose: Wir fahren.

Erster Gast: (ruft) Leb wohl, Sindbad!

Sindbad: (schon entfernter) Lebt wohl! Lebt wohl!

Zweiter Gast: Leb wohl!

Erster Gast: Der Wind greift gut in die Segel. Sie werden eine schnelle Fahrt haben.

Zweiter Gast: Aber wohin?

Erster Gast: Nach Basra, denke ich.

Zweiter Gast: Das denke ich nicht. Hast du gehört, was sie redeten?

Erster Gast: Ich habe es nicht begriffen.

Zweiter Gast: Du!

Erster Gast: Was?

Zweiter Gast: Ich habe ein merkwürdiges Gefühl.

Erster Gast: Du auch?

Zweiter Gast: Das Gefühl, als wäre ich der König Dschumaward.

Erster Gast: Mein Gefühl ist noch seltsamer: Es kommt mir vor, als wäre ich die riesige Schlange.

(Sie beginnen, erst etwas zaghaft, dann kräftiger zu lachen.)

Zweiter Gast: Sieh, wie weit das Schiff schon ist! Wie weit fort Sindbad schon ist!

Erster Gast: Und hast du das schon bedacht: Wer wird uns jetzt Geschichten erzählen?

Als Günter Eich im März 1954 mit seiner Bearbeitung der *Schönsten Märchen aus 1001 Nacht* begann, da war in Wiesbaden, dem damaligen Sitz des Insel Verlags, erst wenige Monate zuvor jene *vollständige deutsche Ausgabe* der *Erzählungen aus den Tausendundein Nächten* erschienen, die den arabischen Urtext erstmals ungeschmälert in deutscher Sprache präsentierte.

Enno Littmann hatte – nach einem 1918 erteilten Auftrag zur »Verbesserung« der nach dem Burtonschen Englisch vorgenommenen Übersetzung von Felix Paul Greve – eine Neuübersetzung nach dem Urtext der zweiten Calcuttaer Ausgabe von 1839 verfaßt, die 1953, überraschend spät, als die erste vollständige Originalübertragung der *Erzählungen aus den Tausendundein Nächten* in Deutschland erschien.

Eich hat sich dieser – heute klassisch zu nennenden – Übertragung für seine Umsetzung bedient und zunächst einmal mehr als zwanzig Geschichten ausgewählt, aus denen er schließlich die zehn Titel für seine Rundfunkbearbeitung gewann. Das Ergebnis seiner Adaption liegt mit diesem Buch – mehr als vierzig Jahre nach ihrer Entstehung – zum ersten Mal gedruckt vor.

Bei der Rekonstruktion der für den damaligen NWDR (Nordwestdeutscher Rundfunk Hamburg) geschriebenen Sendereihe erwies es sich als segensreich, daß das vermeintlich flüchtige Medium der akustischen Kunst gelegentlich dauerhafterer Aufbewahrung unterliegt als die gedruckte Schrift: So galt der Text der siebten Folge als verschollen. Weder ein Produktionsskript des Senders noch ein Manuskript aus Eichs Hand war bekannt. Bei der Suche in Günter Eichs Nachlaß, den das Deutsche Literaturarchiv Marbach verwahrt, fand sich schließlich eine Typoskript-Durchschrift Eichs, die zumindest die Passagen der Erzählerin umfaßte. Die Geschichten der *Fünf Räuber* indessen ließen sich erst durch ein Archivband der NWDR-Produktion des Jahres 1954 rekonstruieren, das Gaby Lambertz mit großer Sorgfalt Wort für Wort transkribierte.

Bei einem Vergleich von Produktionen und Typoskripten ergaben sich Abweichungen, die mitunter auf inszenatorische Angleichung oder auf Sprech-Erleichterungen für die Schauspieler, gelegentlich aber auch auf simple Lese-Fehler (»Nachtruhe« anstatt »Nachtrunde«) zurückzuführen sind. Die in dieser Edition vorgelegten Texte folgen mit der beschriebenen Ausnahme der *Fünf Räuber* den Durchschlägen der Typoskripte letzter Hand.

Eich schrieb diese Sendereihe in der Zeit vom 2. März bis zum 4. August 1954. In derselben Zeit entwarf er zwei weitere Hörstücke, die dem Umkreis der *Erzählungen aus den Tausendundein Nächten* entnommen sind: *Rustem und Tadmura*, ein Fragment gebliebenes Hörspiel, das auf der *Geschichte von der verzauberten Quelle* (582./583. Nacht) beruht, und *Omar der Kalif* (auch bekannt unter dem Titel *Omar der Kalif und Omar der Lastträger*), das der Nordwestdeutsche Rundfunk als ein weiteres *Märchen aus 1001 Nacht* am 11. April 1955 (Ostermontag) ursendete.

Eich hat das letztgenannte Manuskript 1957 noch einmal überarbeitet und die Figur der Erzählerin vollständig aufgelöst. Unter dem Titel *Der Ring des Kalifen* kam es in dieser Form am 25. August 1957 durch die Hörspielabteilung des NDR zur Erstausstrahlung. Die Texte beider Hörspiele befinden sich in Band III *(Die Hörspiele 2)* der revidierten Ausgabe der *Gesammelten Werke* von Günter Eich, die 1991 im Suhrkamp Verlag erschienen sind.

Aus einem an Eich gerichteten Brief Enno Littmanns vom 18. Mai 1954 geht hervor, daß auch das 1957 verfaßte und am 18. Juni 1957 urgesendete Hörspiel *Allah hat hundert Namen* schon während Eichs Beschäftigung mit den *Schönsten Märchen aus 1001 Nacht* als Entwurf entstand. Littmann lieferte bibliographische Hinweise für die Recherche nach den »schönen Namen Allahs«, um die Eich offenkundig gebeten hatte.

Seine Bearbeitung der *Erzählungen aus den Tausendundein Nächten* beendete Günter Eich am 4. August 1954. Mit dem 29. desselben Monats begann der Nordwestdeutsche Rundfunk die Ausstrahlung der Sendereihe, die Hans Rosenhauer inszenierte. Am 25. Dezember, dem zweiten Weihnachtstag des Jahres 1954, fand sie ihr Ende.

Für ihre Hilfe bei der Recherche danke ich den Kollegen und Kolleginnen des Norddeutschen Rundfunks, namentlich dem Leiter der Hauptabteilung Kultur des NDR, Hanjo Kesting. Für ihre freundliche Unterstützung danke ich den Mitarbeitern und Mitarbeiterinnen des Deutschen Literaturarchivs Marbach, stellvertretend dem Leiter der Handschriftenabteilung des DLA,

Jochen Meyer. Mein besonderer Dank gilt Gaby Lambertz, die in aufwendiger (aber mit Begeisterung vollzogener) Hörarbeit das gesprochene Wort in die Schriftsprache übertrug. Mein persönlicher Dank gilt Elisabeth Borchers, die dieses Buch auf den Weg gebracht hat.

Köln, im Oktober 1995   *Karl Karst*

Märchen und Sagen
im insel taschenbuch

Märchen und Sagen
im insel taschenbuch

Jacob Grimm / Wilhelm Grimm: Kinder- und Hausmärchen, gesammelt durch die Brüder Grimm. In drei Bänden. Mit Zeichnungen von Otto Ubbelohde und einem Vorwort von Ingeborg Weber-Kellermann. it 829

– Kinder- und Hausmärchen, gesammelt durch die Brüder Grimm. Kleine Ausgabe von 1858. Mit Illustrationen von Ludwig Pietsch und einem Nachwort von Heinz Rölleke. it 842

Grimms Märchen, wie sie nicht im Buche stehen. Herausgegeben und erläutert von Heinz Rölleke. it 1551

Wilhelm Hauff: Märchen. Erster Band. Herausgegeben von Bernhard Zeller. Mit Illustrationen von Theodor Weber, Theodor Hosemann und Ludwig Burger. it 216

Hermann Hesse: Die Märchen. Zusammengestellt von Volker Michels. Großdruck. it 2349

– Piktors Verwandlungen. Ein Liebesmärchen, vom Autor handgeschrieben und illustriert, mit ausgewählten Gedichten und einem Nachwort versehen von Volker Michels. it 122

– Die Stadt. Ein Märchen, ins Bild gebracht von Walter Schmögner. it 236

– Der Zwerg. Ein Märchen. Mit Illustrationen von Rolf Köhler. it 636

E. T. A. Hoffmann: Der goldne Topf. Ein Märchen aus der neuen Zeit. Mit 13 Illustrationen von Karl Thylmann. Herausgegeben und mit einem Nachwort von Jochen Schmidt. it 570

Indianermärchen. Nach amerikanischen und deutschen Quellen herausgegeben und erläutert von Hugo Kunike. it 764

Irische Elfenmärchen. In der Übertragung der Brüder Grimm. it 988

Keltische Sagen. Aus dem Gälischen übertragen von Rudolf Thurneysen. Herausgegeben und mit einem Nachwort von Renate Brendel. it 1307

Jean de La Fontaine: Die schönsten Fabeln. Aus dem Französischen von Thomas Keck. Mit farbigen Illustrationen von Rolf Köhler und einem Nachwort von Jürgen von Stackelberg. it 1451

Märchen aus Babylon. Mythen und Sagen des Zweistromlandes. Nacherzählt von Hans Wuessing. Mit zahlreichen Abbildungen. it 1558

Märchen der Romantik. Mit zeitgenössischen Illustrationen. Herausgegeben von Maria Dessauer. it 285

Märchen deutscher Dichter. Ausgewählt von Elisabeth Borchers. it 13

Märchen zur Weihnacht. Ein Hausbuch für groß und klein. Herausgegeben von Franz-Heinrich Hackel. it 1649

Märchen und Sagen
im insel taschenbuch

160/3/3.95

158/1/3.95